蔡東藩 著

後漢演義

從直臣伏闕至痴情獵豔

臨死猶聞上諫章，良言未用志難償
蒼天已死，黃天當立
從戰場廝殺到宮廷陰謀
群雄崛起於亂世風雲

目 錄

第五十一回　受一錢廉吏遷官　劾群閹直臣伏闕　005

第五十二回　導後進望重郭林宗　易中宮幽死鄧皇后　015

第五十三回　激軍心焚營施巧計　信讒構嚴詔捕名賢　025

第五十四回　駁問官范滂持正　嫉奸黨竇武陳詞　035

第五十五回　驅蠱賊失計反遭殃　感蛇妖進言終忤旨　045

第五十六回　段熲百戰平羌種　曹節一網殄名流　055

第五十七回　葬太后陳球伸正議　規嗣主蔡邕上封章　065

第五十八回　棄母全城趙苞破敵　蠱君逞毒程璜架誣　075

第五十九回　誅大憝酷吏除奸　受重賂婦翁嫁禍　085

第六十回　挾妖道黃巾作亂　毀賊營黑夜奏功　095

第六十一回　曹操會師平賊黨　朱儁用計下堅城　105

第六十二回　起義兵三雄同殺賊　拜長史群寇識尊賢　113

第六十三回　請誅奸孫堅獻議　拚殺賊傅燮捐軀　123

第六十四回　登將壇靈帝張威　入宮門何進遇救　133

第六十五回　元舅召兵洩謀被害　權閹伏罪奉駕言歸　143

003

目錄

第六十六回　逞奸謀擅權易主　討逆賊歃血同盟　153

第六十七回　議遷都董卓營私　遇強敵曹操中箭　163

第六十八回　入洛陽觀光得璽　出磐河構怨興兵　173

第六十九回　罵逆賊節婦留名　遵密囑美人弄技　183

第七十回　　元惡伏辜變生部曲　多財取禍殃及全家　193

第七十一回　攻濮陽曹操敗還　失幽州劉虞縶戮　203

第七十二回　糜竺陳登雙勸駕　李傕郭汜兩交兵　213

第七十三回　御蹕蒙塵沿途遇寇　危城失守抗志捐軀　223

第七十四回　孟德乘機引兵迎駕　奉先排難射戟解圍　233

第七十五回　略橫江奮跡興師　下宛城痴情獵豔　243

第五十一回
受一錢廉吏遷官　劾群閹直臣伏闕

第五十一回　受一錢廉吏遷官　劾群閹直臣伏闕

　　卻說第五種見忤權閹，被徙朔方，已是冤屈得很，哪知單超更計中有計，叫他前往朔方，實是一條死路，不使生歸。蛇蠍心腸。原來朔方太守董援，乃是單超外孫，一聞第五種將到，自然摩厲以須，即欲將種處死。種前為高密侯相，嘗優待門下掾孫斌，斌此時已入京當差，偵知超謀，亟語友人閭子直、甄子然道：「盜憎主人，由來已久；今第五使君當投裔土，偏有單超外孫，為彼郡守，是明明前去送死哩！我意欲追援使君，令得免難；若我奉使君回來，計唯付汝二人，好為藏匿，方可無虞！」閭甄二人齊聲應諾。於是斌率俠客數人，星夜追種；行至太原，幸得相遇，當然格斃送吏，由斌下馬讓種，斌隨後步行，一晝夜行四百里，才得脫歸，就將種交與閭甄二家，匿處數年。至單超已死，徐州從事臧旻，為種訟冤，始得邀赦還鄉，正命考終。幸有義友。唯單超於延熹二年病死，詔賜東園祕器，及棺中玉具；到了出葬時候，復發五營騎士，與將作大匠，築造墳塋，更令將軍侍御史護喪，備極顯赫。嗣是左悺、具瑗、徐璜、唐衡等四侯，越覺驕橫，統皆起第宅，築樓觀，窮工極巧，備極繁華；又多取良人美女，充作姬妾，衣必綺羅，飾必金玉，幾與宮中妃嬪相似，假夫妻有何樂趣？所有僕從婢媼，亦皆乘車出入，倚勢作威。都中人為作短歌道：「左迴天，具獨坐；徐臥虎，唐兩墮。」兩墮，謂隨意所為，不拘一格，或作「兩為雨」者，誤。四侯權焰熏天，只苦不能生育，於是收養螟蛉，或取自同宗，或乞諸異姓，甚且買奴為子，謀襲封爵；兄弟姻戚，都得乘勢攀援，出宰州郡。單超弟安，得為河東太守；弟子匡，得為濟陰太守；左悺弟敏，得為陳留太守；具瑗兄恭，得為沛相；徐璜弟盛，得為河內太守；兄子宣，得為下邳令。這班權閹家屬，統是無德無能，但知作威作福，可憐那無辜百姓，枉受折磨，無從呼籲。就中有下邳令徐宣，尤為暴虐，蒞任以後，有所需求，定要弄他到手，不管什麼理法。

故汝南太守李暠，籍隸下邳，生有一女，卻是美貌似花，守身如玉。宣早聞她德容兼工，求為姬妾。李暠雖已去世，究竟是故家世族，怎肯將黃堂太守的女兒，配做閹人子弟的次妻？當然設詞謝絕。哪知宣懷恨在心，既做了下邳令，就潛遣吏卒，闖入暠家，竟將暠女劫取了來，暠女寧死不從，信口辱罵，惹得徐宣性起，指揮奴僕，將暠女褫去外衣，赤條條的綁於柱中，要她俯首受汙；暠女倔強如故，宣反易怒為笑，取出一張軟弓，搭住箭幹，戲把暠女作為箭靶，接連射了好幾箭，斷送了名媛性命；反擲弓地上，大笑不止；當下將女屍拖出；藁葬城東。令人髮指。暠家失去嬌女，自然向太守鳴冤；偏太守憚宣威勢，不敢案驗，一味的延宕過去，經暠家再三催請，終無音響。

　　可巧有個東海相黃浮，剛正著名，不畏強禦，當由暠家具詞申控，果然朝進冤詞，夕蒙批准。下邳為東海屬縣，浮正好秉公辦理，立飭幹吏傳到徐宣，面加訊鞫，宣尚狡詞抵賴，再將宣家屬一併拘入，無論老少長幼，各自審問，免不得有人招認，一經質對，宣亦無從狡展；唯還仗著乃叔勢力，不肯服罪，浮竟命左右褫宣衣冠，將他反縛，喝令推出斬首。掾史以下，爭至浮前諫阻，浮奮然道：「徐宣國賊，淫凶無道，今日殺宣，明日我即坐罪，死亦瞑目了！」好一個鐵面官。說著，即起座出轅，親自監斬，榜罪通衢，暴屍市曹，都中無不稱快。獨徐璜得宣死耗，大為怨恨，便入白桓帝，捏造謊言，只說黃浮得了私賄，妄害姪兒；桓帝信以為真，即將浮革職論罪，輸作左校。嗣復令左悺兄勝，為河東太守，皮氏縣長趙岐，恥為勝屬，即日棄官歸里；岐為京兆人氏，總道歸田守志，可以無虞，哪知京兆尹換一新官，乃是唐衡兄玹，與岐有隙，誣稱岐竊帑逃回，飭吏收捕；岐先得風聲，走匿他處，吏役無可報命，索性把岐家族，盡行拘去，迫令將岐交出，岐聞全家被繫，奔竄益遠，哪裡還敢投案？唐玹即將岐家族數十人，一體駢戮，只有岐隱姓

007

第五十一回　受一錢廉吏遷官　劾群閹直臣伏闕

埋名，逃至北海市中，賣餅為生。北海人孫嵩，見岐儀容雅秀，料非凡品，因即載與俱歸，藏置複壁中。後來諸唐失勢，岐乃復出，再拜并州刺史。事見後文。

且說太尉黃瓊，因病免官，繼任為太常劉矩。矩係沛人，前為雍邱令，以禮化民，民有爭訟，輒傳引至前，提耳訓告，說是忿恚可忍，縣署不可入，使他歸家自思，兩造聞言感悟，往往罷去，因此獄訟空虛，循聲卓著；累遷為朝中首輔，頗號得人。未幾司空虞放，亦因事免歸，再召黃瓊為司空，瓊固辭不獲，勉強就職，月餘復乞休歸去；乃進大鴻臚劉寵為司空。寵籍隸東萊，曾出守會稽，除煩苛，禁非法，郡中大治，被徵為將作大匠，襆被起行，途遇五六老叟，各齎百錢，奉作贐儀。寵慰諭道：「父老遠來送行，得毋太苦？」諸老叟齊聲道：「山谷衰民，未識朝儀，但知前時太守，專務苛徵，郡吏奉令催迫，日夜不絕，無人敢安；今自明府下車以來，吏不追呼，犬不夜吠，小民何幸，得遇使君？乃聞朝廷徵公內用，無從挽留，不得已來此送公，明知百錢不足為贐，唯思公兩袖清風，不願多受，區區奉敬，聊表誠意罷了！」寵溫顏答道：「我政何能盡如叟言？只是煩勞父老，未便卻情。」說至此，即將諸老叟所奉各錢，選出大錢一枚，總算收受，餘皆卻還，遂與諸老叟拱手告別；後人稱為劉寵一錢，便是為此。可傳不朽。寵入都為將作大匠，轉調大鴻臚，超遷司空，與劉矩同為東漢良輔，且當時司徒種暠，亦有重名，三人齊心輔政，閹豎等稍稍斂跡，號稱清平。

故太尉李固幼子燮，奉詔徵入，見四十八回。向姊文姬辭行，文姬戒燮道：「我家血食將絕，倖存我弟，得延一脈，重見天日，此去不患不得官，唯得官以後，宜杜絕交遊，勿妄往來，更不可恨及梁氏，或有怨言；否則牽連主上，禍且重至了！」好姊姊。燮唯唯而去，入朝得為議郎。已而王成病逝，燮追憶舊恩，依禮奉葬，每遇四節，必特設上賓位

置，虔誠奉祀，王成保護李燮，亦見前文。這也可謂以德報德，不負恩人了。延熹三四年間，西羌復叛，護羌校尉段熲，屢次出討，無戰不捷；可奈羌眾刁頑，出沒無常，此去彼來，彼僕此起，累得河西一帶，雞犬不寧。燒當、燒何諸羌，先寇隴西金城，已被段熲擊退；嗣又有先零羌、零吾羌等，進寇三輔，轉入并、涼二州，段熲復調集湟中義從諸兵，前去堵截。偏涼州刺史郭閎，貪功忌能，多方牽掣熲軍，使不得進，義從諸兵，役久思歸，陸續潰叛；郭閎且上書劾熲，反咎他不能撫下，遂致朝廷震怒，逮熲下獄，輸作徒刑。河西失一長城，羌眾愈熾。時皇甫規為泰山太守，平定劇賊叔孫無忌，威震一方，他本家居安定，熟悉羌情，因聞叛羌猖獗，志在奮效，乃即慨然上疏道：

　　自臣受任，志竭愚鈍，實賴兗州刺史牽顥之清猛，中郎將宗資之信義，得承節度，幸無咎譽。今猾賊就滅，泰山略平，復聞群羌並皆反逆，臣生長邠岐，年已五十有九，昔為郡吏，再更叛羌，預籌其事，有誤中之言；臣素有痼疾，恐犬馬齒窮，不報大恩，願乞亢官，備單車一介之使，勞來二輔，宣國威澤，以所習地形兵勢，佐助諸軍。臣窮居孤危之中，坐觀郡將，已數十年矣，自鳥鼠山至東岱，其病一也。力求猛敵，不如清平，勤明吳孫，未若奉法，前變未遠，臣誠戚之；是以越職盡其區區，伏賜垂鑒。

　　這疏呈入，有詔令規為中郎將，使持節監關中兵，往討諸羌。規受命西行，既至涼州，立即部署兵馬，出擊羌眾，斬首至八百級，羌眾乃退；規復曉諭威信，隨機招撫，相率畏懷，互為勸降，投誠至十數萬人。到了次年，沈氏羌又入寇張掖酒泉，規發降羌往御，適值暮春霪雨，疫氣燻蒸，軍中陸續傳染，十死三四，規親至營帳，巡視將士，三軍感奮，壁壘一新，羌人望風震慴，遣使乞降。安定太守孫儁，屬國都尉李翕，督軍御史張稟，貪殘狼藉，多殺降羌；涼州刺史郭閎，漢陽太守趙

009

第五十一回　受一錢廉吏遷官　劾群閹直臣伏闕

熹，又皆倚恃權貴，不遵法度，規按罪條奏，或免或誅，羌人更不勝感激，翕然聽命。沈氐羌豪滇昌飢恬等，帶領十餘萬口，共詣規營，長叩請罪；當由規善言撫慰，扶令起身，延入座中，曉示禍福利害，滇昌等應聲如響，歡躍而去。看官試想！如皇甫規這番功績，應該從優議敘，晉錫崇階；誰知朝中腐豎，因他劾去私黨，且沒有什麼私贈，竟在桓帝面前，交相讒構，反譖規賄囑群羌，虛詞降服。桓帝糊塗得很，遽下璽書責規。規憂憤交並，因覆上書自訟道：

四年之秋，戎蠢醜戾，爰自西州，侵入涇陽，舊都懼駭，朝廷西顧，明詔不以臣愚駑怠，使率軍就道；幸蒙威靈，得振國命，羌戎諸種，大小稽首，所省之費，約一億以上，以為忠臣之義，不敢告勞，故恥以片言自及微效。然比方先事，庶免罪悔，前踐州界，先奏郡守孫儁，次及屬國都尉李翕，督軍御史張稟；旋又劾涼州刺史郭閎，漢陽太守趙熹，陳其過惡，執據大辟。凡此五臣，支黨半國家，下至小吏，所連及者復有百餘，吏託報將之怨，子思復父之恥，載贄馳車，懷糧步走，交構豪門，競流謗讟。云臣私賄諸羌，仇以錢貨。若臣以私財，則家無擔石，如物出於官，則文簿易考。就臣愚惑，信如言者，前世尚遺匈奴以宮姬，鎮烏孫以公主，今臣但費千萬以懷叛羌，則良臣之才略，兵家之所貴，將有何罪負義違理乎？自永初以來，將出不少，覆軍有五，動資巨億，有旋車完封，輸入權門，而名成功立，厚加爵賞；今臣還督本土，糾舉諸郡，絕交離親，戮辱舊故，眾謗陰害，固其宜也！臣雖汙穢，廉潔無聞，今見覆沒，恥痛實深，《傳》稱鹿死不擇音，謹冒昧略上！

桓帝得書，雖然免譴，但仍將規召還都中，使為議郎。中常侍徐璜、左悺，尚欲向規求賂，屢遣私人問規功狀，規終不一答；璜等惱羞成怒，再將前案提起，迫規就吏。規毅然對簿，詞不少屈。親友屬僚，多勸規從權貶節，且各欲為規醵資，餽遺權閹，規誓死不從。於是羅織成獄，說是餘寇未絕，坐繫廷尉，罰令至左校署充工；可悲，可嘆！幸

虧三公從中解救，又有太學生張鳳等三百餘人，詣闕陳書，代規鳴冤，規始得赦罪，罷遣歸家。會南中變起，長沙零陵一帶，盜賊嘯聚，進攻桂陽；艾縣賊又相繼響應，焚長沙，掠益陽；零陵、武陵諸蠻，復乘勢蠢動，四出劫掠。御史中丞盛修，奉詔往討，反為賊敗；南郡太守李肅，棄城逃生；主簿胡爽，叩馬諫諍，被肅殺死，朝廷捕肅處斬；蔭恤爽子，特令太常馮緄為車騎將軍，督兵剿賊。緄見前時所遣將帥，往往被宦官陷害，因請中常侍一人偕行，監察軍費，乃命張敞監軍；前武陵太守應奉，有德及民，輿情翕服，緄又調令同往。及抵長沙，便使奉曉諭賊眾，賊果釋械請降；進擊武陵蠻，斬首四千級，受降十餘萬，荊州平定。緄歸功應奉，薦為司隸校尉，自乞骸骨歸里，有詔不許。唯宦官向緄索賂不得如願，遂嗾使監軍張敞，奏稱緄挈美婢二人，戎服從軍，又至江陵勒石紀功，妄為誇張，請下吏案驗；尚書令黃儁，謂緄無罪，才得罷議。趙年桂陽復亂，由太守陳奉討平，緄終坐此免官。狐鼠憑城，難為功狗。前冀州刺史朱穆，復起為尚書，目睹宦官驕橫，不忍緘默，因申疏力諫道：

案本朝故事，中常侍參選士人，建武以後，乃悉用宦者，自延平以來，浸益貴盛，假貂璫之飾，處常伯之任，天朝政事，一更其手，權傾海內，寵貴無極，子弟親戚，並荷榮任，故放濫驕溢，莫能禁御。凶狡無行之徒，媚以求官，恃勢怙寵之輩，漁食百姓，窮破天下，空竭小民，愚臣以為可悉罷省，遵復往初，率由舊章；更選海內清淨之士，明達國體者，以補其處，則陛下可為堯舜之君，眾僚皆為稷契之臣，兆庶黎民，蒙被聖化矣！

疏入不省，朱穆待了數日，未見批答，乃入朝進見，伏闕面陳道：「臣聞漢家舊典，嘗置侍中、中常侍各一人，省覽尚書事，又有黃門侍郎一人，傳發書奏，這三人統用士族。自和熹太后臨朝，不接公卿，始用

第五十一回　受一錢廉吏遷官　劾群閹直臣伏闕

閹人為常侍小黃門，通命兩宮，嗣是以後，權傾人主，窮困天下，今宜一律罷遣，博選耆碩，與參政事，方可追復前規，再臻盛治。願陛下勿疑！」桓帝聽著，默不一答，面上且現出怒容。穆伏不肯起，當由左右傳旨令退，好多時方才起來，徐徐退去。宦官恨穆切直，屢加詆毀，穆憤不得伸，疽發背上，未幾病終，享年六十有四。總計穆居官數十年，蔬食布衣，家無餘產，公卿共表穆立節忠清，虔恭機密，守死善道，宜蒙旌寵；桓帝乃下詔褒敘，追贈穆為益州太守。先是穆父頡為陳相，修明儒術，頡歿後，由穆與諸儒考依古義，諡為貞宣先生；及穆病逝，陳留人蔡邕，復與門人述穆體行，諡為文忠先生。前太尉黃瓊，家居二年，老病益劇，自思權閹當道，未能力除，常引為己憾。特草成遺疏千言，使人齎至闕廷，由小子節錄如下：

陛下初從藩國，爰升帝位，天下拭目，謂見太平；而即位以來，未有勝政。諸梁秉權，豎宦充朝，重封累職，傾動朝廷；卿校牧守之選，皆出其門，羽毛齒革明珠南金之寶，殷滿其室，富擬王府，勢迴天地；言之者必族，附之者必榮，忠臣懼死而杜口，萬夫怖禍而木舌；塞陛下耳目之明，更為聾瞽之主。故太尉李固、杜喬，忠以直言，德以輔政，念國忘家，隕歿為報，而坐陳國議，遂見殘滅，賢愚切痛，海內傷懼。又前白馬令李雲，指言宦官罪穢宜除，皆因眾人之心，以救積薪之敝；弘農杜眾，知雲所言宜行，懼雲以忠獲罪，故上書陳理之，乞同日而死；所以感悟國家，庶雲獲免。而雲既不幸，眾又並坐，天下尤痛，益以怨結，故朝野之人，以忠為諱。尚書周永，昔為沛令，素事梁冀，借其威勢，坐事當罪，越拜令職；及見冀將衰，乃陽毀示忠，遂因奸計，亦取封侯；又黃門協邪，群輩相黨，自冀興盛，腹背相親，朝夕圖謀，共構奸宄，臨冀當誅，無可設巧，復記其惡，以要爵賞。陛下不審別真偽，復與忠臣並時顯封，使朱紫共色，粉墨雜蹂，所謂抵金玉於沙礫，碎珪璧於泥塗，四方聞之，莫不憤嘆。臣至頑駑，世荷國恩，身輕位重，勤

不補過；然懼於永歿，負釁益深，敢以垂絕之日，陳不諱之言，庶有萬分，無恨三泉。

這本奏章，也是自知必死，盡言規主；怎奈桓帝沉迷不醒，看了這班刑餘腐豎，好似再造恩人，無論他如何凶橫，總是不忍擯逐，坐使赤膽忠心的黃世英，瓊字世英。飲恨以終。訃聞朝廷，總算予謚忠侯，追贈車騎將軍。小子有詩嘆道：

臨死猶聞上諫章，良言未用志難償。

臣軀雖逝忠常在，贏得千秋一字香。

黃瓊既歿，四方名士，爭往會葬，多至六七千人；獨有一儒生前來弔喪，舉動行止，與眾人迥不相同。欲知此人來歷，待至下回表明。

東漢時代，循吏頗多，往往升任三公，匡輔王室，而朝政未聞有起色者，君失其明，內蔽群小，而三公不能久任故也。試觀劉寵之卸任會稽，僅受一錢，其生平之廉潔可知；及擢任司空，與劉矩、種暠同心輔政，應不難坐致太平，然而庸主之昏迷如故，雖有良輔，無能為力；況置三公如弈棋，不久而皆聞罷免耶？段熲、皇甫規、馮緄等，並有功加罪，朱穆力諍而不用，黃瓊死諫而不從，漢之為漢，大勢可知。寧待黨錮禍起，正士一空，而始見東京之淪替歟？

第五十一回　受一錢廉吏遷官　劾群閹直臣伏闕

第五十二回
導後進望重郭林宗　易中宮幽死鄧皇后

第五十二回　導後進望重郭林宗　易中宮幽死鄧皇后

　　卻說黃瓊歿後，會葬至六七千人，就中有一儒生，行至塚前，手攜一筐，從筐中取出絮包，內裏乾雞，陳置墓石，再至塚旁汲水，即將乾雞外面的絮裹，漉入水內，絮本經酒漬過，入水猶有酒氣，當下取絮酬墓，點點滴滴，作為奠禮；復向筐內探出飯包，借用白茅，然後拜哭盡哀，起身攜筐，掉頭竟去。會葬諸人，先見他舉動異常，不便過問，唯在墓旁斂坐默視，到了該生去後，方交頭接耳，猜及姓名。太原人郭泰，首先開口道：「這定是南昌高士徐孺子呢！」陳留人茅容，素善高談，便應聲道：「郭公所言，想必無訛；容當追往問明便了！」說著，即據鞍上馬，向前急追，約行數里，果得追及，問明姓氏，確係徐稚，表字孺子。容便沽酒設肉，與為賓主，兩人小飲頗酣，性情款洽。容乘間談及國事，稚微笑不答；唯問至稼穡，方一一相告。待至飲罷，彼此起身揖別，稚始與語道：「為我謝郭林宗，泰字林宗。大樹將顛，非一繩所能維，何必棲棲遑遑，不遑寧處呢？」見識獨高。容即返告郭泰，泰不禁嘆息。或向泰進言道：「茅生非不可與言，孺子乃未肯與談國事，豈非失人？」泰搖首道：「孺子為人，清廉高潔，飢不可得食，寒不可得衣，今為季偉飲食，明是視為知己，刮目相看；若不答國事，便所謂智可及，愚不可及哩！」

　　看官聽說，這季偉就是茅容表字，容家居陳留，年至四十餘，在野躬耕，與同儕避雨樹下，眾皆蹲踞，唯容整襟危坐，郭泰適過道旁，見容造次盡禮，就揖容與語，藉著尋宿為名，意欲寓居容家；容坦然允諾，留泰歸宿。黎明即起，殺雞為黍，泰總道是餉客所需，未免過意不去，哪知容是殺雞奉母，及與泰共餐，只有尋常菜蔬，未得一饜。泰食畢與語道：「君真高士，郭林宗尚減牲縮膳，儲待賓客，君乃孝養老母，好算是我良友了！」因勸令從學，終成名士。泰明能知人，素好獎引士類，

後進多賴以成名。鉅鹿人孟敏，嘗負甑墮地，不顧而去，可巧泰與相值，召問敏意，敏直答道：「甑已破了，回顧何益？」泰見他姿性敏快，亦勸令遊學，果得成名。陳留人申屠蟠，九歲喪父，哀毀過禮，服闋猶不進酒肉，約十餘年；當十五歲時，聞得同郡孝女緱玉，為父報仇，殺死夫從母兄李士，被繫獄中，他即邀集諸生，替玉訟冤道：「如玉節義，足為無恥子孫，隱加激勵；就使不遇明時，尚當旌表廬墓，況一息尚存，遭際盛明，怎得不格外哀矜呢？」頗有俠氣。外黃令梁配，覽書感動，乃減玉死罪，但處輕刑。鄉人稱為義童。唯因家世貧賤，不得已傭作漆工，泰聞蟠義俠有聲，特往與相見，假資勉學，蟠遂得以經藝名家。此外教授子弟，不下千人，唯不願出仕，故太尉黃瓊等，屢次辟召，泰終不應。有人從旁勸駕，泰喟然道：「我夜觀乾象，晝察人事，天已示廢，如何再能支持呢？」話雖如此，但尚周遊京邑，誘掖後進，不遺餘力。

時有蒲亭長仇香，以德化民，嘗令子弟就學，期年大化；有頑民陳元不孝，被母告發。香親至元家，為陳人倫孝行，反覆曉諭，元不禁感泣，立誓悔過，終為孝子。考城令王奐，聞香賢名，召為主簿，且與語道：「君在蒲亭，使陳元不罰而化，政績可嘉；但古人有言：『嫉惡如鷹鸇。』君得毋尚少此志麼？」香答說道：「鷹鸇究不若鸞鳳，香所以不願出此哩！」奐歎息道：「枳棘非鸞鳳所棲，百里非大賢所駐；今日太學諸生，曳長裾，躡聲響，皆不若主簿，何苦鬱鬱居此，埋沒一生？」香辭以無資，奐持捐俸一月，遣令入都。栽培名士，當效郭王。香既進太學，與同郡符融毗連鄰舍。融性喜交遊，賓客不絕，見香閉門自處，便乘暇過語道：「京師為人文淵藪，英雄四集，君奈何不與結交？」香聞言正色道：「天子設太學，難道使諸生徒騁遊談麼？」說得符融嗒然若喪，俯首趨出。既而融轉告郭泰，泰投刺往訪，與談數語，當即起拜道：

第五十二回　導後進望重郭林宗　易中宮幽死鄧皇后

「君足為泰師，不止為泰友哩！」嗣香學成歸里，仍然杜門謝客，無心仕進，隱居終身；唯泰往來如故，雖係屠沽卒伍，向他問業，無不收受。陳國童子魏昭，慕泰重名，踵前相請道：「經師易遇，人師難求，願為先生供給灑掃！」泰即令為弟子，隨時指導，旋即成材。扶風人宋果，行為粗暴，太原人賈淑，性情險惡，皆經泰曲示裁成，化為善士。因此遠近景仰，無不歸懷。泰嘗至陳梁間，途中遇雨，巾墜一角，時人乃故意仿效，號為「林宗巾」，可見得人心向慕，遠近從同了。前光祿勳主事范滂，與泰相識，或問范滂道：「郭林宗究係何等人？」滂應聲道：「隱不違親，貞不絕俗；天子不得臣，諸侯不得友。此外非我所敢知呢！」

後來泰丁母憂，悲戚過甚，竟至嘔血，杖而後起，出視廬前，見有生芻一束，置諸地上，因即問明旁人，才知有人弔喪，置芻自去。當下因感生慨道：「這又是徐孺子所為！《詩經》有云：『生芻一束，其人如玉。』我有何德，足以當此？」其實徐稚寓意，仍教他蟄居空谷，毋致縈維的意思，就是徐稚前祭黃瓊，亦無非追懷舊誼，自表餘情，並不是慕瓊勳名，來趕這場熱鬧。從前瓊在家授徒，稚輒過訪經義，及瓊備歷顯階，卻絕跡不赴，瓊遣吏辟召，亦俱謝絕。他如陳蕃為豫章太守時，懸榻待稚，稚間或往來；見前文。嗣聞蕃入為尚書令，也不復往謁；蕃將稚名登諸薦牘，又屢徵不起，蕃卻在朝多年，屢退屢進，平時輒因事匡諫，往往未見施行。無道則隱，何不效徐孺子？先是侍中爰延，在宮值差，桓帝嘗問延道：「卿視朕為何如主？」延以中主相對，桓帝又問為何因，延復說道：「尚書令陳蕃，任事即治；中常侍黃門，與政即亂；臣故知陛下可與為善，可與為非。」論頗平允。桓帝雖隨口稱善，進延為五官中郎將，但究不能重任陳蕃。會因客星經犯帝座，延又勸桓帝任賢去邪，終不見從，延稱病引去；蕃仍守原職，未聞乞休。及調任光祿勳，

正值車駕出幸河南,校獵廣成苑中,陳蕃上疏諫阻,略言時當三空,不應畋遊,三空是田野空,朝廷空,倉庫空,卻是確中時弊,並非虛言;偏桓帝遊興方濃,未肯中止,再加一班左右近臣,巴不得乘輿出幸,好乘此予取予求,自飽欲壑。於是奉駕南行,沿途需索,不可勝計,到了罷獵回宮,已皆貪囊充牣,喜躍而歸。小人無一不貪財。

太尉劉矩,司空劉寵,俱因災異相尋,坐譴免官,司徒種暠,又復病歿,桓帝特進太常楊秉為太尉,衛尉許栩為司徒,周景為司空。秉即楊震次子,父子相繼為太尉,士論稱榮;周景在衛尉任內,正直無私,素與楊秉氣誼相投,至同列臺階,遂聯名上奏,請將中官子弟,悉數罷斥,桓帝總算依從,黜免使匈奴中郎將燕瑗,青州刺史羊亮,遼東太守孫誼等五十餘人,再起皇甫規為度遼將軍,往鎮朔方。規蒞任數月,即奏舉武威太守張奐,才略兼優,宜為主帥,自己願為奐副。朝廷准如所請,乃遷奐為度遼將軍,規為使匈奴中郎將。奐本酒泉人氏,曾為梁冀故吏,坐黨梁氏,致遭禁錮;皇甫規常與友善,薦牘七上,乃得起為武威太守。武威僻處西陲,民多愚野,經奐嚴加賞罰,濟以教養,風俗一新,百姓無不悅服,為立生祠;至遷任度遼將軍,並得皇甫規為輔,愛威並用,夷夏歸心,幽、并二州,安靜了好幾年。

唯桓帝耽情遊樂,屢思南巡,自廣成苑校獵以還,倏忽一載,乃復鼓動遊興,託言至章陵祭祖,啟蹕出都,章陵即舂陵縣,事見前文。翠華一出,扈從萬計,比前此校獵廣成時,熱鬧加倍,途次徵求費役,更形騷擾;獨護駕從事胡騰,看不過去,上言天子無外,乘輿所幸,即為京師,臣請以荊州刺史,比司隸校尉,臣自同都官從事。桓帝依議施行,騰乃得嚴申約束,遇有閹宦私索等情,立令州縣報聞,州縣如有徇隱,罪與同科,得此一舉,才覺紀律肅然,莫敢干擾。車駕到了章陵,

第五十二回　導後進望重郭林宗　易中宮幽死鄧皇后

謁祭園廟，頒賜守令以下，多寡有差；再啟行至雲夢澤，臨覽漢水，復還幸新野，遍祀湖陽、新野兩公主各祠，兩公主，係光武帝祠。然後返駕入都，時已為延熹八年的殘臘了。越年正月，詔遣中常侍左悺，前往苦縣，致祭老子。真是多事，且由宦官主祭，老子有靈，豈肯就饗？待至左悺覆命，湊巧權閹得罪，悺亦被劾，聲勢隆隆的左迴天，到此亦無術求生，只好自尋死路了。說起權閹得罪的禍根，起自益州刺史侯參。參為中常侍侯覽親弟，倚兄勢力，貪暴橫行，凡民間財產豐富，即誣以大逆，誅滅全家，沒入財物，前後得贓無數，怨積全州。事為太尉楊秉所聞，因即據實糾彈；有詔用檻車逮參，參在道自殺。京兆尹袁逢，至旅舍閱參行李，共有三百餘車，統載金銀珍玩，光耀滿目，特上書報聞，秉乃再劾侯覽，請一併放黜，語云：

臣案國舊典，宦豎之官，本在給使省闥，司昏守夜；而今猥受過寵，執政操權，其阿諛取容者，則因公襃舉，以報私惠；有忤逆於心者，必求事中傷，肆其凶忿；居法王公，富擬國家，飲食極餚膳，僕妾盈綺素，雖李氏專魯，穰侯擅秦，穰侯即秦昭王舅。何以尚茲？案中常侍候覽弟參，貪殘元惡，自取禍滅，覽固知釁重，必有自疑之意，臣愚以為不宜復見親近；昔齊懿公刑邴歜之父，奪閻職之妻，而使二人參乘，卒有竹中之難，《春秋》書之，以為至戒。蓋鄭詹來而國亂，事見《公羊傳》。四佞放而眾服；四佞，即四凶。以此觀之，容可近乎？覽宜即屏斥，投畀有虎，若斯之人，非恩所宥，請免官送歸本郡，全其餘生，則憂足弭而為德亦大矣。

桓帝覽奏，還是不忍罷覽，再令尚書召秉掾屬，用言詰問道：「公府外職，乃奏劾近官，經典漢制，曾有此故事否？」掾吏答道：「春秋時，趙鞅興甲晉陽，入除君側，經義不以為非，傳謂除君之惡，唯力是視，漢丞相申屠嘉，面責鄧通，文帝且為請釋，本朝故事，三公職任，無所

不統，怎說不能奏劾近官呢？」理由充足。尚書無詞可駁，還白桓帝；桓帝不得已罷免覽官。司隸校尉韓縯，復奏列左悺罪惡，及悺兄太僕左稱；悺與稱膽怯心虛，自恐不能逃罪，並皆仰藥畢命。縯又劾具瑗兄恭，歷任沛相，受贓甚多，亦應按贓治罪，詔即徵恭下獄。瑗入宮陳謝，繳還東鄉侯印綬。桓帝令瑗免官，貶為都鄉侯，瑗歸死家中。時單超、唐衡早卒，徐璜亦死，子弟本皆襲封，至此並降為鄉侯，這就是五侯的結局。只有左悺自盡，餘皆令終，不可謂非幸遇。皇后鄧氏，專寵後庭，母族均叨恩寵，兄子康已早封淮陽侯，康弟統復襲后母封邑，得為昆陽侯，鄧后母宣，曾封昆陽君，至是，宣歿，故令統襲封。統從兄會，卻襲后父香封爵，得為安陽侯，統弟秉，又受封淯陽侯，就是后叔父鄧萬世，嘗拜官河南尹，與桓帝並坐博弈，寵幸無比。約莫有六七年，鄧后色已浸衰，桓帝又別選麗姝，充入後宮，先後不下五六千人，就中總有幾個容貌超群，賽過鄧后，桓帝得新忘舊，自然把鄧后冷淡下來；鄧后不免懷忿，時有怨言，又因桓帝所寵，莫如郭貴人，因與她積成仇隙，互搬是非。郭貴人甫承寵眷，一言一語，皆足移情，桓帝素來昏庸，怎能不為所蠱敝？那郭貴人樂得媒孽，遂把那鄧后行止，隨時譖毀，說得她如何驕恣，如何妒忌，惹動桓帝怒意，於延熹八年正月，廢去皇后鄧氏，攛往暴室，活活幽死。

　　河南尹鄧萬世，及安陽侯鄧會，並連坐下獄，相繼瘐死；鄧統等亦逮繫暴室，褫奪官爵，黜歸本郡，財產俱沒入縣官，鄧氏覆敗。前度遼將軍李膺，再起為河南尹，適值宛陵大姓羊元群，自北海郡罷官歸來，贓罪狼藉，膺表陳元群罪狀，欲加懲治；哪知元群行賂宦官，反說膺挾嫌中傷，竟將膺罷官繫獄，輸作左校。前車騎將軍馮緄，復入為將作大匠，遷官廷尉，案驗山陽太守單遷，因他情罪從重，答死杖下；遷為故

第五十二回　導後進望重郭林宗　易中宮幽死鄧皇后

車騎將軍單超親弟，中官與有關係，遂飛章構成緄罪，亦與李膺同為刑徒。中常侍蘇康管霸，霸占良田美產，州郡不敢詰，大司農劉祐，移書州郡，將二閹占有產業，悉數沒收。二閹當然泣訴桓帝，桓帝大怒，亦將劉祐下獄論罪，輸作左校。太尉楊秉，正欲為三人訟冤，不意老病侵尋，竟致不起。秉中年喪妻，不復續娶，居官以清白見稱，綽有父風，嘗自謂我有三不惑，酒、色與財，及病歿時，年已七十有四。桓帝賜塋陪陵，特進陳蕃為太尉，蕃奉詔固辭道：「不愆不忘，率由舊章，臣不如太常胡廣；齊七政，訓五典，臣不如議郎王暢；聰明亮達，文武兼資，臣不如弛刑徒李膺；願陛下就三人中，簡賢授職，臣卻不敢濫廁崇階！」桓帝優詔不許，蕃乃受命就任，入朝白事，屢言李膺、馮緄、劉祐三人冤屈，應即日赦宥，賜還原職，桓帝置諸不答；蕃復跪請再三，反覆陳詞，備極懇切，仍未見桓帝允許，乃流涕起去。司隸校尉應奉，見蕃屢請不准，獨上疏申訟道：

昔秦人觀寶於楚，昭奚恤薀以群賢，梁惠王瑋其照乘之珠，齊威王答以四臣；夫忠賢武將，國之心膂。竊見左校弛刑徒前廷尉馮緄，大司農劉祐，河南尹李膺等，執法不撓，誅舉邪臣肆之以法，眾庶稱宜；昔季孫行父親逆君命，逐出莒僕，於舜之功二十有一，今膺等投身強禦，畢力致罪，陛下既不聽察，而猥受譖訴，遂令忠臣同愆元惡，自春迄冬，不蒙降恕，遐邇觀聽，為之嘆息。夫立政之要，記功忘失，是以景帝舍安國於徒中，景帝時，韓安國為梁大夫坐法抵罪，後復起為梁內史。宣帝徵張敞於亡命。敞為京兆尹，殺人亡命，會冀州亂，復徵為刺史。前緄討蠻荊，均吉甫之功；周尹吉甫征服獫狁。祐數讀若朔。臨督司，有不吐茹之節；膺威著幽并，遺愛度遼；今三陲蠢動，王旅未振，《易》稱雷雨作解，君子以赦過宥罪，乞原膺等，以備不虞，是臣等所無任翹望者也。

經此一疏，卻蒙桓帝聽從，便將三人赦罪。陳蕃屢言不聽，應奉一疏即行，為蕃計已可引身退去。已而桓帝擬立繼后，意在采女田聖，聖家世微賤，獨生得妖嬈豔冶，姿態絕倫，桓帝得了此女，又將郭貴人撇諸腦後，日夕與田聖同處，相猥相倚，如漆投膠；因此欲將聖冊立為后。司隸應奉，伏闕固諍，力言田氏單微，不足為天下母。太尉陳蕃，亦申言后宜慎選，不如冊立竇貴人，卻是世家舊戚，足配聖躬。桓帝無可如何，乃立竇貴人為繼后。后為竇融玄孫竇武女兒，即章帝后從祖弟的孫女，入宮未幾，得為貴人，既已正位中宮；父武得進任城門校尉，受封槐里侯。唯竇后姿色，不及田聖，桓帝因公論難違，勉強冊立，所以御見甚稀，有名無實；那桓帝的愛情，仍然專屬田聖一人。小子有詩嘆道：

　　溺情無過綺羅叢，欲海沉迷太不聰。
　　二十年來昏濁甚，徒教婦寺亂深宮！

　　欲知後事如何，且看下回續敘。

　　隱不違親，貞不絕俗，乃郭林宗一生確評。林宗生遭衰世，已知大局之不可復支，唯悲天憫人之衷，始終未忍，不得已栽培後進，使之成材，為斯文留一線之光；孔孟之轍環天下，教授生徒，猶是志耳。彼陳蕃、李膺諸人，知進而不知退，毋乃昧機。且於鄧后之廢死，蕃正在朝輔政，不聞出言諫諍，延至繼立中宮，方謂田氏微賤，不如選立竇貴人，夫鄧后何罪？不過為兒女私嫌，竟遭幽死；竇后何德？乃請立為后；厥後北寺之冤，已隱伏於后位之廢立時矣。徐孺子嘗誡郭林宗，而於下榻之陳蕃，反未聞預為規諫，抑獨何也？

第五十二回　導後進望重郭林宗　易中宮幽死鄧皇后

第五十三回
激軍心焚營施巧計　信讒構嚴詔捕名賢

第五十三回　激軍心焚營施巧計　信讒構嚴詔捕名賢

　　卻說桂陽太守陳奉，前已剿平長沙賊黨，見五十二回。復破滅桂陽賊李研，桂陽乃安。唯餘賊卜陽、潘鴻等，逃入深山，伏處年餘，覷得兵防少弛，又四出劫掠，蹂躪居民；還有艾縣殘賊，亦與卜潘二賊連合，大為民患。荊州刺史度尚，頗有膽略，招募蠻夷雜種，懸賞進討，大破賊眾，連平三寨，奪得珍寶甚多。卜潘二賊，仍竄入山谷間，黨羽猶盛，尚欲窮搗賊巢，殄絕根株；只士卒已腰囊滿盈，不願冒險再入，彼此逍遙自在，各無鬥志；尚乃想出一法，向眾揚言道：「卜陽、潘鴻，乃是多年積賊，能戰能守，未易驅除，我兵已經勞苦，且與賊相較，還是彼眾我寡，一時不便輕進；今宜徵發諸郡兵馬，並力擊賊，方可圖功，爾等可隨時習勞，出外射獵，毋使遊惰，待至諸郡兵到，大舉進剿，豈不是一勞永逸麼？」士卒聞言，很是喜悅，當即成群結隊，共出遊獵，每日獲得禽獸，充入庖廚，足供大嚼，眾情愈加踴躍，遂至傾寨俱出，四處弋射，盡興始歸；不意到了營旁，統是驚心怵目，叫苦連天；原來那幾座營盤，都已變做灰燼，所有平時珍積，被祝融氏收拾盡淨了。卻是奇絕。看官閱此，還道是營中失火，誰知卻是度尚的祕計。尚見軍心懈弛，無非為驕富所致，因特誘他出獵，密令心腹將士，暗地縱火，毀去各營，使他失所憑藉，然後可以再用。

　　大眾未知尚謀，正在自悔自恨，涕淚交併，可巧尚來營巡視，故意頓足道：「我令汝等出獵習勞，實為平賊起見，今營中無故被毀，致失汝等蓄積，怕不是由賊狡計，前來放火麼？這都是我失防閒，致遭此害，我定要向賊求償呢！」說至此，見大眾並皆感泣，又繼續宣言道：「卜潘二賊的財貨，足富數世，諸君若能努力擊賊，便可悉數取來，區區小失，不足介意，明日就進搗賊巢便了！」雖是一番權謀，但欲驅策驕兵，亦不得不爾。眾皆應聲道：「願如尊命！」尚心中大喜，飭各軍秣馬

蓐食，待旦即發。未幾已是黎明，便傳出號令，全軍啟行，自己亦披掛上馬，揚鞭急進，馳抵賊寨。卜陽、潘鴻等賊，甫經起食，一些兒沒有防備，被官軍長驅殺入，如削瓜刈草一般，卜潘二賊，棄食出奔，由吏士搶步趕上，亂刀交揮，任他兩賊如何凶悍，已剁得有頭無尾，血肉模糊；餘賊大半飲刀，剩了幾個腳長的毛奴，雖得僥倖逃生，也已心膽交碎，情願改過自新，變做平民；荊州大定，群寇悉平。

　　尚以功得封右鄉侯，調任桂陽太守；越年徵還京師，改命任胤為桂陽太守。荊州兵目朱蓋等，戍役日久，財賞不足，復慣恚作亂，與桂陽賊胡蘭等合併，共計三千餘人，進攻桂陽，焚掠郡縣。任胤膽小如鼷，棄地逃走；賊眾輾轉迫脅，多至數萬，移擾零陵。太守陳球，嬰城拒守，掾吏向球進說道：「賊勢甚盛，明公不如挈家避難，尚可自全！」球勃然發怒道：「太守分國虎符，受任一方，豈可顧全妻孥，折損國威？如敢再言奔避，立斬勿貸！」掾吏乃咋舌退去。球即削木為弓，斷矛為矢，引機扳發，射死賊黨多人。賊攻城不下，因決城外流水，灌入城中，球相視地勢，據高屯兵，反引水淹賊，賊眾驚駭，乃將流水洩去。內外相拒十餘日，全城無恙。朝廷再授尚為中郎將，使率幽、冀、黎陽、烏桓步騎二萬六千人，往救零陵，尚連敗賊眾，又與長沙太守抗徐等，調集各郡士卒，合力討擊，大破胡蘭。蘭急不擇路，驟馬亂奔，尚督兵追及，張弓搭箭，射倒蘭馬，蘭顛撲地上，當由眼快腳快的軍士，趕出一刀，了結賊命；餘賊失去頭顱共約三千五百級，朱蓋等竄往蒼梧。詔賜尚錢百萬，抗徐等亦受賞有差。尚係山陽人，徐係丹陽人，兩人為同時名將。至朱蓋等入蒼梧境，復被交趾刺史張磐擊退，仍還荊州，後來為零陵太守楊璇討平，這且無庸細表。

　　且說李膺遇赦後，復起為司隸校尉，他本生性剛直，不肯詭隨，雖

第五十三回　激軍心焚營施巧計　信讒構嚴詔捕名賢

已迭經挫折，仍然風裁嚴峻，執法不阿。小黃門張讓弟朔，為野王令，貪殘無道，甚至刑及孕婦，一聞膺為校尉，便即懼罪入京，匿居乃兄第舍。果然膺聞風往捕，親率吏卒至讓家，四處搜尋，不見形影，及見室有複壁，即令吏卒毀壁入視，得將張朔覓著，一把抓住，押赴洛陽獄中，訊鞫得供，立即處斬。讓遣人說情，已經無及；沒奈何入訴桓帝，謂膺專擅不法。桓帝召膺入殿，當面詰責，問他何故不先奏請，便即行誅？膺從容答說道：「昔晉文公執衛成公，歸諸京師，《春秋》不以為非；《禮》云公族有罪，雖加三宥，有司尚可執憲不從。且孔子為魯司寇，七日即誅少正卯，今到官已越一旬，自恐稽遲獲罪，不意反欲速見譏；就使臣罪至死，還望陛下寬限五日，使臣得殄除元惡，然後退就鼎鑊，也所甘心了！」元惡何能盡除？徒使權閹側目，膺亦可以休矣！桓帝聽著，因他理直氣壯，不能再詰，乃旁顧張讓道：「這是汝弟有罪，應該加戮，不得專咎司隸呢！」遂令膺退去，張讓亦只好趨出。嗣是黃門常侍，皆屏足帖息，雖經休沐，不敢復出宮省；桓帝怪問原因，眾閹並叩頭泣語道：「畏李校尉！」是時朝廷日亂，綱紀頹弛，唯膺不屈不撓，好似中流砥柱，士人或得邀容接，輒相欣慶，號為登龍門。龍將燒尾，奈何？奈何？太尉陳蕃，薦引議郎王暢，進為尚書，出任河南太守，奮厲剛猛，與李膺齊名；太學諸生三萬餘人，常欽慕陳蕃、李膺、王暢等人，交口讚美，編出三語道：「天下楷模李元禮，不畏強禦陳仲舉，天下俊秀王叔茂。」元禮、仲舉、叔茂，便是李膺、陳蕃、王暢三人的表字。自從太學生有此標榜，遂致中外承風，競相臧否，孰忠孰奸，孰賢孰不肖，往往意為褒貶，信口歌謠。於是君子小人，辨別甚清，君子與君子為一黨，小人與小人為一黨，小人只知為惡，黨派卻結得牢固，不至分爭。君子與君子，有時為了學說不同，政見不同，卻互生齟齬，又從一黨中

分出兩黨來，兩黨相誹，久持不下，反被小人從旁竊笑，乘隙攻入，得將黨人二字，加到君子身上。暗君不察，疑他結黨為非，聽信讒言，濫加逮捕，鬧得一塌糊塗，這就叫做黨禍。小人原屬可恨，君子亦不能無咎。

　　看官聽著，待小子敘明東漢黨禍的源流。一朝大獄，應該特別敘明。先是桓帝為蠡吾侯時，曾向甘陵人周福受業，及入承大統，便擢福為尚書；又有甘陵人房植，曾一任河南尹，也有重名。福字仲遲，植字伯武，鄉人替他作歌道：「天下規矩房伯武，因師獲印周仲遲。」據此兩語，似乎房植的名望，駕過周福，唯兩人既相繼通顯，自然各置賓僚；福門下無不助福，往往優福劣植，植門下無不助植，又往往優植劣福，兩造互爭優勝，積不相容，免不得各樹黨徒，浸成仇隙，黨人的名號，就從甘陵的周房兩家，發生出來。既而汝南太守宗資，用范滂為功曹，南陽太守成瑨，用岑晊為功曹，並委他褒善糾違，悉心聽政，二郡又有歌謠道：「汝南太守范孟博，南陽宗資主畫諾；南陽太守岑公孝，弘農成瑨但坐嘯。」宗資南陽人，成瑨弘農人，孟博係范滂表字，公孝係岑晊表字，歌中寓意，是歸美范滂、岑晊二人，名為功曹，實與太守無二，冤冤相湊，釁啟南陽。宛縣人張泛，為桓帝乳母外親，擁有資財，工雕刻術，嘗琢玉鏤金，私賄中官，中官與為莫逆交，往來甚密，泛得恃勢驕橫，肆行無忌，宛吏不敢過問。南陽功曹岑晊，因宛縣為南陽屬地，特勸太守成瑨，捕泛入獄，泛慌忙通訊中官，乞為救護，中官即為代請，頒下赦文，晊又促瑨誅死張泛，然後宣詔施赦。小黃門趙津，家居晉陽，貪殘放恣，太原太守劉瓆，亦將津捕入獄中，遇赦不赦，把津處死。中常侍侯覽，時已復官，即使張泛妻上書訟冤，並向桓帝前譖訴瑨瓆，說他不奉詔命，罪同大逆。桓帝頓時大怒，立徵瑨瓆下獄，飭令

第五十三回　激軍心焚營施巧計　信讒構嚴詔捕名賢

有司審讞，有司仰承中旨，復稱兩人俱當棄市。同時山陽太守翟超，使張儉為督郵，巡視全境。侯覽家在防東，殘害百姓，大起塋塚，儉舉奏覽罪，被覽從中擱置，壅不上聞，惹得儉容忍不住，竟督吏役，毀去覽塚，籍沒資財。覽怎肯罷休？泣訴桓帝，歸罪太守翟超，超又被逮下獄，當由有司定案，與前東海相黃浮同科，並輸左校。黃浮事，見五十一回。司空周景，時已免官，由太常劉茂代任，太尉陳蕃，邀茂一同入諫，請赦瓆、瑨、超、浮四人，桓帝不從，中常侍復從中媒孽，茂恐為所構，不敢復言。獨陳蕃不甘隱默，再上疏力諫道：

臣聞齊桓修霸，務為內政，《春秋》於魯，小惡必書，宜先自整飭，後乃及人。今寇賊在外，四肢之疾，內政不理，心腹之患；臣寢不能寐，食不能飽。實憂左右日親，忠言以疏，內患漸積，外難方深，陛下超從列侯，繼承天位，小家蓄產，百萬之資。子孫尚恥愧失其先業，況乃產兼天下，受之先帝，而欲懈息以自輕忽乎？即不愛己，不當念先帝得之勤苦耶？前梁氏五侯，毒遍海內，天啟聖意，收而戮之，天下之議，冀當小平；明鑑未遠，覆車如昨。而近習之權，復相熾結，小黃門趙津，大猾張泛等，肆行貪虐，奸媚左右；前太原太守劉瓆，南陽太守成瑨，糾而戮之，雖言赦後，不當誅殺，原其誠心，在於去惡。至於陛下，有何悁悁？而小人道長，熒惑聖聰，遂使天威為之發怒，各加刑謫，已為過甚；況乃重罰，令伏歐刃乎？又前山陽太守翟超，東海相黃浮，奉公不撓，嫉惡如仇，超沒侯覽財物，浮誅徐宣之罪，並蒙刑坐，不蒙赦恕；覽之驕縱，沒財已幸，宣犯釁過，死有餘辜！昔丞相申屠嘉，召責鄧通，洛陽令董宣，折辱公主，而文帝從而請之，光武加以重賞，未聞二臣有專命之誅。而今左右群豎，惡傷黨類，妄相交構，致此刑譴，臣聞是言，當復啼訴。陛下深宜割塞近習預政之源，引納尚書朝省之事，公卿大官，五日一朝，簡練清高，斥黜佞邪，如是天和於上，地洽於下，休禎符瑞，豈遠乎哉？陛下雖厭恨臣言，臣但知為國效忠，冀回上意，用敢昧死奏聞！

桓帝覽疏，非但不從蕃請，並且下詔責蕃；黃門中常侍等，恨蕃加甚，只因蕃為名臣，一時未敢加害，故蕃尚居官如故。平原人襄楷，詣闕陳書，力為瑨瓆訟冤，終不見報；會因河水告清，楷以為清屬陽，濁屬陰，河水當濁而反清，是陰欲乘陽之兆；又桓帝嘗就濯龍宮中，親祀老子，用郊天樂，楷書中亦曾提及，謂黃老清虛，好生惡殺，省欲去奢，今陛下厲行誅罰，博採婦女，全與黃老相反，祭祀何益？詞意很是激切，桓帝唯置諸不理。楷復上書糾劾宦官，文中有云：「殷紂好色，妲己是出；葉公好龍，真龍游廷。今黃門常侍，並犯天刑，陛下乃寵遇日甚，臣愚以為繼嗣未兆，實坐此弊！」這數語激動一班閹豎，大起譁聲。桓帝年已逾壯，未得一子，也不免觸起懊惱，即召楷入朝，令尚書問狀。楷直答道：「古時本無宦官，自武帝末年，屢遊後宮，始令閹人侍從，設定官職，這乃先朝弊政，不足為法！」尚書等斥楷違經誣上，應即論罪，竟把楷收送洛陽獄中，還是桓帝擱置不提，才免死刑。符節令蔡衍，議郎劉瑜，表救成瑨、劉瓆，言亦切直，並坐罪免官；瑨與瓆竟搒死獄中，唯岑晊、張儉，在逃未獲。瑨、瓆畢命，事由晊、儉二人啟釁，及瑨、瓆死，而晊、儉逃生，以義相繩，未免負友。儉有清名，望門投止，輾轉至東萊，匿李篤家。外黃令毛欽，聞風往捕，篤與語道：「張儉知名天下，所為無罪，明府素行清正，何忍拘及名士？」欽撫篤背道：「蘧伯玉恥獨為君子，足下如何自專仁義？」篤又答道：「篤雖好義，明府今日，也分得一半了！」欽嘆息自去，篤復送儉出塞，方得倖存。晊竄往齊魯，親友亦競為收容，唯前新息長賈彪，閉門不納；彪曾有重望，在新息長任內，見貧民多棄子不育，特嚴令禁止，有犯與殺人同科，數年間戶口蕃庶，民間稱為賈父。至不納岑晊一事，為眾所疑，彪喟然道：「《傳》云：『相時而動，無累後人！』公孝要君致釁，自貽伊戚，我豈可私相容隱麼？」足令岑晊自愧。後來晊走匿江夏山中，得

第五十三回　激軍心焚營施巧計　信讒構嚴詔捕名賢

　　疾乃終。一案未了，一案又起，河內有術士張成，頗善占驗，預料朝廷當赦，縱子殺人。司隸校尉李膺，收捕成子下獄，越日果有詔大赦，成子應當脫罪，膺獨援殺人抵命的故例，不肯輕恕，竟將成子加誅。成嘗挾術干時，交通宦官，宦官便替成報怨，嗾使成弟子牢修上書，劾膺交結太學遊士，共為部黨，誹謗朝廷，敗壞風俗。桓帝誤為聽信，嚴旨逮捕黨人，班行郡國，布告天下，案經三府。當由太尉陳蕃，展覽黨人名籍，俱係海內聞人，便皺眉捻鬚道：「今欲逮捕諸人，統是憂國忠公，馳譽四海的名士；就使子孫有過，尚應十世加宥，況本身未著罪狀，奈何無端收捕呢？」說著，遂將黨人名籍卻還，不肯署名。桓帝越加動怒，索性將司隸校尉李膺，罷官繫獄；株連太僕杜密，御史中丞陳翔，及陳實、范滂等，共二百餘人，陸續捕入；或已聞風避匿，經有司懸金購募，務獲到案。黨人並非大盜，為何這般嚴酷？

　　杜密潁川人，累遷北郡泰山太守，調任北海相，監視宦官子弟，有惡必懲；及去官還家，每見守令，多所陳託。同郡劉勝，亦自蜀郡告歸，閉門掃軌，不復見客。潁川太守王昱，嘗向密稱美劉勝，說他清高絕俗，密知昱諷己，奮然說道：「劉勝位為大夫，見禮上賓，乃知善不薦，聞惡無言，隱情惜己，自同寒蟬，這乃是當世罪人！密卻舉善糾惡，使明府賞罰得中，令聞休揚，豈非有裨萬一麼？」無道則隱，奈何不知？昱聞言懷慚，待遇加厚。嗣入朝為尚書令，遷官太僕，嫉惡甚嚴，與李膺名行相次，時人號為李杜；膺既得罪，密自然不能脫身，與同連坐。陳翔係汝南人，官拜議郎，出任揚州刺史，嘗舉發豫章太守王永，私賂中官，吳郡太守徐參，倚兄中常侍徐璜權勢，在職貪穢，永與參因此被黜，宦豎與他結嫌，亦將他列名黨案，逮入獄中。陳實本與宦官無仇，不過因名盛遭忌，致被羅織。有人勸實逃亡，實嘆息道：「我不就獄，眾

無所恃？」乃挺身入都，自請囚繫。范滂本反對憸人，一聞逮捕，便昂然入獄，獄吏謂犯官坐繫，應祭皋陶，滂正色道：「皋陶為古時直臣，若知滂無罪，且當代訴天帝；如或不然，祭亦何益？」眾聞滂言，並皆罷祭。度遼將軍張奐，已就徵為大司農。由中郎將皇甫規升任度遼將軍，聞朝廷大興黨獄，遍拘名士，自恥不得與列，徑拜表上陳道：「臣前薦大司農張奐，便是附黨，又臣輸作左校時，由太學生張鳳等為臣訟冤，便是黨人所附；臣應同入黨案，受罪坐罰！」桓帝得書，卻擱置一旁，並不批答。想是宦豎與規無嫌。就中惱了一位大臣，復毅然申奏，力為黨人辯誣，正是：

讒口囂囂真罔極，忠言諤諤總徒勞。

欲知何人出為辯誣，容至下回再表。

國家設兵，原以防盜，盜去不擊，烏用兵為？觀度尚之計激軍心，似以詐謀使人，不足為法，然尚之所用以擊賊者，乃蠻夷雜種耳；平素未曾訓練，第因一時之募集，驅使從戎，若非設法以鼓動之，安能令其再接再厲，搗平賊巢耶？故尚之所為，權道也，非正道也！孔子所謂可與權者，尚其有焉。若李膺等雖素懷剛正，而當國家無道之秋，不如潔身遠害，天地閉，賢人隱，古有明言，乃以一時之矯激，禍及海內，寧非愚忠？徐孺子謂大木將顛，非一繩所能維；郭林宗謂天之所廢，不可復支，正洞明權變之言，故卒能超然於黨禍之外；劉勝甘作寒蟬，亦此物此志云爾。李杜雖忠，其如未識權宜何也？

第五十三回　激軍心焚營施巧計　信讒構嚴詔捕名賢

第五十四回
駁問官范滂持正　嫉奸黨竇武陳詞

第五十四回　駁問官范滂持正　嫉奸黨竇武陳詞

卻說桓帝延熹八年，大興黨獄，緝捕至二百餘人，惱動了一位大臣，不忍坐視，因復上疏極諫，這人為誰？就是太尉陳蕃。疏中有云：

臣聞賢明之君，委心輔佐，亡國之主，諱聞直辭；故湯武雖聖，興由伊呂，桀紂迷惑，亡在失人。由此言之，君為元首，臣為股肱，同體相須，共成美惡者也。伏見前司隸校尉李膺、太僕杜密、太尉掾范滂等，滂曾為太尉黃瓊掾吏。正身無玷，死心社稷，以忠忤旨，橫加考案，或禁錮閉隔，或死徙非所，杜塞天下之口，盲聾一世之人，與秦焚書坑儒，何以為異？昔武王克殷，表閭封墓；今陛下臨政，先誅忠賢，遇善何薄？待惡何優？夫讒人似實，巧言如簧，使聽之者惑，視之者昏；然吉凶之效，存乎識善，成敗之機，在於察言。人君者，攝天地之政，秉四海之維，舉動不可以違聖法，進退不可以離道規，謬言出口，則亂及八方，何況髠無罪於獄、殺無辜於市乎？昔禹巡狩蒼梧，見市殺人，下車而哭之曰：「萬方有罪，在予一人！」故其興也勃焉。又青徐災旱，五穀損傷，民物流遷，茹菽不足，而宮女積於房掖，國用盡於羅綺，外戚私門，貪財受賂，所謂祿去公室，政在大夫，昔春秋之末，周德衰微，數十年間，無復災眚者；天之於漢，恨恨無已，恨恨猶睠睠也。故殷勤示變，以悟陛下，除妖去孽，實在修德。臣位列臺司，憂責深重，不敢尸祿惜生，坐觀成敗，如蒙採錄，使身首分裂，異門而出，所不恨也！

桓帝已信任宵小，決除黨人，看了陳蕃奏疏，也疑他是黨中魁碩，大為拂意；再加閹豎乘隙進讒，交毀陳蕃，遂傳出一道詔旨，責蕃辟召非人，將他罷免，再起周景為太尉。景頗持躬亮直，但見蕃因言獲戾，未敢再陳；此外更樂得置身局外，箝口避災。遷延過了一年，黨人尚未邀赦，當由前新息長賈彪，義憤填膺，在家嘆語道：「我不西行，大禍不解！」因即辭家入都，進謁城門校尉竇武，及尚書霍諝，請為黨人申理。武乃繕疏進奏道：

臣聞明主不諱譏刺之言，以探幽暗之實；忠臣不恤諫爭之患，以暢萬端之事；是以君臣並熙，名奮百世。臣幸得遭盛明之世，逢文武之化，豈敢懷祿逃罪，不竭其誠？陛下初從藩國，爰登聖祚，天下逸豫，謂當中興；自即位以來，未見善政，梁鄧諸惡，雖或誅滅，而常侍黃門，續為禍虐，欺罔陛下，競行譎詐，自造制度，妄爵非人，朝政日衰，奸臣日盛。伏尋西京放恣王氏，佞臣執政，終喪天下，今不慮前事之失，復循覆車之軌，臣恐秦二世之難，必將復及，趙高之變，不朝則夕！近者奸臣牢修，造設黨議，遂收前司隸校尉李膺、太僕杜密、御史中丞陳翔、太尉掾范滂等，逮考連及數百人，曠年拘繫，事無左證。臣唯膺等建忠抗節，志在王室，此誠陛下稷契伊呂之佐，而虛為奸臣賊子之所誣枉，天下寒心，海內失望，唯陛下留神澄省，即時理釋，以厭人鬼喁喁之心！臣聞古之明君，必須賢佐以成政道；今臺閣近臣陳蕃、胡廣，及尚書朱㝢、荀緄、劉祐、魏朗、劉矩、尹勳等，皆國之貞士，朝之良佐，尚書郎張陵、媯皓、苑康、楊喬、邊韶、戴恢等，文質彬彬，明達國典，內外之職，群材並列；而陛下委任近習，專樹饕餮。外干州郡，內干心膂，宜以次貶黜，案罪糾罰，抑奪宦官欺國之封，案其無狀誣罔之罪，信任忠良，平決臧否。使邪正譖譽，各得其所，則咎徵可消，天應可待矣！

竇武既將疏呈入，復繳上城門校尉及槐里侯印綬，自願罷官，桓帝不許，仍將印綬發還。尚書霍諝，又表請釋放黨人，桓帝亦稍稍感悟，乃使中常侍王甫，就獄訊問。時黨人皆錮住北寺獄中，為黃門所管轄。一應人犯，類皆三木囊頭，奄立階下，王甫依次傳入，逐加詰問，有幾個略為辯白，有幾個不願多談；滂獨數次前進。王甫啟口詰滂道：「君為人臣，不知忠國，反勾結部黨，自相褒舉，評論朝廷，虛詞交構，究竟意欲何為？宜供出實情，不得欺飾！」滂答說道：「孔子有言：『見善如不及，見惡如探湯。』滂欲使善善同清，惡惡同汙，不料朝廷反目為朋黨，

第五十四回　駁問官范滂持正　嫉奸黨竇武陳詞

難道善反為惡，惡反為善麼？」甫又詰問道：「如君等互相推舉，迭為唇齒，稍有不合，即加排斥，這是何意？」滂仰天長嘆道：「古人修善，自求多福，今日修善，反陷大戮；身死以後，願將屍首埋葬首陽山側，上不負皇天，下不愧夷齊！」慨當以慷。甫聽了滂言，也憨然改容，乃命並解桎梏，返報桓帝。李膺等又多引入宦官子弟，說他同黨，宦臣亦不禁惶懼，乃向桓帝進言，以為天時當赦，桓帝才將獄中二百餘人，一概釋放；但尚留名三府，禁錮終身。一面下詔改元，號為永康。范滂出獄後，往候尚書霍諝，並不為謝，或咎滂何不謝諝，滂答語道：「春秋時叔向坐罪，祁奚入援，未聞叔向謝恩，祁奚炫惠，滂亦效法古人，何必稱謝？」叔向、祁奚皆晉人。說畢，即出都還至汝南。南陽士大夫，在道歡迎，有車數百輛，滂嘆息道：「這乃反使我速禍哩！」遂從間道還鄉，不復見客。餘人亦統皆歸里。從前鉤黨詔下，郡國都希旨舉奏，多至百數；唯平原相史弼，不奏一人，詔書前後迫促，髡笞掾吏，且使從事坐待傳舍。弼往見從事，謂平原實無黨人。從事作色道：「青州六郡，五郡有黨，敢問平原有何治化，獨無黨人？」弼亦峻詞相拒道：「先王疆理天下，劃界分境，水土異宜，風俗不同，他郡有黨，平原自無，怎得相比？若徒知趨承上司，誣害良善，是平原民居，戶戶可入黨籍了！弼寧死不敢從命！」也是個硬頭子。從事且慚且恨，回朝復旨。將加弼罪名，會因黨禁從寬，只令弼罰俸一年；平原士人，倖免牽連，這都是史弼的厚惠，保全甚多。會稽人楊喬，由城門校尉竇武薦引，入朝為郎。喬容儀偉麗，奏對詳明，桓帝愛他才貌，欲將公主配喬；喬見群閹當道，正士一空，料知將來無甚善果，因即上書固辭。桓帝不許，定要將愛女嫁喬為妻，且令太史擇吉成婚，喬竟誓死相拒，絕粒數日，一命告終。好一個現成帝婿，棄去不為，反且如此拚生，真是奇聞！無非是想做夷齊。

是年仲夏，京師及上黨地裂；到了仲秋，東方大水，渤海潰溢，郡國官吏，轉受中官囑託，訛言瑞應：巴郡報稱黃龍現，西河報稱白兔來，魏郡報稱嘉禾生、甘露降，種種虛誣，無一非貢諛獻媚，取悅上心。大司農張奐，因鮮卑烏桓復叛，受命為中郎將，再出督幽、并、涼三州，及度遼、烏桓二營。烏桓素聞奐威名，不戰即降；獨鮮卑大酋檀石槐，恃勇不服，雖然引兵暫退，仍復覬覦邊疆。朝廷慮不能制，遣使封檀石槐為王，擬與和親。檀石槐不肯受命，自分屬地為東西北三部，各置酋長管領，有時輒出掠幽、并、涼諸州。桓帝方耽戀酒色，寵幸僉王，私幸天下無事，只有西北一帶，稍聞寇患，無庸多憂，不如及時行樂，與采女田聖等，朝夕縱歡，享受溫柔滋味；待至精髓日涸，疾病交侵，尚封田聖等九女為貴人，勉與綢繆，結果是脾腎皆虧，無可救藥，好好一個三十六歲的皇帝，竟至德陽前殿，奄臥不起，瞑目歸天。淫荒之主，怎得延年？總計桓帝在位，改元多至七次，為東漢時所僅見，歷數亦不過二十一年。三立皇后，無一嫡嗣，此外貴人數十，宮女百千，也不聞誕育一男。寡慾方可生男，否則，多妻何益？竇皇后情急失措，急召乃父竇武，入議立嗣，武復轉問侍御史劉儵，擬向宗室中選立賢王，儵沉吟良久，方答出一個解瀆亭侯宏。宏係河間王開曾孫，祖名淑，父名萇，世封解瀆亭侯，母為董氏，宏襲封侯爵，年才十二。儵舉宏為對，明明是奉承竇后，好教她援引故例，藉口嗣君幼弱，親出臨朝。竇武告知竇后，果然隱合后意，即使儵持節迎宏，偕同中常侍曹節，與中黃門虎賁羽林兵千人，星夜馳往河間，迓宏入都。先是桓帝初年，京師有童謠云：「城上烏，尾畢逋，公為吏，子為徒，一徒死，百乘車，車班班，入河間，河間妊女工數錢，以錢為室金為堂，石上慊慊舂黃粱，梁下有懸鼓，我欲擊此丞卿怒。」當時有人聽此童謠，無從索解。及竇氏定策禁中，迎宏至夏門亭，由竇武帶領群臣，奉宏入宮，即皇帝位，才將童

第五十四回　駁問官范滂持正　嫉奸黨竇武陳詞

謠起頭的八語，逐條推測，有跡可尋。城上烏二句，是譬喻桓帝高居九重，專知聚斂；公為吏二句，是言蠻夷叛逆，父為軍吏，子為卒徒，同時外徵；一徒死二句，是前一人出征死事，後又遣兵車繼討；車班班二句，是劉儵至河間迎宏，更明白易解了；尚有後五語未曾應驗，仍留作疑團，無人剖晰。後來宏即位二年，母董氏進為太后，喜積金錢，鬻官得賄，充滿堂室，才知妊女數錢兩語，已為讖兆；至石上慊慊三語，乃指董太后貪心未足，常使人舂黃粱為食，忠臣義士，欲擊鼓諫阻，反被丞卿怒斥。可見得自古童謠，俱非無因，但不知由何人創造，成此預讖哩！半屬後人附會，不能援作鐵證。閒文少表。

　　且說桓帝告崩，已是永康元年的殘冬，及解瀆亭侯宏入宮即位，已在次年正月，是為靈帝，當即改元建寧。竇后已早自尊為皇太后，臨朝稱制；不待桓帝出葬，便將貴人田聖等一併處死，洩除宿忿，開手即殺宮妃，怪不得後來多難。一面授竇武為大將軍，首握朝綱。太尉周景，因病乞休旋即逝世，司徒許栩，已先罷職，由太常胡廣繼任；司空劉茂，亦已免官，代任為光祿勳宣酆。竇太后追溯前事，憶及自己得正位中宮，全賴陳蕃、周景兩人；見五十二回。景已病歿，無可報德，乃特進陳蕃為太傅，使與大將軍竇武，及司徒胡廣，參錄尚書事；復將司空宣酆免職，遷長樂衛尉王暢為司空；奉葬桓帝於宣陵，追尊嗣皇祖淑為孝元皇，夫人夏氏為孝元皇后，父萇為孝仁皇，墓號慎陵，母董氏生存無恙，號為慎園貴人，又加封竇武為聞喜侯，武子機為渭陽侯，從子紹為鄠侯，靖為西鄉侯，一門四人，同沐侯封。當由涿郡人盧植，代為寒心，特獻書諷武道：

　　植聞氂有不恤緯之事，漆室有倚楹之戒，「氂不恤其緯，而憂宗周之隕。」語見《左傳》，漆室女倚柱悲吟，憂國傷懷，事見《列女傳》。憂深

思遠，君子之情。夫士立諍友，義貴切磋，《書》陳謀及庶人，《詩》詠詢於芻蕘，植誦先王之書久矣，敢愛其瞽言哉！今足下之於漢朝，猶旦奭之在周室，建立聖主，四海有系，諸公以為吾子之功，於斯為重；天下聚目而視，攢耳而聽，謂準之前事，將有景風之祚。竊繹春秋之義，王後無嗣，擇立就長，年均以德，德均則決之卜筮；今同宗相後，披圖案牒，以次建之，何勳之有？豈橫叨天功，以為己力乎？宜辭大賞，以全身名，又比者世祚不競，仍求外嗣，可謂危矣！而四方未寧，盜賊伺隙，恆嶽渤碣，尤多奸盜，將有楚人脅比，尹氏立朝之變；並見《春秋》。宜依古禮，置諸子之官，徵王侯愛子，宗室賢才，外崇訓導之義，內息貪利之心，簡其良能，隨用爵之，是亦強幹弱枝之道也！

　　竇武得書，總道嗣君新立，大權在握，一時斷不至變動，何必聽信植言，自棄富貴？當下將來書擱置，不復留意。竇太后更封太傅陳蕃為高陽鄉侯，中常侍曹節為長安鄉侯；節當然樂受，唯蕃累疏固辭，章至十上，竟不受封。但與大將軍竇武，同心輔政，徵用前司隸李膺，太僕杜密，宗正劉猛，廬江太守朱寓等，並列朝廷；又引前越巂太守荀昱為從事中郎，前太邱長陳實為掾吏，共參政事；志在除奸，竇太后也卻悉心委任，言聽計從。不過婦女見識，容易動搖，往往喜人諛言，厭聞正論。

　　靈帝有乳母趙嬈，隨帝入宮，宮中號為趙夫人，性情狡黠，善揣人意，鎮日裡入侍太后，話長論短，深得太后歡心；還有一班女尚書，係內官總名。也俱受趙嬈籠絡，串同一氣，日夕營私，中常侍曹節、王甫等，復謟事太后，與趙嬈等朋比為奸，交相煽蔽，太后反皆視為好人，有所請求，無不允許，因此屢出內旨，封拜多人。以陰遇陰，更易相惑。看官試想，如女子小人的薦引，何有賢才？太后誤為聽信，不待竇武、陳蕃商量，便即授命，武與蕃不便封駁，又不忍坐視，自然懊悵異常。蕃嫉惡尤甚，嘗與武會晤朝堂，私下語武道：「曹節、王甫等，在先

第五十四回　駁問官范滂持正　嫉奸黨竇武陳詞

帝時，已操弄國權，濁亂海內，百姓洶洶，無不痛心；今若不設計誅奸，後必難圖！」武點首稱善，蕃心下大喜，推席而起，歡顏別去。武乃復引同志尹勳為尚書，令劉瑜為侍中，馮述為屯騎校尉，密商大計。適值五月朔日，日食告變，有詔令公卿以下，各言得失，蕃即前往語武道：「昔御史大夫蕭望之，為一石顯所困，竟致自殺，況今有石顯數十輩呢？近如李杜諸公，禍及妻子，皆由權閹煽亂，正士罹殃，蕃年將八十，尚有何求？但欲為朝廷除害，佐將軍立功，所以暫留不去；今正可為了日食，斥罷宦官，上塞天變，且趙夫人及女尚書，搖惑太后，亦宜屏絕。請將軍從速措置，毋貽後憂！」武依了蕃言，便進白太后道：「向來黃門常侍，只令給事省內，看守門戶，主管近署財物，今乃使干預政事，謬加重任，子弟布列，專為貪暴，天下洶洶，都為此故，宜一概誅黜，掃清宮廷！」竇太后徐答道：「漢朝故事，世有宦官，但當稽察有罪，酌量加懲，怎可同時盡廢呢？」武乃先訐中常侍管霸、蘇康，挾權專恣，應即加誅，太后總算依議，當由武收捕管霸、蘇康，下獄處死。武又請誅曹節等人，偏太后猶豫未忍，遷延不報，陳蕃不暇久待，即上疏申請道：

臣聞言不直而行不正，則為欺乎天而負乎人；危言極意，則群凶側目，禍不旋踵，鈞此二者，臣寧得禍，不敢欺天也！今京師囂囂，道路喧譁，競言曹節、侯覽、公乘昕、王甫、鄭颯，與趙夫人諸女尚書，並亂天下，附從者升進，忤逆者中傷，方今一朝群臣，如河中木耳！泛泛東西，耽祿畏害，陛下前始攝位，順天行誅，蘇康管霸，並伏其辜，是時天地清明，人鬼歡喜；奈何數月復縱左右？元惡大奸，莫此之甚！今不急誅，必生變亂，傾危社稷，其禍難量，願出臣章宣示左右，並令天下諸奸，知臣嫉惡，不敢為非，則宮禁清而治道可冀矣！

蕃上此疏，滿望太后感念舊惠，如言施行，誰知太后仍然擱起，並不聽用。去惡宜速，豈空言所可濟事？況太后是個女流，難道能纖手除

奸嗎？那一班油頭粉面的妖嬈，及口蜜腹劍的腐豎，已是憤恨異常，竟與這竇武、陳蕃，勢不兩立了！俗語說得好：「和氣致祥，乖氣致戾。」為了朝局水火，遂致上蒼示儆，發現端倪。小子有詩嘆道：

  天變都從人事生，吉凶悔吝兆先呈。

  漫言冥漠無憑證，星象高懸已著明。

  欲知天變如何，待至下回詳敘。

  觀范滂對簿之詞，原足上質鬼神，下對衾影；即其不謝霍諝，非特自白無私，且免致中官藉口，謗及諝身，滂之苦衷，固可為知者道，難為俗人言也；然時當亂世，正不勝邪，徒為危言高論，終非保身之道，此范滂之所以終於不免耳。及桓帝告崩，竇后臨朝，陳蕃有德於竇后，而進列上公，竇武更位極尊親，手握兵柄，二人同心，協謀誅奸，似乎叱嗟可辦；然必不動聲色，密為掩捕，使婦寺無從預備，一舉盡收，然後奏白太后，聲罪加誅，吾料太后亦不能不從，肅清宮禁，原反手事耳！計不出此，乃徒向太后絮聒，促令除奸，何其寡謀乃爾？且陳蕃疏中，固嘗云危言極意，則群凶側目，禍不旋踵，彼既明知誅惡之宜速，處事之宜慎，奈何尚請宣示左右耶？謀之不臧，語且矛盾，識者已知其無能為矣。

第五十四回　駁問官范滂持正　嫉奸黨竇武陳詞

第五十五回

驅蠱賊失計反遭殃　感蛇妖進言終忤旨

第五十五回　驅蠹賊失計反遭殃　感蛇妖進言終忤旨

　　卻說靈帝元年八月，太白星出現西方，侍中劉瑜，頗知天文，暗思星象示儆，危及將相，免不得瞻顧徬徨，因即上奏太后道：「太白侵入房星，光衝太微，象主宮門當閉，將相不利，奸人為變，宜亟加防！」一面又致書竇武、陳蕃，略言星辰錯繆，不利大臣，請速決大計，毋自貽禍。武與蕃乃再協商，籌定計議，先令朱寓為司隸校尉，劉祐為河南尹，虞祁為洛陽令，然後奏免黃門令魏彪，另用小黃門山冰代任，且使冰入白太后，收捕長樂尚書鄭颯，送入北寺獄中。陳蕃向武進言道：「若輩既經收捕，便當處死，何必送他入獄，多煩考訊哩？」蕃言甚是，但徒殺一鄭颯，何足濟事？武不肯從，即使山冰會同尚書令尹勳，侍御史祝瑨，就獄訊颯；颯供詞連及曹節、王甫，勳與冰即據詞復奏，使侍中劉瑜呈入。武躊躇滿志，總道曹節、王甫等有權無力，唾手可取，不必防備他變，遂放心出宮，歸府待信。蜂蠆尚且有毒，況權閹蟠踞有年，怎可不為之備？劉瑜呈入奏章，也即退出；不料出納奏章的內官，持了奏本，先去告知長樂宮內的五官史朱瑀。瑀聞鄭颯被收，已懷疑懼，且與曹節、王甫等人，素相親善，彼此互為倚托，自然時刻留心；當下索取奏本，私自展閱，看了數行，已經怒起，及閱畢後，更覺忍耐不住，自言自語道：「中官不法，自可誅夷；我輩何罪？乃盡欲加誅呢？」說著，眉頭一皺，計上心來，便大聲喧呼道：「陳蕃、竇武，奏白太后，將廢帝為大逆，此事如何了得？」一面說，一面遍召長樂宮從吏，貪夜入商。當時應召馳至，計得共普、張亮等十七人，歃血共盟，謀誅竇武、陳蕃，然後報告曹節、王甫。節倉猝驚起，入語靈帝道：「外間喧呶，將不利聖躬，請速出御德陽前殿，宣詔平亂！」宵小詭謀，煞是可畏！靈帝年才十三，怎知內外隱情？當即依了節言，出御前殿。節與閹黨拔劍相隨，踴躍趨出，乳母趙嬈，亦從至殿中，在旁擁護，傳令閉諸禁門，召

入尚書官屬，取出亮晃晃的白刃，脅作詔書；尚書官屬，無不貪生，就使心恨閹人，到此亦為威所迫，不敢不依言繕寫。節也託稱帝意，拜王甫為黃門令，使他持節至北寺獄，收繫尹勳、山冰。冰等時已就寢，聞有中使到來，急忙披衣出迎，兜頭一看，乃是王甫，且見他張目宣詔，聲勢洶洶，心下不禁懷疑，返身復入；甫即搶上一步，厲聲吆喝道：「山冰汝敢不奉詔麼？」道言未絕，手中已拔出佩劍，竟向山冰背後劈去，刀光一閃，冰已倒地。尹勳也從夢中驚醒，出外接詔，又被王甫手起劍落，結果性命。

　　甫即就獄中放出鄭颯，還入長樂宮，竟去劫迫太后，索取璽綬，竇太后尚未起床，璽綬已被人取出，獻與王甫。汝不忍人，人將忍汝！甫令謁者守住南宮，扃閣門，斷復道，令鄭颯等持節，及侍御史謁者，往捕竇武、陳蕃。武聞變馳入步兵營，與兄子步兵校尉竇紹，張弓拒使，射死數人，且召集北軍五校士數千人，屯守都亭，向眾宣令道：「黃門常侍等造反，汝等能盡力誅奸，當有重賞！」軍士尚將信將疑，勉聽武命。鄭颯慌忙奔還，報知曹節、王甫；節復矯詔令少府周靖行車騎將軍，使與護匈奴中郎將張奐，率五營兵士討武。奐方自北方受徵，還都不過二三日，未知底細，一聞宮中急詔，當即奉命出來，與靖會合。王甫又招集虎賁羽林諸將士，出來應奐，途中遇著陳蕃，與官屬諸生八十餘人，持刀入承明門，將至尚書門前，八十餘人，何足濟事？此來意欲何為？因即擺開兵馬，將蕃截住；蕃等攘臂奮呼道：「大將軍忠心衛國，黃門膽敢叛逆，怎得反誣竇氏呢？」甫應聲詬詈道：「先帝新棄天下，山陵未成，武有何功，乃父子兄弟，並得侯封，時常設樂張宴，妄取掖庭宮人，私下縱歡，旬日間積資鉅萬？這四語是誣陷竇武。大臣若此，尚得說是有道麼？公為宰輔，且與相阿黨，豈非不忠？此外更不必說了！」

第五十五回　驅蠹賊失計反遭殃　感蛇妖進言終忤旨

說著，即指揮軍士，將蕃圍住，蕃拔劍叱甫，詞色愈厲，甫悍然不顧，竟令軍士一擁齊上，拘拿陳蕃；蕃年已垂老，又沒有什麼武力，所領官屬諸生，多是文質彬彬，如何敵得住軍吏？眼見是束手就縛，無策逃生。總計蕃等八十餘人，一大半被他捕去，押送北寺獄中。

　　黃門從官，統是權閹羽翼，見了陳蕃捕到，便奮拳伸足，相率毆蹋道：「死老魅尚敢減損我等人員，剝奪我等廩餼麼？」蕃怎肯忍氣，自然反唇相譏，惱動這班狐群狗黨，報告曹節、王甫，索得偽詔，將蕃害死。時已天明，張奐引兵出屯朱雀掖門，王甫領軍繼至，差不多有數千人，與竇武兩下對壘；甫又使軍士大呼武軍道：「竇武為逆，汝等皆係禁兵，應當宿衛宮省！為什麼從逆抗命？如肯翻然知悟，反正來降，朝廷自當加賞，毋得多疑！」營府素畏服中官，且見張奐、王甫等，自內出來，持節指麾，總應親受帝命，方得如此張皇，因此心懷顧慮，不願助武。張奐領兵多年，善覘敵勢，遙望武軍懈弛，就麾軍進攻，氣勢甚銳；武軍既已疑武，復遭奐軍壓迫，料知情勢不佳，不如見機往降，還可免罪受賞，於是彼棄甲，此倒戈，紛紛投入奐軍。自朝至暮，武手下只剩百餘騎，怎能支持？不得已拍馬逃走；武從子紹亦即隨奔。奐與王甫驅軍追擊，到了洛陽都亭，得將武等圍住；武與紹惶急萬分，自思無路可脫，先後拔劍自刎。奐即將二人梟首，繳與王甫，甫令懸首都亭，示眾三日；奐有重名，應知竇武忠正，奈何助奸戮忠？本編以追殺竇武，歸咎張奐，具有良史書法。隨即還兵收捕竇氏宗族，及親戚賓佐，一體駢戮；唯將竇武妻妾貸死，徙往日南。先是竇武生時，與一蛇同出母胎，家人未敢殺蛇，送往林中；及武母歿後，舉棺出葬，有大蛇蜿蜒到來，用首觸柩，淚血並流，歷時乃去；智士已目為不祥，至是始驗。武有孫輔，年只二歲，虧得掾吏胡騰，聞風先至武家，將輔抱匿他處，才得倖

存。他如侍中劉瑜，與屯騎校尉劉述，均被捕戮，家族誅夷。曹節、王甫，復迫竇太后徙往南宮；且乘隙報怨，誣稱虎賁中郎將劉淑，暨前尚書魏朗，俱與竇武等通謀，遣吏捕拿，二人皆憤急自盡。餘如公卿以下，前經竇武、陳蕃薦舉，盡行黜免，甚至兩家門生故吏，無一逃罪，悉數禁錮。

議郎巴肅，本與武等同謀，曹節等未明情跡，但因他為武等薦引，免官歸里，後來查悉肅與通謀，復派朝使前往拘戮；肅得知消息，不待朝吏到家，便詣縣投案。縣吏素重肅名，解去印綬，欲與俱亡。肅慨然道：「既為人臣，有謀不敢隱，有罪不逃刑；肅本與謀除奸，不幸失敗，何敢逃罪？願隨竇、陳二公於地下，使後世知有渤海巴肅，如君盛情，死且感念，今實不願相累呢！」可謂義士。縣令很是嘆息，將肅交與朝使。朝使宣詔誅肅，肅引頸就刑，毫無懼容。銍令朱震，為太傅陳蕃故友，棄官入都，收葬蕃屍；蕃家屬或死或徙，只有蕃子逸在逃，向震投依，震尚恐被捕，囑逸隱姓埋名，避匿甘陵縣境。後來果被發覺，繫震下獄，一再考訊，脅令供逸所在，震抵死不肯承認，甚至全家被拘，連日榜掠，仍然不得實供，方得將案情延擱；直至黃巾賊起，朝廷大赦，震始得釋，逸亦安歸。就使竇武遺骸，亦由胡騰收埋。武孫輔，賴騰保護，與令史張敞，遁入零陵，詐云已死，自己改名謀生，以輔為子，費盡許多辛苦，養輔成人，替他娶婦，及赦詔屢頒，尚未敢遽言本姓；至獻帝建安年間，荊州牧劉表，闢輔為從事，方知輔為竇武後裔，使還竇氏，仍奉武祀。這也是天鑑孤忠，不使絕後，所以有朱震、胡騰諸義士，極力保全；雖是顛連困苦，終得一線留遺。試看那宦官後來結果，究竟還是忠臣子孫，垂亡不亡，勿謂亂世時代，果可怙惡不悛哩！苦口婆心。

且說曹節、王甫等害盡忠良，揚揚得志，節遷官長樂衛尉，封育陽

第五十五回　驅蠹賊失計反遭殃　感蛇妖進言終忤旨

侯；甫遷官中常侍，仍守黃門令如故；宋瑀、共普、張亮等，皆為列侯；張奐仍拜大司農亦受侯封。嗣奐悔悟前失，深恨為曹節等所賣，上書固讓，繳還侯印，有詔不許。悔已遲了。越年三月，靈帝尊母董貴人為孝仁皇后，由慎園迎入都中，特置永樂宮奉養，如皇太后儀。過了月餘，有青蛇從空墜下，蟠繞御座，歷久方去；翌日又遇大風雨雹，霹靂四震，拔起大木百餘株；有詔令群臣直言。大司農張奐因乘機上疏道：

臣聞風為號令，動物通氣；木生於火，相須乃明；蛇能屈伸，配龍騰蟄；順至為休徵，逆來為殃咎，陰氣專用，則凝精為雹。故大將軍竇武，太傅陳蕃，或志寧社稷，或方直不回，前以讒勝，並伏誅戮，海內默然，人懷震憤。昔周公葬不如禮，天乃動威；周成王葬周公於成周，天大雷電，以風偃禾拔木，乃改葬於畢示不敢臣，語見《尚書大傳》。今武蕃忠良，未邀明宥，妖眚之來，皆為此也，宜急為改葬，徙還家屬；其從坐禁錮，一切蠲除。又皇太后雖居南宮，而恩禮不接，朝廷莫言，遠近失望，宜思大義顧復之報，以全孝道而慰人心，則國家幸甚！

靈帝看到此疏，卻也感動，轉語中常侍等，欲親往南宮定省，中常侍等並皆色變，慌忙攔阻；究竟靈帝年紀尚輕，胸無主宰，又復延宕過去。司徒胡廣，已代陳蕃為太傅，錄尚書事。廣一任司空，再任司徒，三登太尉，又遷太傅，居官三十餘年，頗能練達故事，熟悉朝章，只是素性優柔，專知和顏悅色，取媚當時，所以同流合汙；任令宮廷如何變亂，一些兒不遭遷累。京師有俚語云：「萬事不理問伯始，天下中庸有胡公。」伯始即胡廣表字，萬事不理，卻是胡廣一生的確評；若中庸二字，乃是聖賢至德，難道逢迎為悅的胡廣，也能當此美名？可見輿論悠悠，非真足信。此外如宗正劉寵，代王暢為司空，進任司徒，再繼劉矩為太尉；平素清廉有餘，剛斷不足，故雖憂心時事，究未敢直言賈禍，匡正朝廷。至若許栩、許訓等，相繼為司徒，劉囂、橋玄等，相繼為司

空,才具不過平常,在任又屬不久,更無容贅述了。表明四府沿革,免致滲漏。張奐見四公在位,各無建白,因又與尚書劉猛等,共薦李膺等足備三公,曹節、王甫,聞言啣恨,當即請旨譴責;奐與猛自囚廷尉,數日始得釋出,尚令罰俸三月,聊示薄懲。郎中謝弼,蒿目時艱,滿懷憤懣,特上書奏諫道:

臣聞和氣應於有德,祅異生乎失政。上天告譴,則王者思其愆;政道或虧,則奸臣當其罰。夫蛇者陰氣所生;鱗者甲兵之符也。〈洪範傳〉曰:「厥極弱時,則有蛇龍之孽。」又熒惑守亢,熒惑與亢,皆星名。徘徊不去,在有近臣謀亂,發於左右;不知陛下所與從容帷幄之內,親信者為誰,宜急放黜,以消天戒。臣又聞唯虺唯蛇,女子之祥;伏唯皇太后定策宮闈,援立聖明。《書》云:「父子兄弟,罪不相及。」竇氏之誅,豈宜咎延太后,幽隔空宮?愁感天心,如有霧露之疾,陛下當有何面目以見天下?昔周襄王不能敬事其母,夷狄遂致交侵,孝和皇帝不絕竇氏之恩,前世以為美談。禮為人後者為之子,今以桓帝為父,豈得不以太后為母哉?《援神契》曰:《援神契》緯書名。「天子行孝,四夷和平。」方今邊境日蹙,兵革蜂起,自非孝道,何以繼之?願陛下仰慕有虞蒸蒸之化,俯思凱風慰母之念!臣又聞爵賞之設,必酬庸勳,開國承家,小人勿用;今功臣久疏,未蒙爵秩,阿母寵私,乃享大封;大風雨雹,亦由於茲。又故太傅陳蕃,輔相陛下,勤身王室,夙夜匪懈,而見陷群邪,一旦誅滅,其為酷濫,駭動天下,門生故吏,並罹徙錮;蕃身已往,人百何贖,宜還其家屬,解除禁錮。夫臺宰重器,國命所繫,今之四公,唯劉寵斷斷守善,餘皆素餐致寇之人,必有折足復餗之凶,《易》曰:「鼎折足,復公餗。」餗,鼎實也。折足復餗,喻不勝任。可因災異,並加罷黜!亟微故司空王暢,司隸李膺,並居政事,庶災變可消,國祚唯永。臣山藪頑暗,未達國典,伏見陛下因變求言,明詔令公卿以下,無有所隱;用敢不避忌諱,冒死瀆陳,唯陛下裁察。

051

第五十五回　驅蠹賊失計反遭殃　感蛇妖進言終忤旨

　　這書呈入，閹黨大譁，即欲將弼加罪；但因靈帝為了邪妖天變，下詔求言，若遽至收弼，不免與前詔相背，乃只說他黨同罪人，不宜在位，出謫為廣陵府丞；弼不願就職，辭官回家，閹宦尚未肯干休，查得弼家居東郡，特簡曹節從子紹為東郡太守，前往監束。紹即誣構弼罪，將他拘繫，幾次訊鞫，硬要他供認罪伏；弼明明無辜，怎肯自誣？終落得刑杖交加，枉死獄中。暗無天日。故太尉楊秉子賜，方進為光祿勳，靈帝常令他侍講殿中，問及蛇妖徵驗，賜博通經術，因即據經奏對道：

　　臣聞和氣致祥，乖氣致戾；休徵則五福應，咎徵則六極至。夫善不妄來，災不空發；王者心有所維，意有所想，雖未形顏色，而五星為之推移，陰陽為其變度。以此而觀，天之與人，豈不符哉？《尚書》曰：「天齊乎人，假我一日。」我，指君主言，此為《尚書》中語。是其明徵也。夫皇極不建，則有蛇龍之孽，《詩》云：「唯虺唯蛇，女子之祥。」故春秋兩蛇鬥於鄭門，昭公殆以女敗；昭公之立，由於祭仲女之洩謀，逐去厲公，故得入立，至蛇鬥見兆，昭公遇弒，故云以女敗。康王一朝晏起，關雎見機而作。佩玉晏鳴，關雎嘆之。事見《魯詩》，今已佚亡。夫女謁行則讒夫昌，讒夫昌則苞苴通，故殷湯以此自戒，終濟亢旱之災。商初七年大旱，湯祈天自責，卒得大雨。唯陛下思乾剛之道，別內外之宜，崇帝乙之制，受元吉之祉，見「易泰卦」。抑皇甫之權，割豔妻之愛，見《詩·小雅》。則蛇變可消，禎祥立應。殷戊宋景，其事甚明，殷王太戊時，桑穀拱生於朝，太戊修德，而桑穀死；宋景公時，熒惑守心，景公修德，而星退舍，並見《史記》。幸垂察焉。

　　看賜奏對，也是隱斥權奸；不過語從含混，未嘗指明閹黨，但就婦女上立說。此時靈帝尚未立后，只有乳母趙嬈，一介女流，未能周知外情，因此賜尚得無恙；唯所請各條，終歸無效，徒付諸紙上空談罷了。小子有詩嘆道：

衰朝誰復重忠賢，主暗臣邪總不悛！

盡有良言無一用，何如劉勝作寒蟬？

內政雖亂，外事還幸順手，當由邊疆傳入捷報，乃是東西羌一律討平。欲知功出何人，待至下回再表。

竇武之死，其失在玩；陳蕃之死，其失在愚。彼曹節、王甫等，蟠踞宮廷，根深蒂固。太后嗣主，俱在若輩掌握之中；即使謀出萬全，尚恐投鼠忌器，奈何事已發作，尚出輕心耶？武之誤事不一端，而莫甚於出宮歸府，不先加防；蕃與武密謀已久，仍不能為萬全之計，至聞變以後，徒率官屬諸生，持刃入承明門，豈寥寥八十餘人，遂足誅鋤閹黨乎？誅閹不足，送死有餘，何其愚也？然則二族之橫被誅夷，跡固可憫，而實由自取。劉瑜、尹勳以下，更不足譏焉，張奐為北州豪傑，甘作閹黨爪牙，罪無可恕；至妖異迭見，乃請改葬蕃、武，朝謁太后，欲蓋已往之愆，寧可得耶？謝弼官卑秩微，犯顏敢諫，雖曰徒死，不失為忠，是又不得以張奐例之矣。

第五十五回　驅蠹賊失計反遭殃　感蛇妖進言終忤旨

第五十六回

段熲百戰平羌種　曹節一網殄名流

第五十六回　段熲百戰平羌種　曹節一網殄名流

卻說并、涼外面的羌種，叛服無常，自從段熲、皇甫規等，依次出討，屢破羌人，西境少安；至段熲、皇甫規先後被讒，徵還受罪，羌眾復熾。見五十一回。規已起任度遼將軍，獨熲尚輸作刑徒；未得起復。會西州吏民，陸續詣闕，為熲訟冤，熲乃得免罪入朝，拜為議郎，出任并州刺史。會有滇那等羌，入寇武威、酒泉、張掖諸郡，焚掠廬舍，勢甚猖狂，涼州幾被陷沒。朝廷聞警，乃復命熲為護羌校尉，乘驛赴任，滇那等素憚熲威，不待交鋒，便即請降。還有當煎、勒姐諸羌種，互相勾結，抗拒如故，熲連年出擊，屢破諸羌；當煎、勒姐諸羌人，並皆敗北；再由熲率兵窮追，轉戰山谷間，大小經數十次，共斬首二萬三千級，獲生口數萬人，馬牛羊八萬餘頭，收降部落萬餘，西羌瓦解；熲因功得封都鄉侯。既而鮮卑誘引東羌，與共盟詛，使寇河西，中郎將張奐，方出督幽、并、涼三州，見五十四回。主張招撫；東羌或率種願降，唯先零羌不肯從命。再由度遼將軍皇甫規，遣使宣諭先零；先零朝降暮叛，狡黠異常，嗣復進掠三輔；奐乃遣司馬尹端、董卓出擊，陣斬虜首萬餘人，三輔少安。董卓始此。時尚為桓帝末年，有詔問熲以馭羌方略，熲獨駁去規、奐兩人計劃，力主征討，朝廷准如所議，聽令出兵。

熲即率兵萬餘人，齎半月糧，進剿先零羌；自彭陽直指高平，行抵逢義山，望見前面布滿羌人，輜重牲畜，累累不絕，熲眾不免驚惶；獨熲神色自如，下令軍中，分為數隊，前張強弩，次持長矛，又次挾利刃，共列三重，再用輕騎分駐兩旁，成左右翼，然後召語將士道：「今去家已數千里，進可圖功，退必盡死！各應努力向前，禍福安危，決在今日了。」亦一激將法。隨即向眾大呼，麾令殺敵，眾皆應聲騰躍，逐隊奮進，先驅為強弩隊，扯弓並射，箭如飛蝗，羌眾紛紛避箭；陣勢已動，當由長矛利刃兩隊，乘隙殺入，一番亂攪，好似虎入羊群，無堅不破；

再由熲親率左右兩翼，包抄過去，虜眾大駭，頓時大潰，熲從後追剿，斬首至八千餘級，獲牛羊二十八萬頭，乃收兵回營，露布告捷。

適靈帝即位，竇太后臨朝，進拜熲為破羌將軍，賜錢二十萬，召熲子一人為郎中；敕中藏府頒給金錢彩物，犒賞軍前，熲既奉詔，復領輕騎追羌，馳出橋門谷，進抵走馬水，偵知敗羌屯集奢延澤中，即倍道兼行，一晝夜行二百餘里，果見羌眾在前，麾騎突上，喊殺聲震動天地，羌眾不意熲至，無暇抵敵，都是回頭就跑，略略遲慢，便把性命丟脫；及逃至向落川，距奢延澤已數十里，方見熲軍止追，乃收集潰羌，暫圖休息。熲又遣騎司馬田晏，率五千人出羌東，假司馬夏育，率二千人出羌西；東西並進，夾攻逃羌。羌人也已預防，持械待著，可巧田晏先至，便兜頭攔住，與晏鏖鬥，晏部下只五千人，未及羌眾半數，致為羌人所圍。兩下裡拚死力爭，正殺得難解難分，那西路已馳到，夏育攻入圍場，援應晏軍，晏趁勢殺出，與育驅擊羌眾，羌眾覆敗，竄至令鮮水上，倚流自固。晏使人飛報熲營，熲自往接應，會同晏、育兩軍，再向前行。到了令鮮水旁，軍士已皆飢渴，水為羌眾所據，無從汲飲，當由熲勒眾齊進，驅虜過水，虜連敗心驚，因復卻走，熲軍才得取水解渴，炊飯療飢；飢渴既解，精神又振，更逾水擊羌，且戰且追，直抵靈武谷。羌眾背山為陣，擬決一死戰；熲見他立住不動，已料透羌人心意，索性披甲先登，怒馬突陣，又是一激將法。將士無不感奮，相率隨上，一當十，十當百，殺得羌眾棄甲曳兵，四處奔散。熲復窮追至三日三夜，斬馘無算；到了涇陽，軍士皆腳下生繭，方停足不追，餘羌俱竄入漢陽山谷間。熲擬休養數旬，再進軍蕩平餘羌。適中郎將張奐，奏稱東羌雖破，餘種難盡，段熲性輕志急，勝負無常，不如用恩濟威，庶無後悔，朝廷乃止熲再進，諭令審慎。熲已決志平羌，復書申請道：

第五十六回　段熲百戰平羌種　曹節一網殄名流

　　臣本知東羌雖眾，而軟弱易制，所以前陳愚慮，思為永寧之算；而中郎將張奐，謂虜強難破，宜用招降，聖朝明鑑，信納瞽言，故臣謀得行；奐計不用，事勢相反，遂懷猜恨，信叛羌之訴，飾詞潤意，云臣兵累見折衄，又言羌一氣所生，不可誅盡，山谷廣大，不便窮搜，流血汙野，傷和致災。臣伏念周秦之際，戎狄為害，中興以來，羌寇最盛，誅之不盡，雖降復叛，今先零雜種，累以反覆，攻沒縣邑，剽掠人物，發塚露屍，禍及死生，上天震怒，假手行誅。昔邢為無道，衛國伐之，師興而雨，臣動兵涉夏，連獲甘澍，歲時豐稔，人無疵疫；上占天心，不為災傷；下察人事，眾和師克，自橋門以西，落川以東，故宮縣邑，更相通屬，非為深險絕域之地，車馳安行，無應折衄。案奐為漢吏，身當武職，駐軍二年，不能平寇，徒欲修文戢戈，招降獷敵。誕辭空說，僭而無徵，何以言之？昔先零為寇，趙充國徙令居內；煎當亂邊，馬援遷之三輔，始服終叛，至今為梗；故遠識之士，以為深憂。今旁郡戶口單少，數為羌所創毒，而欲令降徒，與之雜居，是猶樹枳棘於良田，養虺蛇於內室也！故臣奉大漢之威，建長久之策，欲絕其根本，不使能殖，本規三年之費，用計五十四億；今才期年，所耗未半，而餘寇殘燼，將向殄滅。臣每奉詔書，軍不內御，願卒斯言，一以委臣，臨時量宜，不失權便，務使羌虜殄而西徼常安，則臣庶足報國恩於萬一，區區此意，不盡欲言。

　　時朝廷方有內變，宰輔權閹，互相私鬥，至有竇、陳騈戮等事，未遑顧及外情，所以熲雖復奏，不聞詳細批答；但遣謁者馮禪，撫慰漢陽散羌，羌眾正在窮蹙，情急願降，受撫約四千人。段熲聞報，復上言春令方交，百姓甫在野農耕，羌雖暫降，縣官無廩粟濟給，必當復為盜賊，不若乘虛進兵，一鼓平羌等語，朝廷又擱置不報。熲竟自發兵，再擊東羌；行至凡亭山，與羌壘相距四五十里，即命田晏、夏育，率五千人屯據山上，羌人率眾來爭，蟻聚山下，仰首大呼道：「田晏、夏育曾

否在此？可來與我決一死生！」無非是恐嚇伎倆。晏、育聽了，當然動憤，便鼓勵將士，下山力戰，卒破群羌；羌眾向東奔潰，走入射虎谷中，分守諸谷上下門。潁欲乘此殄虜，先遣千人，截羌去路，結木為柵，廣二十里，長四十里；又命晏、育等率七千人，銜枚夜上西山，結營穿塹，俯臨羌壘，更使司馬張愷等，率三千人上東山，與為犄角。羌酋望見山上旗幟，才覺驚慌，亟引眾來攻東山，斷截水道，潁自領步騎往援，殺退羌眾，乘勝會集東西山將士，進攻射虎谷上下門，一鼓搗破，遍搜深巖窮谷，屠戮殆盡。共誅羌酋以下萬九千級，奪得牛馬驢騾氈裘廬帳，不可勝計，未免太酷，潁之不得令終，當亦由好殺所致。單剩馮禪所撫四千人，尚獲生全，分置安定、漢陽、隴西三郡，於是東羌乃平。統計段潁兩年用兵，先後經百八十戰，斬首凡三萬八千六百餘級，獲牲畜至四十二萬七千五百餘頭，費用四十四億，軍士只死亡了四百餘人。朝廷論功行賞，進封潁為新豐侯，食邑萬戶。潁馭軍仁恕，士卒罹傷，輒親自省視，手為裹創，在營數年，未嘗一日安寢，上下甘苦同嘗，故人人感德，樂為效死。當時皇甫規、張奐，並以防邊著名，潁與他鼎足並峙。規字威明，奐字然明，潁字紀明，三人皆籍隸涼州，世稱為涼州三明，這且待後再表。

　　且說李膺、杜密等人，自經陳、竇失敗，復致連坐，一體廢錮。偏是聲名未替，標榜益高，前此嘗號竇武、陳蕃、劉淑為三君，三君皆死，海內無不痛惜。此外尚有八俊、八顧、八及、八廚諸名稱：八俊就是李膺、杜密、荀昱、王暢、劉祐、魏朗、趙典、朱寓，俊字的意義，無非說他是人中英傑；八顧係是郭泰、東慈、巴肅、夏馥、范滂、尹勳、蔡衍、羊陟，顧字的意義，謂能以德引人；八及乃是張儉、岑晊、劉表、陳翔、孔昱、苑康、檀敷、翟超，及字的意義，謂能導人追宗；八

第五十六回　段熲百戰平羌種　曹節一網殄名流

廚便是度尚、張邈、王孝、劉儒、胡母班、秦周、蕃向、王章，廚字的意義，謂能仗義疏財。這三十二人，除尹勳、巴肅被戮外，統尚留存，士人競相景慕；唯閹豎視為仇讎，每下詔書，輒申黨禁。中常侍侯覽，為了張儉毀塚一事，銜怨甚深，見五十三回。囑使鄉人朱並上書告儉。並素奸邪，為儉所棄，當然仰承覽意，誣稱儉與同鄉二十四人，私署名號，圖危社稷，封章朝上，詔令夕頒，即飭有司嚴捕儉等。長樂衛尉曹節，復諷朝臣奏發鉤黨，請將故司空虞放，及李膺、杜密、朱寓、荀昱、劉儒、翟超、范滂諸人，一併逮治。

靈帝年方十四，召問曹節等道：「如何叫做鉤黨？」節應聲道：「就是私相鉤結的黨人！」靈帝又問道：「黨人有何大惡，乃欲加誅？」節又答道：「謀為不軌！」靈帝更問道：「不軌欲如何？」節直答道：「欲圖社稷。」靈帝乃不復言，准令逮治。看他所問數語，好似痴呆，怪不得為宵小所迷。李膺有同鄉士人，得知風聲，急往語膺道：「禍變已至，請速逃亡！」膺慨然道：「事不辭難，罪不逃刑，方不失為臣；我年已六十，死生有命，去將何往？」乃徑詣詔獄，終被掠死；妻子徙邊，門生故吏，並被禁錮。侍御史景毅子顧，為膺門徒，尚未及譴，毅獨嘆息道：「本謂膺賢，遣子師事，怎得自幸漏名，苟安富貴呢？」遂自表免歸，時人稱為義士。汝南督郵吳導，奉詔往捕范滂，滂家居徵羌縣中，導至驛舍，閉戶暗泣。滂聞聲即悟道：「這定是不忍捕我，為我生悲哩！」當下赴縣詣獄。縣令郭揖，見滂大驚，出解印綬，引與俱亡，且與語道：「天下甚大，何處不可安身？君何故甘心就獄？」滂答說道：「滂死方可杜禍，何敢因罪累君？況母年已老，滂若避死，豈不是更累我母麼？」揖乃遣吏迎滂母子，使與訣別。滂向母拜辭道：「季弟仲博，素來孝敬，自能奉養，兒願從我父龍舒君共入黃泉，滂父顯，曾為龍舒侯相。存亡並皆

得所,望母親割捨恩情,勿增悲感,譬如兒得病身亡罷了!」母聞言拭淚,復咬牙徐語道:「汝今得與李杜齊名,死亦何恨?若既獲令名,又求壽考,天下事恐未必有此兩全呢!」此母亦一奇婦人。滂長跪受教,起身囑子道:「我欲使汝為惡,惡豈可為?使汝為善,我生平原不為惡!」說至此,不禁嗚咽,揮手令去,遂隨吳導入都,亦即被掠死獄中。餘如前司空虞放,司隸校尉朱寓,沛相荀昱,任城相劉儒,山陽太守翟超等,並皆被捕,一併冤死,妻子皆流往邊疆。

更可恨的是權閹肆毒,任意株連,平日稍有嫌隙,即把他名列黨籍,非錮即戮,或與宦官素無仇怨,但有重名,播聞遠近,亦就指為黨人,一網打盡。因此黨獄連坐,共死百餘人。再令州郡捕風捉影,輾轉鉤連,或死或徙,或廢或禁,又不下六七百人。唯郭泰名列八顧中,卻能和光同塵,不為危言激論,所以怨禍不及,幸得免累,但探聞正人名士,枉死甚眾,不由的悲從中來,私自揮淚道:「《周詩》有言:『人之云亡,邦國殄瘁。』今漢室亦蹈此轍,滅亡恐不遠了!但未知瞻烏爰止,究在誰屋呢?」「瞻烏爰止,於誰之屋」亦《詩經》中語。獨張儉亡命未歸,始終不得捕獲,侯覽定欲殺儉,令郡國嚴緝到案,如有收匿,與儉同罪。郡國官吏,應命偵查,四處搜緝,遇有前時留儉的人家,便即收訊,笞杖交下,往往至死。魯人孔褒,與儉為至交,儉曾亡奔褒門,褒適外出,有弟融年才十六,出門應客。儉詢知褒不在家,面有窘色,融轉叩行蹤,儉又因他年輕,未便遽告,免不得言語支吾。融即笑語道:「兄雖外出,難道我不能為君作主麼?」乃留儉居宿,數日方去。郡吏聞風往捕,儉已脫走,遂將褒、融二人,繫獄就訊。融首先認罪道:「儉來融家,原有此事,今已他去,未知何往;唯融兄在外,融實留儉,若要坐罪,融願承當,與兄無涉!」褒待融說畢,當即接口道:「彼來求我,

第五十六回　段熲百戰平羌種　曹節一網殄名流

弟本不知，罪當坐褒。」郡吏得供，反致疑惑不定，因復傳訊孔母。孔母答道：「妾夫已歿，應為家長，家事處分，應歸家長擔任，妾甘心認罪！」郡吏見他一門爭死，仍難定讞，乃將供詞申奏朝廷，有詔竟令褒坐罪，釋母及融；融由是顯名。史稱融為孔子二十世孫，表字文舉，父名伷，曾為泰山都尉。融幼有異稟，年四歲時，與諸兄食梨，舍大取小，家人問為何因？融答說道：「我乃小兒，法當取小梨。」家屬便呼奇童。不愧為孔氏子孫。及年十歲，隨父詣京師，適李膺為河南尹，嚴肅門禁，除當代名士，及通家世好外，概不接見，融欲往視膺，獨至膺府門前，顧語門吏道：「我是李公通家子弟，特來求見，敢煩通報！」門吏見他年幼有儀，料非凡品，因即入內白膺。膺以為通家子弟，不能不許他進見，特令門吏引入；及見面後，並不相識，唯覺融趨承盡禮，舉止大方，卻也暗暗稱奇。乃開口問融道：「童年到此，定必高明，但未識令祖令父，與僕果有恩舊否？」融從容道：「先祖孔子，與明公先祖李老君，同德類義，相為師友，可見得是累世通家了！」雖似辯言，卻有至理。膺不禁嘆賞，賓佐亦嘖嘖稱羨。大中大夫陳煒後至，闔座便將融言轉告，煒順口說道：「小時了了，大未必奇！」融應聲道：「如君所言，少小時寧可呆笨，勿可聰明麼？」煒不能答。膺卻大笑道：「高明若此，他日必為偉器！」融乃辭去。越三年，即丁父憂，哀慟逾恆，扶而後起，鄉里又稱為孝子；至與兄褒爭死法庭，孝且兼悌，自然名譽益隆。

　　孔融少年履歷，隨筆敘過。唯張儉已出塞遠颺，終得免戮，只晦氣了幾個親友。陳留人夏馥，即前八顧中之一。聞儉亡命，牽累多人，不禁竊嘆道：「孽由己作，空汙良善；一人逃死，禍及萬家，還要求什麼生活呢？」遂剪鬚髮，逃入林盧山中，自隱姓名，為治家傭，日親煙炭，形容毀瘁，閱二三年，無人知為夏馥。馥弟靜載送縑帛，反惹動馥怒，

憤然與語道：「弟奈何載禍相餉？幸速攜還！」靜乃退歸。汝南人袁閎，恐遭黨累，意欲投跡深山，只因老母尚存，未便遠遁，乃築土室，不設門戶，但開一小窗，子身伏處室中，從窗間納入飲食；母或思閎，有時往視，閎方開窗應答，母去便將窗掩住；雖兄弟妻孥，不得相見，如是歷十有八年，竟在土室中病終。故太丘長陳寔，家居潁川，也是一時名士，與中常侍張讓同鄉，讓遭父喪，郡吏並皆會葬，唯名士裹足不前，寔卻屈節往吊，讓因此感寔，所有潁川名士，賴寔解免，多得全身。陳留人申屠蟠，前聞李膺、范滂等，非議朝政，為世所重，獨引為深憂道：「昔戰國時代，處士橫議，國君且擁彗先驅，後來終有焚書坑儒的大禍；今日恐復見此事了！」遂避跡梁碭間，因樹為屋，自同傭人，及鉤黨獄興，蟠得脫然無累，徜徉終日。小子有詩詠道：

箕山潁水尚逃名，亂世如何反自鳴？

多少英雄流血後，才知智士善全生。

蹉跎過了二年，靈帝行加冠禮，頒下赦文，唯黨人不赦。閹人凶焰，橫亙神州。欲知後事變遷，且看下回續敘。

西羌之為漢患，歷有年所，誠能舉兵蕩平，未始非一勞永逸之計；然吾聞聖王之待夷狄，叛則討之，服則舍之，非好為姑息養奸，實體上天好生之德，不忍芟夷至盡也。張奐主撫，段熲主剿，皆屬一偏之見；雖後來熲得平羌，然斬首至三萬八千餘級，得無所謂血流汗野，傷和致災乎？況外侮可平，內蠹不可去，鉤黨獄興，名流盡殄；曹節、王甫等之斲喪國脈，比羌患不啻倍蓰，豺狼當道，安問狐狸？張綱可作，吾知其憤且益甚矣。唯李膺、杜密、范滂諸人，不知韜晦待時，徒以一朝之標榜，禍及身家，株連親友，是豈不可以已乎？而郭林宗、申屠蟠輩，則倜乎遠矣。

第五十六回　段熲百戰平羌種　曹節一網殄名流

第五十七回

葬太后陳球伸正議　規嗣主蔡邕上封章

第五十七回　葬太后陳球伸正議　規嗣主蔡邕上封章

卻說竇太后徙居南宮，已經二年，靈帝並未往省，張奐、謝弼，相繼進諫，俱為閹人所阻，事見前文。會靈帝選定皇后宋氏，朝廷稱賀，宋氏為執金吾宋酆女，由建寧三年選入掖庭，冊為貴人，越年正位中宮，晉封酆為不其鄉侯。后既正位，當然至永樂宮朝見靈帝生母孝仁皇后，即董貴人，見五十五回。獨未聞過謁南宮。既而靈帝天良發現，暗思自己入承帝統，全仗竇太后從中主持，大恩究不可忘，因於十月朔日，率群臣往朝南宮，親至竇太后前，奉饋上壽；竇太后亦改憂為喜，暢飲盡歡。黃門令董萌，素受竇太后恩眷，至此見靈帝省悟，樂得乘間進言，屢為竇太后訴冤；靈帝乃常遣董萌過省，一切供奉，比前加倍。偏曹節、王甫等，引為深恨，反誣萌謗訕永樂宮，下獄處死，竇太后又失一臂助。靈帝復為閹黨所迷，將南宮置諸腦後，不再往朝。越年頒詔大赦，改元熹平。中常侍侯覽，調任長樂宮太僕，驕奢益甚，奪人妻女，破人居屋，怨滿通衢，甚至同黨亦被他侵迫，互生嫌疑；有司始得舉劾覽罪，策收印綬，下獄自殺。多行不義，必自斃。唯曹節、王甫攬權如故，竇太后為節、甫所排，頻年憂鬱，飲恨不休，嗣聞生母復流死日南，連屍骸都不得歸葬，益覺得哀思百結，無限酸辛。也是自貽伊戚。古人有言，女子善懷，況如竇太后的始榮終悴，不堪回首，怎能不懨懨成疾，促喪天年？熹平元年六月，竟在南宮中病逝。閹豎積怨竇氏，但用衣車載太后遺骸，出置城南市舍；曹節、王甫，居然入白靈帝，請用貴人禮殯殮。靈帝搖首道：「太后親立朕躬，統承大業，朕方自愧不孝，怎得反降太后為貴人哩？」還算有些良心。於是棺殮如儀，舉哀發喪。

曹節等復欲別葬太后，進馮貴人配祔桓帝，靈帝未以為然，因詔令公卿集議朝堂，特派中常侍趙忠監議。仍用閹人監議，可見曹節等勢力。時太傅胡廣已死，太尉劉寵早經免職，後任又掉換數人，繼起為太

066

僕李咸。咸自超遷太尉後，屢患疾病，告假養痾，聞得朝廷集議，欲將竇太后別葬，因即力疾起床，令家人搗好椒毒，取納袖中，便與妻子訣別道：「若竇太后不得配食桓帝，我誓不生還了！」說著，遂乘輿入朝，遙見群僚已萃集一堂，差不多有數百人，乃下車徐進，按席坐著；好一歇不聞人聲，彼此面面相覷，無敢先言，因也暫忍須臾。少頃由趙忠開口道：「諸公既已到齊，應該即時定議！」坐旁方有人起立道：「皇太后以盛德良家，母臨天下，宜配先帝，何必多疑？」咸聞言正中心坎，忙視發言的大臣，乃是廷尉陳球，正思接口贊成，那趙忠已微笑道：「陳廷尉既有此意，應即操筆立議！」球並不推辭，就取過紙筆，隨手草成數行，遍示大眾。但見紙上寫著：

　　皇太后自在椒房，有聰明母儀之德；遭時不造，援立聖明，承繼宗廟，功烈至重。先帝晏駕，因遇大獄，遷居空宮，不幸早逝，家雖獲罪，事非太后；今若別葬，誠失天下之望。且馮貴人塚，嘗被發掘，骸骨暴露，魂靈汙染，生平固無功於國，何足上配至尊？臣球謹議。馮貴人塚，嘗為盜所發，事在建寧三年。

　　大眾覽畢，都無異詞，唯趙忠面色陡變，強顏語球道：「陳廷尉建立此議，可謂膽略獨豪。」球應聲道：「陳、竇已經受冤，皇太后尚無故幽閉，臣常痛心，天下亦無不憤嘆；今日為國直言，就使朝廷罪臣，臣也甘心！」這數語更拂忠意，頓時揚眉張目，欲出惡聲。咸至是不能再忍，便起語道：「臣意與廷尉陳球相同，皇太后不宜別葬。」群僚聽著，方才同聲附和道：「應如此言！」公等碌碌，所謂因人成事者也。忠自覺勢孤，未便多嘴，乃悻悻入內；李咸、陳球等也陸續退歸。偏是曹節、王甫，尚在靈帝前力爭，說是梁后家犯惡逆，別葬懿陵，即桓帝后。武帝嘗黜廢衛后，以李夫人配食，今竇氏罪深，怎得合葬先帝等語。李咸探知消息，因復抗疏力諫，略云：

第五十七回　葬太后陳球伸正議　規嗣主蔡邕上封章

　　臣伏唯章德竇后，虐害恭懷，安思閻后，家犯惡逆，而和帝無異葬之議，順朝無貶降之文；事並見前文。至於衛后，孝武皇帝身所廢棄，不可以為比。今長樂太后，尊號在身，親嘗稱制，且援立聖明，光隆皇祚，太后以陛下為子，陛下豈得不以太后為母？子無黜母，臣無貶君，宜合葬宣陵，一如舊制！臣咸謹昧死以聞。

　　靈帝覽奏，決計依議，始奉竇太后梓宮，合葬宣陵，追諡為桓思皇后。既而朱雀闕下，發現無名揭帖，有「曹節王甫，幽殺太后，公卿皆尸位苟祿，莫敢忠言，天下當大亂」云云。曹節、王甫，慌忙報知靈帝，自白無辜。有詔令司隸校尉劉猛，從嚴查緝，十日一比，猛因謗書切直，不願急捕，遷延至一月有餘，未得主名。節甫遂劾猛玩宕，左遷為諫議大夫。適護羌校尉段熲，班師東歸，入為御史中丞，閹黨素與往來，頗相友善，因此奉詔代猛，受任司隸校尉。當下派吏四出，捕得太學遊生等千餘人，拘繫獄中，逐日考訊，亦無左證；徒累得一班士子，冤苦吞聲。曹節等又囑熲追劾劉猛，摭拾他罪；猛因此落職，罰作左校刑徒。熲為平羌功臣，何苦作閹人走狗？大司農張奐，調任太常，因與宦官屢有違言，致為所忌，且與段熲爭論羌事，積不相容；並見前兩回中。又有前司隸校尉王寓，依倚權閹，向奐有所請託，奐謝絕不允，遂由寓設詞構陷，劾奐曾阿附黨人，罪坐廢錮。段熲更欲投井下石，逐奐回籍，授意郡縣，迫令自裁。奐不勝惶懼，因致書謝熲道：

　　小人不明，得過州將，司隸管轄河南洛陽三輔三河弘農七郡，奐回籍經過，故書稱州將。千里委命，以情相歸，足下仁篤，照其辛苦；使人未返，復獲郵書，恩詔分明，前已寫白，而州期切迫，無任屏營，父母朽骨，孤魂相托，若蒙矜憐，一流咳唾，則澤流黃泉，施及冥冥，非奐生死所能報塞。夫無毛髮之勞，而欲求人丘山之用，此淳於髠所以抵髀仰天而笑者也。誠知言必見譏，然猶不能無望，何者？朽骨無益於

人，而文王葬之；死馬無所復用，而燕昭寶之；黨同文昭之德，豈不大哉？凡人之情，冤則呼天，窮則叩心；今呼天不聞，叩心無益，誠自傷痛，俱生聖世，獨為匪人；孤微之人，無所告訴，如不哀憐，便為魚肉，企心東望，無所復言。

　　潁得書後，也覺得心生惻隱，不忍害奐，乃飭州郡好意看待，送奐西歸。奐既返敦煌，閉戶著書，不聞世事，才得幸全。未幾又由中常侍王甫，察得渤海王悝，與同黨鄭颯、董騰交通，密告段潁，使他從速查究；潁又奉命維謹，再興大獄，慘戮多人。這渤海王悝，係是恆帝親弟，前曾襲封蠡吾侯，桓帝係蠡吾侯翼長子，入嗣帝位，故令弟悝襲封，事見前文。嗣因渤海王鴻，身後無子，乃令悝過繼，承鴻遺封，得為渤海王。鴻為質帝生父，即千乘王伉孫。桓帝延熹八年，有司奏悝有邪謀，因降悝為癭陶王，只食一縣；悝潛謀復國，嘗使人入都鑽營，賄託中常侍王甫，代為申請，得能仍復舊封；當謝錢五千萬緡，王甫滿口應許。既而桓帝駕崩，遺詔賜復悝封，悝喜如所望；唯探得復封原因，乃是桓帝顧念親親，有此遺命，並非由王甫代為轉圜，於是將五千萬錢的原約，視為無效。哪知甫貪婪得很，屢遣心腹吏向悝索錢，始終不得如願，乃陰伺悝過，為報怨計。

　　先是朝廷迎立靈帝，道路曾有流言，謂渤海王悝，恨不得立，蓄有異圖，當時亦無暇詳究；後來中常侍鄭颯，與中黃門董騰，串通渤海，常有書信往來，為王甫所偵知，遂令段潁出頭告發，收鄭颯等，送北寺獄，鍛鍊周章。尚書令廉忠，也是王甫爪牙，阿附甫意，誣奏鄭颯等謀迎立悝，大逆不道；再經曹節從旁證實，不由靈帝不信，立即詔飭冀州刺史，拘悝下獄；復遣大鴻臚、宗正、廷尉三官，同赴渤海，逼悝自盡。悝有妃妾十一人，子女十七人，伎女二十四人，皆繫死獄中。就是傅相以下諸僚屬，亦責他輔導不忠，冤冤枉枉的殺死多人。鄭颯、董騰，

第五十七回　葬太后陳球伸正議　規嗣主蔡邕上封章

既由廉忠指為禍首，哪裡還能生活，自然一併受誅。颯應處死，餘實可憐。甫得進封冠軍侯，曹節亦增邑四千六百戶；宮廷內外，要算曹、王二宦官權勢最盛，父兄子弟，並為公卿列校，牧守令長，布滿天下。節弟破石為越騎校尉，貪淫驕縱，探得營吏妻有美色，即脅令獻入，營吏怎敢違抗？只好與妻訣別，囑使前往；哪知妻卻有烈性，曉得三從四德，執意不行，結果是服毒自盡，完名全節。可哀可敬，惜乎姓氏失傳。破石聞知，尚責營吏防守不嚴，革去職使。看官你道是冤不冤呢？慘不慘呢？豔福原難消受，況是一個尋常營吏。

　　嘉平二年，春季大疫，病死甚多，夏季地震，海水四溢；靈帝不知反省，往往歸咎大臣，太尉李咸免官，進司隸校尉段熲為太尉，司徒橋玄、許栩，司空許訓、來豔、楊賜，先後任免，命大鴻臚袁隗為司徒，太常唐珍為司空，熲與宦官通同一氣，故得超遷。隗係故太尉袁湯第三子，承父遺蔭，少歷顯宦，中常侍袁赦，認與同宗，常相推重，所以隗得進列三公。珍乃故中常侍唐衡弟，顯是宦官親黨，臺輔諸公，並作群閹耳目，國事更不問可知了。堂堂宰輔，援繫腐豎，可恥孰甚！會稽人許生，首先發難，自稱越王，傳檄四方，指斥時政，不到月餘，聚眾萬數，東攻西略，占奪了好幾座城池；詔令揚州刺史臧旻，丹陽太守陳夤，併力剿賊，好多日不能掃平。許生反僭號陽明皇帝，連敗官軍，還是吳郡司馬孫堅，具有智勇，召募壯士千餘人，作為臧旻、陳夤的先驅，才得一再破賊，搗入會稽，梟下了許生頭顱，戡定東南。孫堅始此。但已是兩年擾亂，被難的人民，害得十室九空，試問從何處求償呢？靈帝方寵信宦官，聽令橫行，管什麼民間疾苦？四府三公，又多仰閹人鼻息，專嚴黨禁；且議出一種箝制吏職的規條，叫做「三互法」。凡世俗有姻誼相關，及兩州人士，不得互動為官，名為革除情弊，實是杜絕朋黨。自是選用牧守以下，輒多禁忌，輾轉需時。幽、并二州，屢有寇患；鮮卑

騎士，出沒塞下，庸吏被黜，狡吏乞休，往往懸缺不補，防務更壞。議郎蔡邕上書進諫道：

伏見幽冀舊壤，鎧馬所出，比年兵飢，漸至空耗；今者百姓虛懸，萬里蕭條，闕職經時，吏人延屬，而三府選舉，逾月不定，臣竊怪之！論者每云當避三互，不得不出以審慎，愚以為三互之禁，禁之薄者，今得申以威靈，明其憲令，在任之人，豈不戒懼？顧斤斤然坐設三互，自生留閡耶？昔韓安國起自徒中，朱買臣出於幽賤，並以才宜還守本邦；又張敞亡命，擢授劇州，豈宜顧循三互，繼以末制乎？三公明知二州之要，所宜速定，當越禁取能，以救時敝，而不顧爭臣之義，苟避輕微之科，選用稽滯，以失其人。臣願陛下上則先帝，蠲除近禁，其諸州刺史器用可換者，無拘日月三互，以差厥中，則責成有屬，而邊境可期寧謐矣！

書奏不省，邕亦不便再諫，只好容忍過去。唯邕字伯喈，籍隸陳留；六世祖勳，前漢時曾為郿令，嗣因王莽篡位，棄官入山，高隱以終；及邕父稜亦素行清白，歿諡為貞定公。邕事母至孝，與叔父從弟三世同居，不分財產，鄉里交相推美，名重一時。又平居博覽書史，兼及術算音律諸學，雅善鼓琴，桓帝時五侯驕恣，徵邕入都，欲命他鳴琴悅耳，邕行至偃師，稱疾折回，不肯赴召；至橋玄為司徒，闢為掾屬，方才應命。未幾受官郎中，校書東觀；又未幾遷為議郎。邕因五經文字，拾自爐餘，沿訛襲謬，疑誤後學，乃與五官中郎將堂谿兒，光祿大夫楊賜，諫議大夫馬日磾等，奏請正定六經文字；靈帝本好經學，當即依議。邕即手錄五經，用古文、篆、隸三體，依次繕成，鐫碑刻石，豎立太學門外，使後學得所取正；於是中外士子，多來摹寫，每日車馬雜沓，填塞街衢。通經所以致用，徒正書法，實為末事。靈帝亦自造《皇羲篇》五十章，頒示天下；又使能文善賦的生徒，待制鴻都門。嗣且如能工尺

第五十七回　葬太后陳球伸正議　規嗣主蔡邕上封章

牘，書板為牘，長一尺，所以抄錄詞賦。及善書鳥篆，亦引召至數十人；侍中祭酒樂松、賈護，又招徠了許多俗士，使他奏陳閭里趣聞，冀動上聽。果然靈帝年少好奇，看了這班俗士奏本，好似燕書郢說，無奇不搜，樂得朝披暮閱，消遣閒情；一面飭使源源續陳，優給廩餼。還有幾個市賈小民，不知他如何運動，得稱為宣陵孝子，名聞廊廟，居然受拜郎中，暨太子舍人。好造化。永昌太守曹鸞，痛心時事，以為收攬俗子，何如赦宥名流？乃特為黨人申訟，書中有云：

夫黨人者，或耆年淵德，或衣冠英賢，皆宜股肱王室，左右大猷者也。而久被禁錮，辱在塗泥；謀反大逆，尚蒙赦宥；黨人何罪，獨不開恕乎？所以災異屢見，水旱洊臻，皆由於斯；宜加恩赦宥，以副天心！不勝萬幸。

鸞將此書呈入，還望靈帝俯首採納，立赦黨人；不意赦書並未下降，緹騎卻已到來，竟令鸞繳出印綬，褫去冠帶，平白地加上鎖鏈，牽入檻車，送至槐里獄中。槐里令且奉詔審問，陰承風旨，刑訊了好幾次，打得曹鸞皮開肉綻，體無完膚。鸞又氣又痛，絕食數天，一道忠魂，遽歸冥府。靈帝還說應該處死，更下詔州郡，重申黨禁，坐及五族，連門生故吏的父子兄弟，亦須免官禁錮，不准起復；這真是錯中加錯，冤上添冤了！古人說得好：「天視由民，天聽由民。」當此政刑兩失，民情憤鬱，怎能不上感天心？俄而疾風暴雨，俄而震雷隕雹，禾稼受害，大木皆拔；最奇的御殿後面，槐樹被風掀起，又復倒豎；靈帝也覺驚心，下詔引咎，且令群臣各陳政要，俾見施行。蔡邕因復上封事道：

臣伏讀聖旨，雖周成遇風，詢諸執事；宣王遭旱，密勿只畏，無以或加。臣聞天降災異，緣象而至，霹靂數發，殆刑誅繁多之所生也。風者天之號令，所以教人也，夫昭事上帝，則自懷多福；宗廟致敬，則鬼神以著；國之大事，實先祀典，天子聖躬所當恭事。臣自在宰府，及備

朱衣，迎氣五郊，而車駕稀出；四時致敬，屢委有司，雖有解除，猶為疏廢，故皇天不悅，顯此諸異。〈洪範傳〉曰：「政悖德隱，厥風發屋折木。」坤為道地。《易》稱女貞，陰氣憤盛，則當靜反動，法為下叛。夫權不在上，則電傷物，政有苛暴，則虎狼食人，貪利傷民，則蝗蟲損稼；且本年六月二十八日，太白與月相迫，兵事惡之，鮮卑犯塞，所從來遠矣。今之出師，未見其利，上違天文，下逆人事，誠當博覽眾議，從其安者。臣不勝憤懣，謹條陳七事以聞。

七事大綱：一肅祭祀，二納忠諫，三求賢才，四去讒人，五屏浮士，六嚴考課，七懲詐偽，通篇約有數千言，不及細錄。靈帝積迷不返，怎能悉見施行？但至初冬迎氣北郊，總算車駕親行；此外如宣陵孝子等，已授太子舍人，到此乃出為丞尉罷了。小子有詩嘆道：

信讒愎諫最堪憂，七事徒陳願莫酬。

果使見機宜早作，多言無益反招尤。

是年秋日，更發兵北討鮮卑，蔡邕又伸前議，諫阻北征。欲知靈帝是否肯從，且至下回再敘。

竇太后徙居南宮，雖由自取，然於竇武、陳蕃之欲誅權閹，太后固未嘗與謀；曹節、王甫非不知太后之無能為，但既殺竇武，不能不歸獄太后，為斬草除根之計；其所以逼徙南宮，不即害死者，尚恐清議難逃耳。然靈帝為太后所援立，應知感念舊恩，入宮一謁，又復絕跡不朝，至於太后殁後，且因閹豎之議為改葬，瞻顧徬徨，微陳球之抗議於先，李咸之贊同於後，幾何不令太后之遺恨無窮也！蔡邕一文學士，所陳奏議，未始非守正之談，然或嫌迂遠，或涉虛浮，才有餘而忠不足，吾於邕猶有餘憾焉。但曹鸞一言而即遭掠死，國家無道之秋，固未足與陳謹論者。邕之所失，在可去而不去耳，文字之間，固無容苛求也。

第五十七回　葬太后陳球伸正議　規嗣主蔡邕上封章

第五十八回
棄母全城趙苞破敵　蠱君逞毒程璜架誣

第五十八回　棄母全城趙苞破敵　蠱君逞毒程璜架誣

　　卻說鮮卑大酋檀石槐，自恃強盛，未肯服漢，且連年寇掠幽、并諸州；朝廷以田晏、夏育兩人，曾隨段熲破滅諸羌，勳略俱優，特任田晏為護羌校尉，夏育為烏桓校尉，分守邊疆。既而晏坐事論刑，意欲立功自贖，特使人入托王甫求為統將，願擊鮮卑；夏育亦有志徼功，上言鮮卑寇邊，自春至秋，不下三十餘次，請徵幽州諸郡兵馬，出塞往討，大約一冬二春，便可殄滅鮮卑等語。靈帝乃召群臣會議，或可或否，聚訟紛紛。議郎蔡邕，前曾謂不宜用兵鮮卑，至此仍堅持前議，再行申說道：

　　自匈奴遁逃，鮮卑強盛，據其故地，稱兵十萬，才力勁健，意智益生；加以關塞不嚴，禁網多漏，精金良鐵，皆為賊有，漢人逋逃，為之謀主，兵利馬疾，過於匈奴。昔段熲良將，習兵善戰，有事西羌，猶十餘年；今育晏才策，未必過熲，鮮卑種眾，不弱於曩時，而虛計二載，自許有成，若禍結兵連，豈得中休？當復徵發眾人，轉運無已，是為耗竭諸夏，並力蠻夷。夫邊陲之患，手足之疥癬，中國之困，胸背之癰疽；方今郡縣盜賊，尚不能禁，況此醜虜，而可伏乎？昔高祖忍平城之恥，呂后棄嫚書之詬；方之於今，何者為甚？天設山河，秦築長城，漢起塞垣，所以別內外，異殊俗也。苟無慼國內侮之患則可矣，豈與群螘較勝敗，爭往來哉？雖或破之，豈可殄盡？夫專勝者未必克，挾疑者未必敗；眾所謂危，聖人不任，朝議有嫌，明主不行也。昔淮南王安諫伐越曰：「天子之兵，有征無戰。」言其莫敢校也，今欲以齊民易醜虜，皇威辱外夷，就如其言，猶已危矣；況乎得失夫可量也？臣聞守邊之術，李牧善其略；保塞之論，嚴尤申其要，遺業猶在，文章俱存；循二子之策，守先帝之規，臣曰可矣。幸垂察焉。

　　靈帝見了邕議，竟不肯從。王甫在內，蔡邕何能抗爭？即拜田晏為破鮮卑中郎將，使領萬騎出雲中，作為正師；再令夏育出高柳，中郎將臧旻出雁門，作為偏師，三路並進，約有三四萬人，出塞二千餘里，方與鮮卑兵相遇。鮮卑大酋檀石槐，召集東西中三部頭目，來敵漢軍，漢

軍遠行疲乏，不堪一戰；那檀石槐以逸待勞，盡銳爭鋒，叫漢兵如何招架？眼見得紛紛敗下，為虜所乘，晏、育、旻三將，各自顧全生命，回頭亂跑，所有輜重車徒，盡行棄去，甚至所持漢節，也並拋失；三路人馬，十死七八，只剩得殘騎數千，零零落落，奔回原營。朝廷聞報，拘還晏、育、旻三將，並下詔獄；由三將傾家出貲，贖為庶人。鮮卑既得勝仗，寇掠尤甚。廣陵令趙苞，素有清節，政教修明，蒙擢為遼西太守，地當虜衝，由苞繕治城堡，訓練士卒，戰守有貲，屹為重鎮；就職踰年，乃遣使至甘陵故里，迎接老母妻孥，好多日不見到來，未免繫念。忽有候吏入報導：「鮮卑兵萬餘人，突來犯邊，前鋒已經入境，不久要到城下了！」苞聞報大怒道：「蠢爾鮮卑，敢來犯我疆界麼？我當前去截擊，使他片甲不回，方免後患！」說著，即召齊將士，慷慨曉諭，飭令為國效忠，將士等皆踴躍從命；當下調集兵馬二萬騎，由苞親自督領，出城搦戰。約行了一二十里，便見前面塵頭大起，虜兵蜂擁前來。於是倚險列陣，截住虜蹤，那虜眾被苞阻住，也即停止；苞正擬麾兵突上，不料敵陣中驅出囚車，約有數具，左右各押著虜兵，持刃大喝道：「趙苞快下馬受縛，免得誅滅全家！」苞聞聲出馬，舉目一瞧，好似萬箭穿胸，險些兒暈倒地上。原來囚車裡面，不是別人，正是白髮鬖鬖的老母，與那嬌顏稚齒的妻兒。自從苞飭迎家眷，母妻等相偕赴任，路過柳城，遇著鮮卑遊騎，把他們掠去，詢知為遼西太守眷屬，即挾為奇貨，號召騎士萬餘人，進攻遼西，意欲藉此脅苞。苞見家眷被劫，怎不驚心？況母子恩情，何等深重？此時為虜所縛，慘同羊豕，若要不降，必致殺母；若要遽降，豈不負君？進退徬徨，激出了許多涕淚，淒聲遙語道：「為子無狀，本欲將所得微俸，奉養朝夕，不意反為母禍！昔為母子，今為王臣，至我不得顧私毀公，罪當萬死！如何塞責？」說至此，即聽母聲遙應，呼己小字道：「威豪！人各有命，怎得相顧自虧忠義？從

第五十八回　棄母全城趙苞破敵　蠱君逞毒程璜架誣

前王陵母陷入楚中，對著漢使，伏劍勉陵；我願效陵母，爾亦當如陵忠漢便了！」苞待母說罷，竟打定主意，回首大呼道：「大小將士，幸與我努力殺賊，上雪國恥，下報家仇！」道言未絕，即由軍吏一齊殺出，驟馬上前；虜兵凶橫得很，一聲喊起，把苞母及妻子等，立刻殺死，取首級擲入苞軍，苞軍雖然急進，已是不及救護，但搶得數具囚車，及車內的無頭屍骸。苞母原是賢烈，苞亦未免太忍。苞至此悲憤填膺，還顧什麼利害，當即挺刃當先，與虜拚命，部下二萬人，也個個激動義憤，執著大刀闊斧，冒死搗入鮮卑陣中，霎時間摧破虜陣，剚死虜兵無算，虜眾不可支持，自然四潰；苞趕至數十里外，見殘虜已鼠竄出境，只得收兵還城；隨將母妻子各屍，買棺殯殮，上表陳述軍情，且請辭職歸葬。靈帝得表，忙即遣使弔慰，加封苞為鄃侯，准令還葬母屍，厚賜賻恤。苞奉詔回鄉，已將母屍等葬訖，顧語鄉人道：「食祿避難，不得為忠；殺母全義，亦不得為孝；我還有什麼面目媮息人世呢？」鄉人欲上前勸解，不料苞驟然心痛，用手椎胸，嘔出紫血數升，突至撲倒地上，鄉人忙將他舁入家中，奄臥床間，只呼了幾聲母親，便即靈魂出竅，馳往冥途去尋那老母妻孥了。閱至此，令人酸鼻。苞本為中常侍趙忠從弟，與忠素不相協，恥談門族，就官以後，從未致忠一書；所以苞既病歿，忠亦不為請諡，但教自己威福不致損失，管什麼兄弟宗親？靈帝亦只寵左右，不看重內外臣工。太傅一職，懸缺不補，太尉、司徒、司空三官，一歲數易，段熲為太尉後，復由陳耽、許訓、劉寬、孟戫數人互為交替；只劉寬尚知自好，廉慎有餘。到了熹平七年間，日食地震，相繼不絕，反無緣無故的下詔改元，號為光和，大赦天下。

　　太尉孟戫罷免，竟授常山人張顥為太尉。顥為中常侍張奉弟，因兄得官，出為梁相，適有喜鵲飛翔府前，由役吏與鵲為戲，用竿撥鵲，便致墮落，役吏忙去拾取，哪知鵲滾地一變，化成圓石，役吏非常驚愕，

取石獻顥，顥命將圓石椎破，內有金印，印上有「忠孝侯印」四個篆文，因此喜出望外，便致書兄奉，誇為瑞徵。鵲何能變石？想俱由張顥捏造出來。奉入侍時，覷隙與靈帝談及，又託永樂宮門吏霍玉，代為揄揚，靈帝竟為所惑，召顥入都，使為太常；未幾即遷官太尉，想他做個太平宰相。餘如司徒、司空，亦換去袁隗、唐珍、楊賜、劉逸、陳球、袁滂、來豔等人，更迭就任，多約數月，少只數旬。看官試想，世上能有這般大材，速成治道麼？無非依宦官為進退。光和元年四月，都中又聞地震，侍中署內，有雌雞變作雄雞；到了五月，有白衣人入德陽殿內，與中黃門桓賢相遇。賢喝問何事，白衣人卻厲聲道：「梁德夏叫我上殿，汝為何阻我？」賢不知梁德夏為何人，正要將他扭住，詳訊來歷，偏趕到白衣人身前，一手抓去，落了個空，白衣人也不知去向了；賢不勝駭異，查問宮廷內外，亦不聞有梁德夏，只好約略奏報，留作疑案。至六月間，又有黑氣墮入溫德東庭中，長十餘丈，形狀似龍，好一歇方才散去；再過一月，有青虹出現玉堂殿庭，種種怪異，人相驚擾。靈帝乃召光祿大夫楊賜，諫議大夫馬日磾，議郎蔡邕、張華，太史令單揚等，詣金商門，引入崇德殿，使中常侍曹節、王甫兩人，就問災異原因，並及消變方法。唯楊賜、蔡邕，引經據讖，奏對較詳，節與甫還白靈帝，靈帝又特詔問邕，使他直陳得失，許用皂囊封上。漢制唯奏聞密事，得用皂囊封入。邕見靈帝推誠下問，不必再有忌諱，乃直揭時弊，密上封章道：

臣伏唯陛下聖德允明，深悼災眚，褒臣末學，特垂訪及，斯誠輸肝瀝膽之秋，豈可顧患避害，使陛下不聞至戒哉？臣伏思諸異，皆亡國之怪也；天於大漢，殷勤不已，故屢出祅變，以當譴責，欲令人君感悟，改危即安。今災眚之發不於他所，遠則門垣，近在寺署，其為監戒，可謂至切。蜺墮雞化，皆婦人干政之所致也；前者乳母趙嬈，貴重天下，

第五十八回　棄母全城趙苞破敵　蠱君逞毒程璜架誣

生則資藏侔於天府，死則丘墓逾於園陵，此時趙嬈已死。兩子受封，兄弟典郡；繼以永樂宮門吏霍玉，依阻城社，又為奸邪。今道路紛紛，復云有程大人者，察其風聲，將為國患，宜嚴為提防，明設禁令，深唯趙霍，以為至戒。今聖意勤勤，思明邪正。而聞太尉張顥，為玉所進；光祿勳偉璋，有名貪濁；又長水校尉趙玹，屯騎校尉蓋升，並叨時幸，榮富優足；宜念小人在位之咎，退思引身避賢之福！伏見廷尉郭禧，純厚老成；光祿大夫橋玄，聰達方直；前太尉劉寵，忠實守正，並宜為謀主，數見訪問。夫宰相大臣，君之四體，委任責成，優劣已分，不宜聽納小吏，雕琢大臣也。又尚方工伎之作，鴻都辭賦之文，可且消息，以示唯憂。《詩》云：「敬天之怒，不敢戲豫。」天戒誠不可戲也。宰府孝廉，士之高選，近者以辟召不慎，切責三公；而今並以小文超取選舉，開請託之門，違明王之典，眾心不饜，莫之敢言。臣願陛下忍而絕之，思唯萬幾，以答天望。聖朝既自約厲，左右近臣，亦宜從化；人自抑損，以塞咎戒，則天道虧滿，鬼神福廉矣。臣以愚戇，感激忘身，敢觸忌諱，手書具對。夫君臣不密，上有漏言之戒，下有失身之禍，願寢臣表，無使盡忠之吏，受怨奸仇，則臣雖萬死，感且不朽矣。

　　靈帝啟封展閱，卻也不勝嘆息。曹節適立在後面，早已眈眈注視，只恨相距太遠，一時看不清楚，又未便搶前明視，正在心中躁急；湊巧靈帝起座更衣，乃即趨近一瞧，已知大略，雖於自己無甚關礙，但據蔡邕劾奏諸人，統是自己同黨，總不免暗裡懷嫌；當下傳告左右，遂將蔡邕表奏的內容，宣揚出去。咎在靈帝一人。邕與大鴻臚劉郃，素不相平，叔父蔡質，方為衛尉，又與將作大匠陽球有隙，球即中常侍程璜女夫。想係程璜的乾女婿，否則璜為閹人，怎得有女？璜因邕章奏中，曾有程大人將為國患等語，恐他指及己身，不如先發制人，免被劾去；乃陰使人飛章發密，誣稱蔡邕叔姪，屢將私事託郃，郃不肯相從，遂致邕懷怨望，謀害郃身。靈帝又為所迷，即令尚書向邕詰狀，邕上書自訟道：

臣被召問，以大鴻臚劉郃，前為濟陰太守，臣屬吏張宛，休假百日，漢制吏休假百日，例當免職。郃為司隸，又託河內郡吏李奇，為州書佐，及營護故河南尹羊陟，侍御史胡母班，郃不為用，致怨之狀，臣屏營怖悸，肝膽塗地，不知死命所在。竊自尋案，實屬宛奇，不及陟班，小吏進退，無關大體；臣本與陟姻家，豈敢申助私黨？如臣叔姪欲相傷陷，當明言臺閣，具陳恨狀；所緣內無寸事，而謗書外發，宜以臣對與郃參驗。臣得以學問特蒙褒異，執事祕館，操管御前，姓名貌狀，微簡聖心。今年七月，臣詣金商門，問以災異，齎詔申旨，誘臣使言，臣實愚戇，唯識忠藎，出言忘軀，不顧後害；遂譏刺公卿，內及寵臣，實欲以上抒聖慮，救消災異，為陛下建康寧之計。陛下不念忠臣直言，宜加掩蔽，誹謗猝至，便用疑怪，盡心之吏，豈得容哉？詔書每下百官，各上封事，欲以改政思譴，除凶致吉，而言者不蒙延納之福，旋被陷破之禍，今皆杜口結舌，以臣為戒，誰敢為陛下盡忠孝乎？臣季父質連見拔擢，位在上列，臣被蒙恩渥，數見訪逮；言事者因此欲陷臣父子，破臣門戶，非復發糾奸伏，補益國家者也。臣年四十有六，孤特一身，得託名忠臣，死有餘榮；恐陛下於此，不復聞至言矣！臣之愚戇，職當咨患，而前者所對，質不及聞。而衰老白首，橫見引逮，隨臣摧沒，併入陷坑，誠冤誠痛！臣一入牢獄，當為楚毒所迫，促以飲章。飲，猶隱也，言原告姓名，無可對問。辭情何緣復問，死期垂至，冒昧自陳，願身當辜戮，乞質不併坐，則身死之日，猶更生之年也。唯陛下加餐，為萬姓自愛！

邕書雖似詳明，可奈程璜在內反對，定要將邕加害，堅請靈帝收邕下獄，徹底查訊；靈帝本來糊塗，因即依議，邕遂被拘至洛陽獄中，連蔡質一併逮治。有司不敢忤旨，且受程璜暗中囑託，鍛鍊成讞，奏稱邕私怨廢公，謀害大臣，罪坐大不敬，應該棄市；幸虧邕命不該絕，得著一個大救星，從中緩頰，才得起死回生。這大救星不屬公卿，卻仍出自

第五十八回　棄母全城趙苞破敵　蠱君逞毒程璜架誣

中常侍間，姓呂名強，表字漢盛，與程璜同為閹人，同作內官，偏生性與璜等不同，倒是一個清正公忠的好侍臣。鶴立雞群，應加褒揚。他知蔡邕無罪，不忍坐視，便挺身出來，至靈帝前叩首保邕，力為訴冤；靈帝乃使強傳詔，減邕死罪一等，受髠鉗刑，充戍朔方，質亦坐徙，家屬同科。將作大匠陽球，得知此信，忙使刺客預伏要路，待邕出都就戍，將他刺死；哪知刺客頗感邕義，佯為受命，索給路費，至錢財到手，卻一溜煙似的逃向他處，竟不返報。球候久不至，料知無成，再遣使人齎著金帛，追賂戍所監守官。監守官得了賄賂，反將詳情告邕，教他戒備；因此邕與質等幸得生存。偏宮闈中又起風波，帝后間且遭讒構，好好一位宋皇后，並無什麼大過，竟為逆閹王甫所譖，遽致身死家滅，說將起來，更覺令人髮指。宋后不過中姿，且簡言寡笑，未善趨承，因此正位以後，並不得寵，後宮妃妾，各思乘機奪嫡，互播蜚言，靈帝已不免懷疑；渤海王悝妃宋氏，係是宋后的姑母，悝被王甫陷害，夫婦同死，見前回。甫恐宋后報怨，趁機下手，約同大中大夫程阿，捏言宋后聽信左道，咒詛皇上；再經妃嬪等從旁誣證，構成冤獄，遂由靈帝下詔廢后，收還璽綬，徙居至暴室中，活活幽死，后父酆及兄弟等，並皆被誅。後來宮內侍臣，憐后無辜，各出私囊，湊集錢物，收葬后屍，及酆父子遺骸，歸葬宋氏舊塋皋門亭。小子有詩嘆道：

歷朝廢后總傷倫，況復讒言出寺人。
漢季外家多赤族，冤如宋氏最酸辛！

宋后枉死，王甫等權焰益張。當有一位公正的尚書，上書進規，欲知尚書姓名，容至下回再詳。

趙苞之棄母全城，後人多憫其全忠，而惜其昧義；夫君與親一也，親不可棄，猶之君不可忘，為趙苞計，不如退兵守城，徐為設法，或啗

以重利，或佯為乞降，務使母得生還，然後再謀卻敵；萬一不能如願，則為君棄母，亦為後人所共諒，奈何銳圖殺賊，忍視老母之遽膏鋒刃乎？故苞之失不在於昧義，而在於少智；設令智士處此，當不若是之冒昧進戰也。蔡邕之屢諫不從，已可引去；乃尚徘徊於廊廟之間，致為奸人所陷害。微呂強，身家已夷滅矣，邕其亦有才無智歟？若曹節、程璜諸人，罪不容於死，何足責焉。

第五十八回　棄母全城趙苞破敵　蠱君逞毒程璜架誣

第五十九回
誅大憨酷吏除奸　受重賂婦翁嫁禍

第五十九回　誅大憝酷吏除奸　受重賂婦翁嫁禍

卻說涿人盧植，前曾獻書竇武，勸令辭封讓賢，武不能用，遂致枉死，見五十四回。嗣由朝廷徵為博士，出拜九江廬江各郡太守，並有政績，入補議郎，轉為侍中，進授尚書。植身長八尺二寸，聲如宏鐘，少時與北海人鄭玄，並師事馬融，博古通今，能識大義。融為明德皇后從姪，明德皇后，即明帝后馬氏。家富才豪，不拘小節，居處服飾，好尚奢華，常在高堂中懸絳紗帳，前授生徒，後列女樂，弟子依次講授，免不得紛心靡麗，窺及聲色。獨植受學數年，未嘗轉眄，卻是難能。融以是另眼相看。及學成辭歸，亦闔門教授生徒，秉性剛毅，有志濟時，光和元年，已遷擢為尚書，見宋氏無辜遭禍，與各種秕政相尋，不由的觸動熱誠，因上陣八事，請即施行。語繁不及備錄，由小子撮要如下：

一、用良，謂宜使州郡核舉賢良，隨方委用。二、原禁，謂歷屆黨錮，多非其罪，應悉加赦宥。三、御癘，謂宋后家屬，無罪橫屍，致成疫癘，當一律妥埋，以安遊魂。四、備寇，謂侯王之家，賦稅減削，愁窮思亂，必致非常，宜使給足，以防未然。五、修體，應徵有道之人，若鄭玄諸徒，陳明洪範，禳解災咎。六、尊堯，謂郡守刺史，一月數遷，宜依黜陟，以彰能否，縱不九載，可滿三歲。堯帝時，九載考績，故植以尊堯為條目，但當時三公屢易，不止郡守刺史，植言尚失之偏見。七、御下，謂請謁希榮諸敝習，概宜禁塞，遷舉之事，責成主者。八、散利，謂天子之體，理無私積，宜弘大務，蠲略細微。

這八事陳將進去，靈帝竟無一採行；唯宋后家屬，聽令內侍收葬，不再過問。太尉張顥，任職半年，無甚建樹，且因天災迭見，把他免官，用太常陳球為太尉；又司空來豔病歿，進屯騎校尉袁逢為司空。逢即前司徒袁隗胞兄，承父袁湯遺蔭，襲爵安國亭侯，靈帝入嗣，逢曾居官太僕，預議迎立，故嘗增封三百戶。隗先為司徒，逢繼為司空，雖是

世家顯宦，實由中常侍袁赦推薦，故先後超遷。附閹宦以增榮，行誼可知。隱士袁閎，就是逢隗從子，常私語家人道：「我先公福祚留貽，後世不能修德承家，乃好慕榮利，與亂世爭權，恐不免為晉三郤了！」三郤，並為晉厲公所殺，事見《春秋》、《左傳》。為此居安思危，所以蟄居土室，久伏不出；遇有從父饋遺，一介不受，甚至母歿丁憂，亦未聞出室送葬；鄉人目為狂生。哪知他無窮感慨，激成畸行，從前箕子佯狂，接輿避世，都操這種主意，看官幸勿視同怪物呢！回應五十六回。陳球夙懷忠直，做了兩個月太尉，便被閹黨排擠，藉著日食為名，坐致策免，更任光祿大夫橋玄為太尉。玄亦有重名，歷任司徒、司空，均因朝廷昏亂，無力挽回，自劾求去。靈帝因他素孚物望，屢罷屢召，及升任太尉，就職月餘，又復託病乞休，有詔賜假養痾；又逾兩月，仍以衰病告辭，乃再起段熲為太尉，使玄食大中大夫祿俸，就醫里舍。玄有十齡幼子，獨遊門外，猝有三盜持杖，把玄子執登門樓，向玄求貨。玄不肯照給，遣使往報司隸校尉，促令捕盜。時將作大匠陽球，調任司隸，接得玄報，忙率河南尹、洛陽令等，圍守玄家，但恐盜殺玄子，未敢過迫。玄瞋目大呼道：「奸人無狀，玄豈為了一子性命，輕縱國賊麼？」遂迫令進攻，陽球乃驅眾入室，將要登樓，盜已將玄子殺死，然後下樓拚命，被眾格斃。玄因上書奏請，凡天下有擄人勒贖等情，並當嚴捕治罪，不准以財貨相贖，開張奸路。於是盜賊無從要挾，劫質罕聞，都下粗安。

　　偏靈帝因內帑未充，嘗嫌桓帝不能作家，特想出一條斂錢的方法，就西園開張邸舍，賣官鬻爵，各有等差，二千石官階，定價二千萬；四百石官階，定價四百萬；如以才德應選，亦須照納半價，或三分之一；令長等缺，隨縣好醜，定價多寡；富家先令入錢，貧士至赴任後，加倍

第五十九回　誅大憝酷吏除奸　受重賂婦翁嫁禍

輸納。明明是叫他剝民。這令一下，無論何種人物，但教有錢可買，便可平地升官，一班蠅營狗苟的鄙夫，樂得明目張膽，集資買缺；將來總好在百姓身上，取償厚利。因此西園邸內，交易日旺，估客如林。好一座貿易場。靈帝見逐日得錢，盈千累萬，自然喜歡。還有永樂宮中的董太后嗜錢如命，聞得靈帝有這般好買賣，也即出來分肥，且令靈帝擴張生意，就是三公九卿，亦可出賣。靈帝卻也遵教，不過少存顧忌，暗令左右私下貿易，公價出錢千萬，卿價百萬。約閱數月，內庫充牣，永樂宮中，亦滿堆金錢。靈帝大喜，召問侍中楊奇道：「朕比桓帝何如？」奇係楊震曾孫，震長子牧孫。頗有祖風，承問即答道：「陛下與桓帝，亦猶虞舜比德唐堯！」答得甚妙。靈帝作色道：「卿真強項！不愧楊震子孫，他日死後，必復致大鳥了！」大鳥事，見前文。遂出奇為汝南太守，奇亦不願在內，拜命即去。過了一年，即光和二年。春令大疫，遣中常侍等出施醫藥，接連是暮春地震，孟夏日食，靈帝專歸咎大臣，策免司徒袁滂，司空袁逢，另任大鴻臚劉郃為司徒，太常張濟為司空；唯太尉段熲，獨得內援，不致免官。

　　誰知天下事多出人料，往往求福得禍，樂極生悲。熲所恃唯王甫，甫惡貫滿盈，伏法受誅，連熲也因此坐罪，一併送命。甫有養子二人，一名萌，曾為司隸校尉，轉任永樂少府；一名吉，亦為沛相，平時皆貪暴不法，吉尤殘酷，凡殺人皆磔屍車上，榜示大眾，夏月腐爛，用繩穿骨，傳示一郡，臭氣燻途，遠近俱為疾首。吉卻靠甫聲勢，任至五年，殺人萬計。陽球為將作大匠時，嘗聞報發憤道：「若陽球得為司隸，斷不令此輩久生！」陽球亦酷吏之一，且陷害蔡邕，罪惡亦甚，唯為吉動憤，尚算秉公。已而果為司隸校尉，方擬舉劾王甫父子，適甫使門生王彪，至京兆境內，估權官財物七千餘萬，多受私賕，為京兆尹楊彪所發。彪係楊賜子。甫正休沐里舍，熲亦方以日食自劾，還府待命。陽

球聞彪已上彈章，又乘甫、潁等不在宮廷，當即入闕面陳，極言甫、潁等種種罪狀；靈帝也覺動怒，即命陽球查究此事。球受命出朝，立派全班吏役，先拿王甫、段潁，再拘甫養子永樂少府萌，並將沛相吉，一併逮至，收繫洛陽獄中，親加審訊，嚴詞逼供。王甫等狡賴異常，怎肯招認？那陽球是著名酷吏，從前歷任守令，理奸懲惡，動輒駢誅，至是積憤多時，怎肯輕輕放過？當下喝令左右，取出多少刑具，加在甫身，甫熬刑不住，甚至暈絕，良久始蘇。萌仰首語球道：「我父子果當伏誅，也請顧念先後任使，稍為寬假，貸我老父！」萌前為司隸，故有此語。球拍案叱道：「爾等罪大惡極，死有餘辜！尚欲論及先後，想我寬假麼？」萌乃對罵道：「爾前事我父子，不啻奴僕；奴僕敢反侮主人，臨厄相擠，恐爾亦將自及了！」無瑕者，乃可錄人，球未能免疵，故遭此反罵。球怒上加怒，再令左右將萌拖倒，用泥塞口，棰楚交至，立即撻死；甫與吉亦同斃杖下，潁亦自殺。球令將甫屍露置夏城門，大書揭示道：「賊臣王甫。」一面籍沒甫產，家屬盡徙南方。甫既伏辜，球尚欲劾去曹節等人，因敕中都官從事道：「且先去權貴大猾，然後議及餘子。若公卿豪右如袁家兒輩，從事自能辦理，何煩校尉費心？」既欲盡除宵小，不宜先自洩謀。這數語傳達出去，權臣莫不震懼，連曹節也不敢出宮。會衝帝母虞貴人病逝，發喪出葬。衝帝為虞美人所出，事見前文，唯加封貴人，係靈帝時事。百官送殯往還，曹節等亦曾在列。節見甫屍暴露，不禁灑淚道：「我輩可自相食，奈何使犬舐餘汁哩？」說著，又囑諸常侍勿留里舍，亟相引入殿，面白靈帝道：「陽球乃有名酷吏，不宜使作司隸，縱令毒虐！」靈帝點首，即命節傳詔，徙陽球為衛尉。球方因虞貴人安葬，奉命祭陵，節託尚書令即日召球，促就衛尉職任。球聞召馳回，進見靈帝，叩首陳請道：「臣原無奇才，猥蒙陛下委為鷹犬，得誅王甫、段潁諸奸，但尚是狐狸小醜，未足宣示天下。願再假臣一月，必食豺狼鴟

第五十九回　誅大憨酷吏除奸　受重賂婦翁嫁禍

鶚，各使伏辜！」說至此，更叩頭流血，但聞殿上呵聲道：「衛尉敢抗詔不從麼？」球尚不肯止，至呵叱再三，不得已受職拜謝，怏怏趨出。曹節等又不必避忌，橫行如故，中常侍朱瑀，與節相類。郎中審忠，不忍緘默，乃抗疏上奏道：

臣聞理國，得賢則安，失賢則危；故舜有臣五人，而天下治，湯舉伊尹，不仁者遠。陛下即位之初，未能親攬萬幾，皇太后念在撫育，權時攝政，故中常侍蘇康、管霸，應時誅殄。太傅陳蕃，大將軍竇武，考其黨羽，志清朝政，朱瑀、曹節等，知事覺露，禍及其身，遂興造逆謀，作亂王室，撞蹋省闥，執奪璽綬，迫脅陛下，聚會群臣，離間骨肉母子之恩，遂誅蕃武及尹勳等。因共割裂城社，自相封賞，父子兄弟，備蒙尊榮，素所親厚，布在州郡，或登九列，或據三司；不唯祿重位尊之貴，而苟營私門，多蓄財貨，繕修第舍，連里竟巷。盜取御水，以作漁釣，車馬服玩，擬於天家，群公卿士，杜口吞聲，莫敢有言，州牧郡守，承順風旨，故蠱螟為之生，夷寇為之起。天意憤盈，積十餘年。故頻歲日食於上，地震於下，所以譴戒人主，欲令覺悟。昔殷高宗以雊雉之變，獲中興之功；近者神祇啟悟陛下，發赫斯之怒，誅及王甫父子，路人士女，莫不稱善，若除父母之仇。誠怪陛下復忍孽臣之類，不悉殄滅。昔秦信趙高，以危其國，吳使刑人，身邁其禍；春秋時，吳子餘祭，使閽守舟，為閽所弒。今以不忍之恩，赦夷族之罪，奸謀一成，悔亦何及？臣為郎十五年，皆耳目聞見，瑀等所為，誠皇天所不復赦；願陛下留漏刻之聽，裁省臣表，掃滅醜類，以答天怒，與瑀考驗，有不如言，願受湯鑊之誅，雖妻子並徙，亦臣所甘之如飴者也！謹不勝翹切待命之至。

忠將此疏呈入，早已拚生待詔，不意似石沉大海一般，多日不見復報。還是大幸。中常侍呂強，與曹節等志趣不同，由靈帝封為都鄉侯，強固辭不受，因聞審忠陳言不省，也續陳一疏道：

臣聞高祖立約，非功臣不侯，所以重天爵，明勸戒也。中常侍曹節等，品卑人賤，讒諂媚主，佞邪徼寵，有趙高之禍，未受轘裂之誅；陛下不悟，妄授茅土，開國承家，小人是用，又並及家人，重金兼紫，交結邪黨，下毗群佞，陰陽乖刺，稼穡荒蕪，民用不康，罔不由茲。臣誠知封事已行，言之無及，所以冒死干觸，進陳愚忠者，實願陛下損改既謬，從此一止。臣又聞後宮采女，數千餘人，衣食之費，日數百金，近時穀雖賤，而戶有飢色，案法當貴，而令更賤者，由賦發繁數，以解縣官，寒不敢衣，飢不敢食。民有斯厄，而莫之恤，宮女無用，填積後庭，天下雖復盡力耕桑，猶不能供。昔楚女悲愁，西宮致災；注見前。況終年積聚，豈無愁怨乎？又承詔書當於河間故國，起解瀆之館，陛下龍飛即位，雖從藩國，然處九天之高，豈宜有顧戀之意？且河間疏遠，解瀆邈絕，而欲勞民殫力，未見其便。又今外戚四姓之家，及中官公族無功德者，造起館舍，約有萬數，樓閣相接，丹青素堊，不可殫言，喪葬逾制，奢麗過禮，競相仿效，莫肯矯正。《穀梁傳》曰：「財盡則怨，力盡則懟。」此之謂也。又聞前召議郎蔡邕，對問於金商門，邕不敢懷道迷國，而切言極對，毀刺貴臣，譏訶宦豎，陛下不密其言，至令宣露，群邪膏唇拭舌，競欲咀嚼，造作飛條，陛下同受誹謗，致邕刑罪，室家徙放，老幼流離，豈不負忠臣哉？今群臣皆以邕為戒，上畏不測之誅，下懼刺客之害，臣知朝廷不得復聞忠言矣。故太尉段熲，武勇冠世，習於邊事，垂髮服戎，功成皓首，歷事二主，勳烈獨昭，陛下既已式序，位登臺司，而為司隸陽球所誣脅，一身既斃，而妻子遠播，天下惘悵，功臣失望，宜徵邕更加授任，反熲家屬，則忠臣路開，眾怨以弭矣！

　　靈帝得疏，仍然不省。前太尉陳球，方為永樂少府，志在除奸，特與司徒劉郃結交，祕密籌謀。郃兄儵嘗為侍中，因與大將軍竇武同黨，連坐致死，郃為兄銜怨，故亦欲誅滅權閹，冀銷宿恨。事未及發，球復致書勸郃道：

第五十九回　誅大憝酷吏除奸　受重賂婦翁嫁禍

　　公出自宗室，位登臺鼎，天下瞻望，社稷鎮衛，豈得雷同容容？無違而已！今曹節等放縱為害，而久在左右，又公兄侍中，受害節等，永樂太后所親知也，今可表徙衛尉陽球為司隸校尉，以次收節等誅之，政出聖主，天下太平，可翹足而待也！

　　郃見球書，意亦相同，但恐節等勢大，未敢遽決。會有尚書劉納，觸忤宦官，被貶為步兵校尉，因聞郃欲報兄仇，特向郃進謁，談及曹節等貽禍國家，不可不除。郃皺眉自嘆道：「我亦常作此想，只因宦豎耳目甚多，一或不慎，事尚未成，反恐受禍。」納慨然道：「公為國棟梁，危不持，顛不扶，焉用彼相？」焉，作何字解，本出《論語》。郃方答說道：「承君勖我，敢不勉力？但君亦須為我臂助！」納應聲道：「這卻不待公囑，納已願為效死了！」死期原是將至。郃憶陳球來書，擬使陽球復職，陽為誅奸能手，理應先與說明，乃乘暇會球，表明情意；球本有此志，自然極口贊成。怎奈屏後有一小妻，在內悄立，已聽得明明白白。這小妻正是中常侍程璜女兒，待球送客入內，方才回房，兩人面色，都與常時不同，球本偏愛小妻，料已被竊聽了去，不如和盤說出，叫她先報程璜，說明誅死節等，與璜無干；倘能相助，事後當共享富貴。計非不妙，唯與婦寺會商，多難成事。那小妻滿口答應，即託詞歸寧，轉告乃父。程璜雖與曹節同黨，但節等果死，內政可以自專，未始非利，樂得賣個情面，由他做去；因囑女兒返報陽球，許守祕密。偏被曹節聞風，自去見璜，先說了一派兔死狐悲的話兒，感動璜心，再從袖中取出黃金，置諸几上，作為贈禮；隨後復用虛詞恫嚇，說得程璜又驚又懼，又感又慚，不由的傾吐肺腑，竟將陽球所報的密謀，一一告知。女夫也不管了。節且邀同程璜，及黨羽等入白靈帝，齊聲奏請道：「劉郃等常與藩國交通，聲名狼藉，近又與步兵校尉劉納，永樂少府陳球，衛尉陽球，私遣書疏，謀為不軌，若非從速捕治，旦夕必有禍變！臣等死不足

惜，恐有礙聖躬，所以急切奏聞！」靈帝見他人多語合，諒非虛誣，不禁大發雷霆，命節等帶領衛士，往拿劉郃、劉納、陳球、陽球，四人無從抗辯，各束手受縛，同入獄中，眼見是棰楚交施，依次畢命。小子有詩嘆道：

外言入閫本非宜，祕策如何囑愛姬？

弄巧不成終一跌，殺身害友悔嫌遲！

過了一年，靈帝又要冊立皇后了，欲知何人為后，待至下回報明。

漢季之中常侍，誰不曰可殺？唯庸主如桓、靈，方信而用之。雖閹黨亦有自相殘滅之時，但與正士相抗，則一致同謀，曹節所謂我輩自相殘食，不使犬得舐汁，即此意也。陽球之慾殲閹黨，未始非志士所為，觀其嚴鞫王甫父子，五毒交加，雖曰酷虐，而施諸凶豎，尚為相當之報應，不足為陽球責也。獨球既嫉視權閹，乃納程璜之女，列作寵姬，卒至機事不密，終為小妻所誤，而輕喪生命，是寧非自作自受乎？且劉郃、陳球諸人，亦橫遭牽累，同時畢命，可慨孰甚？《傳》有之，「謀及婦人，宜其死也」。璜女不欲害其夫，而其夫卒因此致斃，此女子小人所以不可與謀也夫！

第五十九回　誅大憝酷吏除奸　受重賂婦翁嫁禍

第六十回
挾妖道黃巾作亂　毀賊營黑夜奏功

第六十回　挾妖道黃巾作亂　毀賊營黑夜奏功

　　卻說宋皇后被廢後，忽忽間已過兩年，尚未冊立繼后，六宮無主，當由內外臣工，一再申請，乞立繼后，以宣陰化；靈帝乃立貴人何氏為皇后。后出身微賤，本是一個屠家女兒，父名真，家居南陽，營業積資，每思攀援權貴，博些微名，湊巧宮中招選采女，遂囊金出都，賂遺中官，得將女兒充選；也是這女應該大貴，生成一副花容玉貌，比眾不同，身長七尺一寸，肌膚瑩豔，骨肉婷勻。靈帝素來好色，瞧著這個美人兒，哪有不喜歡的道理？衾裯使抱，列作小星，幾度春風，含苞結種，十月滿足，生下一男，取名為辯。時後宮常生子不育，靈帝恐再蹈覆轍，特令乳媼抱辯出宮，寄養道人史子眇家，號曰史侯。名為皇帝，何亦做村嫗思想？因即冊何女為貴人，甚有寵幸，至是竟得立為皇后，徵后兄進為侍中，嗣復追封后父真為車騎將軍，兼舞陽侯，號后母興為舞陽君。后性剛多忌，既得正位，尚恐他人奪寵，隨時加防。偏有趙國佳人王氏，為前五官中郎將王苞孫女，也得應選入宮，姿色與何后相同，才具比何后較勝，能書能算，應對尤長，靈帝又不肯放過，再令她入侍巾櫛，好幾次鸞顛鳳倒，更種成歡葉愛苗，靈帝因她身懷六甲，晉號美人。漢制宮中妃媵，貴人以下為美人。何皇后略有所聞，偵察愈嚴，常圖陷害；還是王美人生性聰敏，備豫不虞，有時進謁正宮，往往用帛束腰，不令大腹宣露。無如胎中兒日大一日，美人腹亦日脹一日，累得王氏朝夕不安，只恐隱瞞不住，當下購服墮胎藥，飲將下去，滿望胎得墮落，還可保全性命；哪知藥竟無靈，胎終不動，夜間復得夢兆，屢次負日前行，心中暗想：莫非應生貴子，未便使墮？於是不再服藥，聽天由命，也是這個胎中兒該有三十年帝號，所以安居腹中，無論如何刺激，總得保存過去。好容易過了十月，不坼不劈，脫離母胎，侍女報知靈帝，靈帝自然心歡，替他取下一名，是一協字。協既產出，王美人身尚未健，須服藥調治；那何后陰謀設計，密遣心腹內侍，齎著鴆毒，

走至王美人宮內,覷隙置入藥中,王美人雖然伶俐,究竟防不勝防,服毒以後,嗚呼畢命!可憐。靈帝聞喪,親往驗視,看她四肢青黑,料是中毒,禁不住淚下潛潛;再經查究起來,察出何后下毒情由,頓時怒不可遏,即欲將何后廢去。慌得何后又驚又懼,急忙賄囑曹節、張讓等人,代為緩頰,竭力斡旋。果然錢可通神,奸能蒙主,曹節等從中籲請,得使何后位置,仍然穩固,毫不動搖。唯靈帝預防一著,令將王美人所生子協,寄居永樂宮,請董太后留心撫養;董太后卻一口應承,協始安然無恙,免遭暗算。靈帝尚悼亡心切,憑著生平才學,撰成〈追德賦〉、〈令儀頌〉兩篇,詞旨纏綿,如泣如訴。但身為天子,不能庇一婦人,終覺得乾綱失紐,薄倖貽譏,雖有哀詞,無從共諒;因此遺制失傳,徒有篇名流播罷了。唯靈帝不但好色,並且好遊,特在洛陽宣平門外,築起兩座大花園,署名篳圭苑,分列東西,東篳圭苑,周一千五百步,西篳圭苑,周三千三百步;又在兩苑旁增造靈昆苑,規制與兩苑相同,苑中布置,備極繁華,小子也無暇細述。靈帝尚嫌不足,更在阿亭道築造臺觀,高至四百尺,又特置園圃署,用宦官為令,再就後宮中設市列肆,使諸采女相率販賣,由靈帝自作肆主,易服為商,握算持籌,估贏較絀。其實靈帝究非商人,怎知情偽?所有肆中貨物,輒被諸采女竊去,甚至彼多此少,人有我無,弄得暗爭明鬥,吵鬧不休,只瞞過靈帝一雙眼睛。靈帝反自鳴得意,晝督諸女貿易,夕擁諸女酣宴,把朝政置諸不顧,一味兒縱樂尋歡。宮女以外,尚有一班閹人子弟,入宮服役,玩弄狗馬,靈帝俱賞賜爵祿,使著進賢冠帶綬。進賢冠,係漢朝文官服飾。又往往用四驢駕車,由帝親自執轡,馳驅苑中,京師互相仿效,驢價與馬價相齊。有時郡國貢獻方物,必令先輸例錢,納入中署,叫做導行費,一人聚斂,四海沸騰。中常侍呂強,夙具忠誠,因上疏進規道:

第六十回　挾妖道黃巾作亂　毀賊營黑夜奏功

　　天下之財，莫不生之陰陽，歸之陛下，本無公私之別；而今尚書方斂諸郡之寶，中御府積天下之繒，西園引司農之藏，中廄聚太僕之馬；而所輸之府，輒有導行之財，調廣民困，費多獻少，奸吏因其利，百姓受其敝；又阿媚之臣，好獻其私，容諂姑息，自此而進。舊典選舉，委任三府，三府有選，參議掾屬，諸其行狀，度其器能，受試任用，責以成功，若無可察，然後付之尚書，尚書舉劾，請下廷尉覆按虛實，行其賞罰。今但任尚書，或復敕用，如是三公得免選舉之負；尚書亦復不坐，責賞無歸，豈肯空自苦勞乎？夫立言無顯過之咎，明鏡無見疵之尤，如惡立言以記過，則不當學也；不明鏡之見疵，則不當照也。願陛下詳思臣言，不以記過見疵為責，則聖德懋而天下安矣！

　　靈帝沉迷不醒，怎肯聽從？四府三公，又多憑宦官好惡，隨勢進退，還有什麼公是公非？自從太尉段熲，與司徒劉郃，相繼誅死，後任為劉寬、楊賜，兩人皆負重望，足諧輿論；唯司空張濟，趨奉權閹，贓私狼藉。哪知寬與賜任職年餘，並皆罷去，獨張濟居位如故，另用許馘為太尉，陳耽為司徒。馘品行貪鄙，不亞張濟；唯陳耽尚有清操，不久免職，再起袁隗為司徒，三公並係閹人黨羽，濁亂可知。天變人異，歷年不絕，日食星孛，河決山崩，最奇怪的是洛陽女子，生下一個嬰兒，兩頭四臂，似人非人，為此種種妖異，遂引出無數妖人來了。時鉅鹿郡有張氏弟兄三人，長名角，次名寶，又次名梁。角讀書不成，誤入左道，自號大賢良師，誘惑愚民，設壇講授，所談一切，無非是假託黃老，以偽亂真。會值民間大疫，十病九危，角得乘間行私，查得幾個醫疫古方，銼合成藥，用水煎汁，傾入瓶內，為人治病，病人踵門求藥，他便將藥水取出，假意燒符持咒，令病人跪拜壇前，然後給藥與飲，有數人命不該死，飲下藥水，果得病退身安，於是奉角為神，輾轉稱揚；每日至角處求醫，多約百餘人，少亦數十。角復自稱為太平道人，另遣

門徒周遊四方,轉相誘惑,大約過了十多年,凡青、徐、幽、冀、荊、揚、兗、豫八州人民,無不知有張大賢良師,交相傾慕,甚且棄賣財產,爭赴張門,奔波跋涉,雖死不辭。因此十餘年間,徒眾多至數十萬名,郡縣未識角意,反譽角善道教化,為民所歸。獨司徒楊賜引為深憂,嘗與掾吏劉陶相語道:「張角等誑惑百姓,必為後患,現今勢已蔓延,若即令州郡捕討,恐反激成速變。我意欲飭刺史二千石,簡別流人,各使歸籍,待至邪黨散去,賊目自孤,那時派吏往捕,不勞可獲!卿以為此法善否?」果行是言,何至騷擾八方?陶應聲道:「這正如孫子所云:『不戰屈人』,怎得謂非善策呢?」賜即將所擬計策,列入奏章,條陳上去,多日不見施用,賜乃因病乞休。劉陶更申前議,乞請照行,略言張角陰謀日甚,四方謠言,謂角等潛入京師,覘視朝政,欲圖不軌,州郡互相忌諱,不欲上聞,宜亟下明詔,購捕角等,賞以國土,有敢迴避,與賊同科。靈帝仍不以為意,將原疏留中不報。

　　角逍遙法外,私置三十六方,大方萬餘人,小方六七千,各立渠帥,位等將軍;何不盡稱道人?訛言「蒼天當死,黃天當立,歲在甲子,天下大吉。」老天也有生死語,真奇怪。陰令徒黨混入京中,夜用白土為書,自京城寺門,以及大小官署,皆寫成甲子二字。甲子歲次,就是靈帝光和第七年,大方賊帥馬元義,先收荊、揚無賴徒數萬人,與張角約期起兵,自己輦運金帛,至京師賄通中常侍,約為內應。中常侍曹節已死,趙忠、張讓、夏惲、郭勝、段珪、宋典、孫璋、畢嵐、慄嵩、高望、張恭、韓悝等十二人,皆得封侯,貴盛無比;又有封諝、徐奉,亦得邀寵,但不及趙忠、張讓的威權。靈帝嘗謂「張常侍是我父,趙常侍是我母」,所以兩人勢焰直同皇帝。閹人可呼為父母,張角等應不愧為祖師。封諝、徐奉雖是趙忠、張讓的羽翼,但因勢力不及兩人,也未

099

第六十回　挾妖道黃巾作亂　毀賊營黑夜奏功

免陽奉陰違；既得馬元義私賂，遂不顧靈帝恩眷，竟與他訂定私約，願為內援。元義大喜，立即報知張角，約期三月五日，內外並起。角有門徒唐周，獨上書告變，於是遣吏密捕元義，一鼓擒住，就在洛陽市中，處以輾刑，且詔令三公司隸，查究宮省直衛，及內外吏民，遇有與角交通，當即處死，誅殺至千餘人；並敕冀州刺史，嚴拿張角兄弟。角等聞事已敗露，星夜舉兵，自稱天公將軍，號弟寶為地公將軍，梁為人公將軍，所有徒眾，統令頭上包裹黃巾，作為標記，因此時人呼為黃巾賊。角黨三十六方，同時響應，燔燒官府，劫掠州郡，遂致烽火連天，中外俱震。靈帝迭接警報，也覺得焦急起來，乃命何皇后兄進為大將軍，加封慎侯，使率左右羽林兵五營，出屯都亭；復就函谷、太谷、廣成、伊闕、輾轅、旋門、孟津、小平津八關，派員扼守，賜名八關都尉，嚴遏黃巾。偏是賊勢浩大，官軍多望風披靡，莫敢爭鋒，警信傳達京師，幾乎一日數至；靈帝不得已大會群臣，共議討賊方法。北地太守皇甫嵩，方述職還都，入朝與議，力請赦除黨禁，並發中藏私錢，西園廄馬，班賜軍前，鼓勵士心。這兩事為靈帝所厭聞，但到此無可如何的時候，也不便固執成見，因再詢諸中常侍呂強。強乘勢進言道：「黨錮久積，人情怨憤，若再不赦宥，將與張角合謀，為患滋甚，後悔無及！今請先考核左右，誅貪懲濁，復大赦黨人，察量二千石刺史能否撥亂致治，雖有盜賊，亦無慮不平了！」靈帝乃頒下赦書盡弛黨禁，凡從前坐罪被徙諸徒，一體放還；獨張角不赦。遂詔求列將子孫，大發天下精兵，使尚書盧植為北中郎將，督領北軍五校士，往討張角，再進皇甫嵩為左中郎將，諫議大夫朱儁為右中郎將，共發五校三河騎兵，並募壯丁四萬餘人，分討潁川黃巾賊。三將俱曉暢戎機，熱心報國，一經簡選，當即分道進兵；途次探悉盜賊詭謀，尚有勾通內侍消息，自然據實奏陳。封諝、徐奉，曾私交賊黨馬元義，元義誅死，兩人慌忙得很，只恐謀洩並誅，

因將所得金帛，轉贈張讓，求他代為轉圜；讓即為入白，寥寥數語，便把封、徐兩人的逆謀，刷洗淨盡。阿父訓令，為皇兒的應該服從。至三將奏報到京，靈帝復詰責諸常侍道：「汝等常謂黨人欲危社稷，概令禁錮，今黨人且為國用，汝等反敢通賊，應斬與否，可令汝等自說！」諸常侍連忙跪下，叩頭流涕道：「這皆是王甫、侯覽等所為，臣等實未知情，乞陛下恩宥！」好一條推諉法。靈帝見他們哀求情狀，又不禁心中憐惜，諭令起身；但將封諝、徐奉兩人，下獄治罪。諸常侍尚懷疑懼，陸續求退，各自詔還京外子弟，不令為吏。靈帝還要溫語慰留，叫他們安心守職。獨呂強看不過去，勸靈帝速懲逆黨，毋再養奸，靈帝才誅封諝、徐奉，餘皆不問。趙忠、夏惲，與封、徐交誼頗深，遂共譖呂強，謂與黨人共毀朝廷，屢讀〈霍光傳〉，志在廢立，且強兄弟出為郡吏，並貪穢不法，應即究治。靈帝不察真偽，便令小黃門持劍召強。強不覺動怒道：「我死，內亂不可復止！大夫欲盡忠國家，怎能坐對獄吏，枉受棰楚呢？」說著，便取過小黃門手中持劍，向頸一揮，流血畢命。死得可惜。小黃門見強已自殺，當即返報。趙忠等又進讒言道：「強未知所問，便即自盡，顯係情虛畏罪，惶急輕生！尚有強親族留存，須再加明審，休使漏網！」靈帝因復收強親屬，沒入財產。侍中向栩，上書論事，譏刺閹黨，又為張讓所誣，說他與張角通謀，欲為內應，即收送黃門北寺獄，把他處死。郎中張鈞，復上書指斥宦官，有云：

　　竊唯張角所以能興兵作亂，萬民所以樂附之者，其源皆由十常侍多放父兄子弟、婚親賓客，典據州郡，辜權財利，侵掠百姓；百姓之冤，無所告訴，故謀議不軌，聚為盜賊，宜斬十常侍，懸首南郊以謝百姓！又遣使者布告天下，方可不煩師旅，而大寇自消矣。

　　靈帝得書，取示張讓等人，叫他們自閱。又要斷送張鈞性命了。讓等看畢，統嚇得形色倉皇，各免冠徒跣，叩首謝罪，乞自詣洛陽詔獄，

第六十回　挾妖道黃巾作亂　毀賊營黑夜奏功

並出家財補助軍餉。何不依他？靈帝又心懷不忍，諭令起著冠履，照常辦事，且憤然道：「鈞真狂奴，難道十常侍中，竟無一善人麼？」張讓等始謝恩而退。鈞卻不管死活，申疏如前，益惹動權閹怒意，陰囑御史構成鈞罪，拘繫獄中，指為學黃巾道，搒死杖下。前司徒楊賜，復起拜太尉，代許馘後任，靈帝召賜入問，商及討賊事宜，賜上言欲禁外寇，先黜內奸，明明是救時良策。偏靈帝心懷不悅，竟將賜免官，改用太僕鄧威為太尉，並罷去司空張濟，特遣大司農張溫為司空；一面詔飭三中郎將，限期平賊。左中郎將皇甫嵩、右中郎將朱儁，各統一軍，馳赴潁川。儁與黃巾賊波才相遇，兩下交鋒，儁軍敗退；波才進攻皇甫嵩，嵩暫避賊鋒，退保長社，憑城自固。各處黃巾賊，聞得官軍敗退，越加猖狂，南陽黃巾賊張曼成，攻殺太守褚貢；汝南太守趙謙，又被黃巾賊殺敗；幽州刺史郭勳，及太守劉衛，均為黃巾賊所殺。那潁川黃巾賊波才，復乘勝進圍長社，皇甫嵩嬰城拒守。部下兵不過數千，俯瞰城下賊眾，約有數萬，不由的相顧失色。嵩下令軍中道：「賊勢雖盛，我自有計破他，汝等但能靜守，聽我號令，包管破賊！」軍士聞知，稍稍安定，協力守城，波才攻撲數次，因城上矢石交下，不能得手。時當仲夏，天氣溽暑，賊眾多結草為營，罷戰乘涼，嵩乃召語軍吏道：「兵有奇變，不在多寡，今賊眾依草結營，正好用計破滅了！」軍吏問是何計，嵩不慌不忙，說出一條火攻的計策，且囑咐道：「賊眾借草自蔽，一遇火燒，必致四延，延燒以後，還有不驚亂麼？我若乘勢出兵，四面繞擊，定可大勝，滅賊建功，就在今夜哩！」軍吏聽著，齊稱好計。嵩即令軍士各束草炬，每人一紮，待至黃昏將靜，俱執炬登城；可巧大風四起，天昏如墨，各軍士用火蓺炬，齊向賊營中拋去，草遇火燃，火隨風熾，霎時間煙焰沖天，賊眾大驚。嵩復使銳士開門出城，四逼賊營，再縱火大呼，聲徹郊野，城上亦舉燎相應，慌得賊眾駭愕萬分，不知所措；嵩又從城

中鼓譟而出,麾動部兵,馳突賊陣,賊皆股慄,覓路亂奔。經嵩驅兵進擊,殺得群賊屍橫遍野,血落成渠。轉眼間已是天明,忽又有一彪軍殺到,截住賊眾去路,為首一員將弁,細目長鬚,儀容不俗,看官欲問他來歷,乃是一位漢末梟雄,特奉朝命,來此殺賊。正是:

欲平賊黨非難事,且看梟雄已出場。

欲知此人為誰,且待下回報明。

黃門用事,引出黃巾,以內賊召外賊,古今來衰亂之徵,大都如是,何疑乎張角?角之所為,殆亦一篝火狐鳴之小智耳。封諝、徐奉,與賊相應,靈帝既已察覺,應立申國憲,置諸死刑,顧必待諸內外之奏請,晚矣!且張讓等日侍左右,亦有通賊之嫌,乃姑息勿誅,使之反噬正人;呂強為內侍中之忠且直者,而迫之使死,向栩、張鈞,皆以直言受戮,昏憒如此,天下寧有不亂乎?皇甫嵩用火攻計,燔燒賊眾,此為兵法上之所易知者;但施諸烏合之賊,即此已足。波才小醜,原不足道;而張角之破滅,亦藉此為先聲之舉,莫謂皇甫非良將才也!

第六十回　　挾妖道黃巾作亂　毀賊營黑夜奏功

第六十一回
曹操會師平賊黨　朱儁用計下堅城

第六十一回　曹操會師平賊黨　朱儁用計下堅城

　　卻說黃巾賊波才，被中郎將皇甫嵩擊敗，覓路亂奔，途次又為官軍所阻；為首將領，乃是騎都尉曹操。奸雄發軔。操字孟德，小名阿瞞，係沛國譙郡人，本姓夏侯氏，因父嵩為中常侍曹騰養子，故冒姓為曹；少時機警過人，長好遊獵，放浪無度，不治生產。有叔父恨操無行，嘗白諸曹嵩，嵩因即責操，操心中記著，偶與叔父相值，即翻身倒地，狀若中風；叔父忙向嵩報明，嵩急往撫視，操已起立。嵩問操道：「汝病已全愈否？」操答言無病，嵩復問道：「汝叔謂汝中風，怎說無病？」操佯作驚疑道：「兒並未中風，想係叔父恨兒，乃有是言！」父可欺，何人不可欺？嵩信以為真，遂聽令放蕩，不復過問。鄉人見他鬥雞走狗，行同無賴，相率鄙夷，獨梁人橋玄，曾為太尉。南陽人何顒，不同俗見，視操為命世才，嘗語操道：「天下將亂，非人才不能濟事，將來欲安天下。所賴唯君！」何顒亦言漢室將亡，唯操可安天下。未免高視阿瞞。操因此自負，常與兩人往來。橋玄復囑操道：「君尚未有名，可交許子將，當得蜚聲，幸勿自誤！」操應命自去。這許子將係許劭表字，劭為前司徒許訓從子，籍隸汝南，具知人鑑，與從兄靖，俱負重名，凡鄉里人物，一經評騭，往往垂為定論。他且性好褒貶，每月一更，故汝南人稱他為月旦評。及操往見劭，劭正為郡功曹，延操入室，互談世事，操卻應對如流，唯劭隨便酬酢，或吐或茹，累得操煩躁起來，禁不住質問道：「操奉橋公訓誨，特來訪君，君素善衡鑑，請看操為何如人？」劭微笑不答。已經瞧透。操憤然道：「見善即當稱善，見惡即當言惡，奈何善惡不分，徒置諸不答呢？」劭為操所逼，方應聲道：「汝係治世能臣，亂世奸雄！」確是至論。操毫不動怒，反大喜道：「君真可謂知己了！」操亦自認為奸雄。遂別劭還里。年二十，得舉孝廉，進拜郎官，調任洛陽北部尉，甫入廨舍，即繕治四門，特設五色棒十餘條，懸掛門首，一面張示立禁，如有違犯，不論貴賤，一體棒責；小黃門蹇碩，方得靈帝寵

眷,有叔父提刀夜行,適犯禁令,操飭左右將他拿住,用棒打死。嗣是豪貴斂跡,無人敢犯,操遂揚名中外,遷頓丘令,復受徵為議郎。黃巾賊起,朝廷授操騎都尉,使率軍士數千人,往助皇甫嵩、朱儁,討潁川賊。操引兵馳抵長社,正值賊眾敗走,樂得乘賊危急,截殺一陣,賊眾心慌意亂,哪裡還敢對敵?但得衝開死路,連忙抱頭竄去,操揮兵殺賊多人,奪得旗鼓馬匹,不可勝計。

待至殘賊盡遁,皇甫嵩亦領兵趕到,與操相會,自然歡洽,當下合兵追賊,長驅直進,朱儁亦到來會師,三路兵聯成大隊,逐賊出境;波才等收眾再戰,復為官軍所敗,擊斃至數萬人,潁川乃平。皇甫嵩上表告捷,有詔封嵩為都鄉侯,嵩益加感奮,邀同朱儁、曹操,進討汝南、陳國諸賊;賊目波才,方逃至陽翟,打家劫舍,搶奪民糧,一聞嵩等又到,慌忙集眾對敵,已是不及,嵩、儁、操三面兜拿,得將殘賊剿滅淨盡,波才無路可奔,眼見是妻子就戮了。么麼小醜,有什麼好結果?嵩等再馳抵西華,適有賊目彭脫,在該地猖獗害民,未曾經過大敵,冒冒失失,來與嵩等接仗,交戰至一二時,已被嵩等搗破陣勢,紛紛潰散,嵩下令招降,賊多匍匐乞命,彭脫見不可支,奪路遁去;汝南、陳國諸賊眾,俱至嵩營投誠,兩郡又平。嵩上書白狀,將首功讓諸朱儁,並言操亦殺賊有功,這是皇甫嵩好處。朝廷加封儁為西鄉侯,賜號鎮賊中郎將,遷操為濟南相;復令嵩討東郡,儁討南陽,操赴濟南任事,於是三人受詔,分途告別。是時北中郎將盧植,連破張角,斬獲至萬餘人,角走保廣宗,由植追至城下,築圍鑿塹,造作雲梯,正擬誓眾登城,為殲賊計;不意都中來了小黃門左豐,齎著詔書,來視植軍,植瞧他不起,勉強迎入,淡淡的酬應一番,豐含有怒意,匆匆辭行,或勸植厚送贐儀,植搖首不答,聽令還都。豐星夜馳歸,入白靈帝道:「廣宗賊容易破滅,可惜盧中郎固壘息軍,連日不動,臣看他是要留待天誅了!」靈帝

第六十一回　曹操會師平賊黨　朱儁用計下堅城

聽了，不禁怒起，立派朝使帶著檻車，拘植入都，另調河東太守董卓為東中郎將，代植後任。說起這個董卓，本是隴西郡臨洮縣人，表字叫做仲穎，素性粗猛，兼有膂力，平時能帶著兩鞬，左右馳射。鞬即弓袋。隴西一帶，羌胡雜居，卓嘗往來寨下，交結羌豪，羌豪見卓多力，並皆畏服，桓帝末年，曾入為羽林郎，從中郎將張奐徵羌，得為軍司馬，轉戰有功，見前文。遷拜郎中，賜縑九千匹。卓慨然道：「我得敘功，全靠軍士。」乃將縑分賞軍士，一無所私。後來如何專欲自恣？嗣出任并州刺史，轉為河東太守，至是奉詔為東中郎將，持節至廣宗軍營。軍中因盧植被拘，心懷不服，再加卓頤指氣使，滿面驕倨，越使軍心生貳，不願效勞；張角卻從城中突出，來攻董卓，卓麾兵與戰，兵皆退走，卓亦禁遏不住，只好返奔；卻被張角追至下曲陽，奪去許多輜重，角滿載還城，留弟張寶屯守，與卓相拒。卓自知不敵，沒奈何上表乞師，靈帝嚴旨譴卓，勒令罷職，特遣皇甫嵩進兵討角。嵩正進剿東郡，生擒黃巾賊卜己，斬首七千餘級，蕩平郡境，既接朝廷詔命，移討張角，便兼程馳詣廣宗。角得了重病，不能起床，既善符水，何不自醫？但遣季弟梁出城迎戰。梁部下多係劇賊，且新得戰勝，氣焰甚張，嵩軍雖亦精銳，但兩下裡旗鼓相當，接戰多時，兀自不分勝負；嵩鳴金收軍，退至十里外下寨，閉營休士，靜覘賊變。

　　翌日令諜騎往探，見城外賊營如昨，唯眾心惶惶，似有大故，仔細偵查，才知張角已死。當即向嵩報知，嵩喜出望外，傳令軍士，三更造飯，五更攻賊，軍士依令部署，待至雞鳴，一擁齊出，由嵩親自督領，直抵賊陣。賊未肯讓步，出營廝殺，約莫戰到午後，賊黨漸漸疲乏，陣勢少亂，嵩急鳴戰鼓，驅兵向前，兵士各猛力齊進，衝破賊陣，東斫西刴，滾落許多賊頭。賊眾駭奔，張梁也欲逃回，偏被官軍殺至，不及回馬，拚著死命，左右遮攔，百忙中一著失手，已為官軍搠倒，從馬上跌

落馬下，已經死去，再經兵刃交加，立成糜爛；只首級由快手割去尚是完全無缺，向嵩報功。嵩見張梁已死，乘勢搶城，城中賊奪門出走，又由嵩分兵追殺，趕至河濱，賊忙不擇路，齊投河中，河水方漲，淹沒了好幾萬人，嵩得入廣宗；見署中擺著棺木，料是張角屍骸，即令破棺戮屍，傳首京師；唯角弟寶尚駐守下曲陽，未曾伏誅，乃復邀同鉅鹿太守郭典，往擊張寶，連戰連捷，陣斬寶首，餘賊多降，差不多有十餘萬眾。事見〈皇甫嵩傳〉。羅氏《三國演義》謂寶由賊黨嚴政所殺，不知何據？三張並了，賊渠已殲，首功應推皇甫嵩，當由靈帝論功行賞，進嵩為左車騎將軍，領冀州牧，封槐里侯。嵩請減免冀州一年田租，暫蘇民困，有詔依議。百姓為嵩作歌道：「天下大亂兮市為墟，母不保子兮妻失夫，賴得皇甫兮復安居。」嵩在軍中，善能撫循士卒，故甚得眾心；及治理民政，恩威兼濟，莫不畏懷。獨有一前信都令閻忠，挾策干時，勸嵩入清君側，建立奇功，大略說是：

昔韓信不忍一餐之遇，而棄三分之業，利劍已揚其喉，方發悔恨之嘆者，機失而謀乖也。今主上勢弱於劉項，將軍權重於淮陰，指撝足以振風雲，叱吒可以興雷電，赫然奮發，因危抵頹；崇恩以綏先附，振武以臨後服；徵冀方之士，動七州之眾，羽檄先馳於前，大軍響振於後，蹈流漳河，飲馬孟津，誅閹宦之罪，除群凶之積，雖童兒可使奮拳以致力，女子可使褰裳以用命，況厲熊羆之卒，因迅風之勢哉？功業已就，天下已順，然後請呼上帝，示以天命，混齊六合，南面稱制，移寶器於將興，推亡漢於已墮，實神機之至會，風發之良時也。夫既朽不雕，衰世難佐，若欲輔難佐之朝，雕朽敗之木，是猶逆坂走丸，迎風縱櫂，豈云易哉？且今豎宦群居，同惡如市，上命不行，權歸近習，昏主之下，難以久居，不賞之功，讒人側目，如不早圖，後悔無及矣！議雖不經，卻是奇論。

第六十一回　曹操會師平賊黨　朱儁用計下堅城

　　嵩見了這種議論，未敢遽從，因召忠面語道：「嵩實庸才，不足與語此舉，且人未忘主，天不祐逆；若妄想大功，轉致速禍，不如委忠本朝，謹守臣節，就使遭讒，也不過放廢而止；死有令名，猶且不朽。如君所言，乃係反常，嵩不敢聞命！」嵩猶足為社稷臣，非操卓所得比。忠見計議不用，因即亡去。後來梁州賊王國等，劫忠為主，號為車騎將軍，忠感恚致疾，竟致畢命；這且擱過不提。且說鎮賊中郎將朱儁，往略南陽，南陽黃巾賊張曼成，屯眾宛下，約百餘日，為南陽新任太守秦頡擊斃。賊黨更推趙弘為帥，餘焰復盛，攻陷宛城，有眾十數萬。朱儁到了南陽，與太守秦頡，及荊州刺史徐璆，合兵萬八千人，圍攻趙弘，兩月不下。廷臣聞儁日久無功，奏請徵儁問罪，司空張溫進諫道：「古時秦用白起，燕任樂毅，並皆曠年曆歲，方得克敵；中郎將朱儁，前討穎川，已著功效，今引師南指，必有方略，將來自足平賊，臣聞臨軍易將，兵家所忌，何若寬假時日，責令成功？」靈帝乃止，但傳詔軍前，促令急攻。儁慷慨誓師，定期殲賊；可巧趙弘領眾出城，前來劫營，被儁軍一鼓殺出，併力上前，將弘刺死。餘賊逃回城中，又推了一個賊目，叫做韓忠，嬰城固守；儁探得城中賊黨，尚有數萬，自恐兵少難敵，乃張圍結壘，特築土山，高出城頭，俯瞰城內動靜。儁登高凝視，沉吟良久，忽得了一條奇計，便返入壘中，擂鼓發兵，使攻城西南隅，賊帥韓忠，忙率眾守禦西南，儁卻悄悄的帶領親兵，約有四五千人，繞至東北，架梯命攻，佐軍司馬孫堅，奮勇先登，引兵入城；韓忠聞東北失守，嚇得魂馳魄散，忙棄去西南隅，退保內城，遣人乞降。徐璆、秦頡，及儁部下司馬張超，俱欲收降息兵，儁獨不許，且表明意見道：「行軍要訣，須察時宜，往往有形同勢異，不可拘執。從前秦項紛爭，民無定主，故高祖嘗納降賞附，勸示群雄；今海內一統，唯黃巾賊膽敢造反，若乞降即納，如何勸善？賊急乃請降，緩復圖變，縱敵長寇，終非良策，不若討

平為是！」說著，即將賊使叱去，更督兵力攻內城，賊眾料無生路，冒死抵拒，無懈可乘。

　　儁再登土山，默視城中，司馬張超，隨侍在側，儁回顧張超道：「我已想得破城的方法了：賊因外圍周匝，內城逼急，乞降不受，欲出不得，沒奈何與我死戰；試想萬人一心，尚不可當，況多至數萬呢？我意在暫時撤圍，縱敵出城，賊既得出，必無心戀戰，勢散心離，方容易破滅了！」儁頗知兵法。張超聽了，很是贊成，當下傳令撤圍，退出外城。賊帥韓忠，不知是計，還道儁軍有變，因此退去，於是號召賊眾，傾城出追，儁且戰且行，誘忠離城十餘里，然後翻身殺轉，與賊鏖鬥，且更分兵抄出賊後，斷賊歸路。韓忠正在廝殺，回望後面亦有官軍旗幟，才知中了儁計，急忙拍馬退回，偏儁軍不肯放鬆，步步緊逼，無法脫身；後面的官兵，也來夾攻，害得腹背受敵，進退兩難，不得已橫衝出去，覓路逃生。怎奈賊勢愈蹙，官軍愈張，待至有路可奔，已是遍地賊屍，慘不忍睹；有一大半棄去韓忠，各走各路，忠只好落荒狂竄，飛馬亂逃。約走了數十里，身已疲睏，馬亦勞乏，手下不過數百騎，正擬下馬休息，不意官軍從後追到，一霎時圍裹攏來，四面八方，都是黑森森的旌旗，亮晃晃的刀械，就使韓忠背上生翼，也是無從飛去，眼見得存亡呼吸，命在須臾；忠尚想求生，淒聲乞降。當有軍吏報知朱儁，儁許令投誠，解圍一面，放出忠馬；忠至儁前叩首悔過，儁還恐忠有狡謀，令左右將他縛住，牽至城下。城內已虛若無人，任令官軍進去，忠亦隨入，甫過城闉，突有一將兜頭攔住，手起劍落，把忠劈作兩段。看官道是何人殺忠？原來是南陽太守秦頡，頡恨忠前次固守，多費兵力，所以不從儁令，將忠殺死；無故殺降，亦屬非理。儁未免嘆息，但因頡從徵有功，不便發作，只好含忍過去。哪知潰賊多聞風生疑，仍然嘯聚，再擁孫夏為頭目，還屯宛境，要想奪回城池。儁接得探報，趁著賊心未固，急引

第六十一回　曹操會師平賊黨　朱儁用計下堅城

兵往攻孫夏；夏覆敗走，竄入西鄂城南的精山中，儁未敢輕縱，追躡賊蹤，窮搜山谷，斬首至萬餘級，賊乃駭散，不復成群，宛城始安。儁一再奏捷，受封右車騎將軍，振旅班師。先是護軍司馬傅燮，隨嵩儁等出討黃巾，嘗在營中抒發讜論，上陳闕廷，及轉戰南北，屢殲賊渠，積功甚多，應加懋賞；偏中常侍趙忠，嫉燮直言，從中讒毀，不但掩沒燮功，還要將燮治罪，幸靈帝尚有微明，回憶燮奏牘中，曾有預言，因此不欲罪燮，模糊過去；但如傅燮的汗馬功勞，卻已擱過一旁，也不復提及了。小子有詩嘆道：

國家賞罰有明經，宵小讒言怎可聽？
功罪不分昏憒甚，從知靈帝本無靈！

欲知傅燮所陳何詞，容至下回補敘。

黃巾之平，皇甫嵩為首功，朱儁其次焉者也。曹操雖奉命出討，往助嵩、儁，但不過因人成事，略有微勞，而本回標目，特舉操名者，殆因操之發跡，實始於此；他日之挾天子，令諸侯，為三國時代之第一奸雄，不得不大書特書，預為揭示耳，非真主賓倒置也。朱儁與皇甫嵩齊名，而謀略不及皇甫嵩，潁川之役，微皇甫嵩，儁且一蹶不振矣；若汝南、陳國之平賊，亦賴嵩為主帥，而儁得分功，至移討宛城，兩月不下，必待朝廷之督促，方苦心焦思，用謀破賊，然亦幸遇趙弘、韓忠之獷悍無謀，乃得為儁所算耳。唯羅氏《三國演義》，演寫張角等種種妖術，且將劉、關、張三人，亦夾入嵩、儁二軍中，語多臆造，不足為據；本回概不闌入，所以存其真也。

第六十二回

起義兵三雄同殺賊　拜長史群寇識尊賢

第六十二回　起義兵三雄同殺賊　拜長史群寇識尊賢

卻說護軍司馬傅燮，係北地靈州人氏，本字幼起，嗣慕南容三復白圭，南容，春秋時魯人，事見《魯論》。乃改字南容。身長八尺，儀表過人，郡將舉燮為孝廉，因得出仕；後聞郡將丁憂，也棄官行服，借報知遇；及為護軍司馬，獨謂國家大患，不在賊寇，實在閹人，所以從軍出征，尚在營中拜表道：

臣聞天下之禍，不由於外，皆興於內；是故虞舜升朝，先除四凶，然後用十六相，明惡人不去，則善人無由進也。今張角起於趙、魏，黃巾亂於六州，此皆釁發蕭牆，而禍延四海也。臣受戎任，奉辭伐罪，始到潁川，戰無不克，黃巾雖盛，不足為廟堂憂也。臣之所懼，在於治水不自其源，末流彌增其廣耳。陛下仁德寬容，多所不忍，故閹豎弄權，忠臣不進，誠使張角梟夷，黃巾變服，臣之所憂，甫益深耳。是扼要語。何者？夫邪正之人，不宜共國，亦猶冰炭不可同器；彼知正人之功顯，而危亡之兆見，皆將巧詞飾說，共長虛偽。夫孝子疑於屢至，市虎成於三夫，若不詳察真偽，忠臣將復有杜郵之戮矣。秦白起死於杜郵事。陛下宜思虞舜四罪之舉，速行讒佞放殛之誅，則善人思進，奸凶自息。臣聞忠臣之事君，猶孝子之事父也，子之事父，焉得不盡其情？使臣身備鈇鉞之戮。陛下稍用其言，國之福也。

自燮有此奏，方得感動靈帝，倖免譴罰，唯有功不封，只命為安定都尉。還有豫州刺史王允，與討黃巾，搜得賊中檔案，有中常侍張讓賓客私書。允將原書奏報，靈帝召讓詰責，讓叩頭陳謝，且言：「書從外來，安知非詐，不能作為確證」云云。說得靈帝也起疑心，竟被他花言巧語，瞞騙過去。讓既得免罪，索性誣允欺君罔上，應該逮治，靈帝竟偏信讓言，逮允下獄。及朱儁班師回朝，授為光祿大夫，宮廷內外，慶賀賊平，靈帝不勝喜慰，詔改光和七年為中平元年。時將歲暮，還要改元，真是多此一舉。唯頒出一道赦文，卻便宜了好幾個罪犯：王允亦遇

赦得釋，就是前北中郎將盧植，因解進京，減死一等，也因此釋放出獄，還復自由。回應前文，筆不滲漏。再經皇甫嵩上書舉植，盛稱植行師方略，乃復起植為尚書。植有一個高足弟子，與植同郡，乘亂起兵，出討黃巾餘孽，立了一些功勞，由校尉鄒靖，登名薦牘，使列仕版，就職安喜縣尉。這人為誰？乃漢景帝子中山靖王劉勝裔孫，名備字玄德。特筆提出，表明漢裔。勝子貞嘗封涿縣陸城亭侯，因酎金欠佳，坐譴革爵，漢武時宗廟祭祀，命宗藩獻金，號為酎金，酎金不佳，例當奪封。貞遂留居涿縣，好幾傳生出劉備。備祖雄與父弘，世為郡縣吏，弘早病逝，單剩下妻子二人，家乏遺資，寡婦孤兒，形影相弔，不得已販履織蓆，權作生涯。住宅東南角上，有大桑樹，高約五丈餘，濃蔭滿地，好似車蓋一般，往來行人，互相詫異，里民李定，頗知相法，謂此家必出貴人。備幼時嘗與村兒共戲樹下，指樹與語道：「我將來當乘此羽葆蓋車。」少成若天性。叔父劉子敬，聞言相戒道：「汝勿妄語，恐滅我門！」何膽小乃爾？備乃不復言。年至十五，母使遊學，因與同宗劉德然、遼西公孫瓚，俱往拜盧植為師。德然父元起，獨憐備家貧，出資贍給。元起妻勸阻道：「我與彼各自一家，為何不惜錢財，時常給與。」不脫村婦心性。元起嘆道：「我同宗中有此佳兒，定非凡器，奈何不分財濟貧呢？」既而備年力漸強，身體日壯，長至七尺五寸，耳大垂肩，手垂過膝，目能自顧兩耳，性喜狗馬，又愛音樂；唯與人相接，寬厚和平，語言不煩，喜怒不形，豪俠少年，往往樂與交遊，備亦好士不倦，休休有容。

　　當時有兩大壯士，同至備家，得備歡迎，遂結為生死交，始終不渝。一個是河東解縣人，姓關名羽，初字長生，改字雲長，朱顏赭面，鳳眼蠶眉，美鬚髯，擅膂力，在本縣殺死土豪，逃難亡命，奔至涿郡，

第六十二回　起義兵三雄同殺賊　拜長史群寇識尊賢

　　適與劉備相遇，談論甚歡，遂成至友；一個是世居涿郡，姓張名飛，表字翼德，《三國志》作益德。豹頭環眼，燕頷虎鬚，平素粗豪使酒，直遂徑行，獨見了劉備、關羽，卻是沆瀣相投，格外莫逆。莫非前緣。相傳三人嘗結義桃園，誓為異姓兄弟，不願同日生，只願同日死。備年最長，次為關羽，又次為張飛，依序定稱，不啻骨肉，食同席，寢同床，出入必偕，不離左右。會聞黃巾賊起，意欲仗義起兵，為國討賊，只苦糧草馬匹，無從籌辦；三個異姓弟兄，單靠著六條臂膀，如何成事？正愁慮間，湊巧有豪販兩人，引著夥伴，驅馬前來，劉備眼快心靈，即向兩人問訊，彼此互答，才知兩人是中山大商，販馬為業，一叫張世平，一叫蘇雙。當由備延入莊中，置酒相餉，殷勤款待，兩人申說沿途多賊，不便販賣，所以奔投僻處，為避寇計；備即與語道：「我正欲糾集義徒，前往殺賊，可惜手無寸鐵，無財無馬，甚費躊躇。」兩人便同聲接入道：「這有何難？我等當量力相助便了！」少頃飲畢，即取出白金數百兩，良馬數十匹，慨然持贈。也是俠客。備樂得領受，謝別二客，就招集鄉勇，鑄造兵械。備自制雙股劍，關羽制青龍偃月刀，張飛制丈八蛇矛，各置全身盔甲，配好馬匹，領著徒眾，往投校尉鄒靖。靖見三人氣宇軒昂，不禁起敬，因即留居麾下，待至黃巾入境，便率三人同去截擊。雲長的寶刀，翼德的利矛，初發新硎，連斃劇賊，就是劉玄德的雙劍，也得誅寇數人，發了一回大利市。句法新穎。鄒靖得了三雄，立將黃巾賊驅出境外，上書奏聞，不沒備功；朝廷因備起自布衣，只予薄賞，但命備為安喜縣尉。

　　備奉命就職，辭了鄒靖，帶著關、張二人，同詣安喜。約有數月，忽由都中頒下詔書，凡有軍功得為長吏，當一律汰去。備也為驚心，轉思縣尉一職，官卑秩微，去留聽便，何妨靜候上命。又過了好幾日，聞郡守遣到督郵，已入館舍，縣令忙去迎謁，備亦不得不前往伺候；哪知

督郵高自位置，只許縣令進見，不准縣尉隨入，備只得忍氣退回。翌日又整肅衣冠，至館門前投刺求謁，待了多時，才有一人出報，說是督郵抱病，不願見客。備明知督郵藐視縣尉，託詞拒見，一時又不便發怒，勉強耐著性子，懊悵回來。關、張兩人，見備兩次空跑，問明情由，禁不住憤急起來。張飛更性烈如火，便欲至館舍中抓出督郵，向他權借頭顱，劉備一再禁阻，飛陽為順從，覷得一個空隙，竟搶步趨出，與督郵算帳去了。俄而備查及張飛，不見形影，料他必去闖禍，慌忙帶著關羽等人，馳往督郵館舍；將至門前，已聽得一片喧鬧，聲聲罵著害民賊。老張聲音，初次演寫。備急走數十步，才見督郵被張飛揪住，且罵且打，放開巨掌，在督郵頭上亂捶，當即高聲喝住。督郵又痛又憤，已是神志昏迷，及聞備喝阻聲音，方將靈魂兒收轉軀殼，喘息一番，復要拉著架子，向備叱問道：「這……這個野奴！乃是由汝差來麼？」備尚未及答，督郵又說道：「我奉命到此，正要黜逐汝等狂夫，汝卻目無尊長，反且差人打我，敢當何罪？」這數語激動備怒，也不禁接口道：「我也奉府君密教，特來拿汝？」此君也要使詐了。張飛在旁，聞備亦這般說法，膽氣又壯，仍將督郵一把抓去，遙望左近有一繫馬樁，便牽過督郵，攀落馬樁旁邊的柳條，當作繩索，將督郵縛住樁上，再用柳條為鞭，盡力撲打，差不多有一二百下；快人快事。備又上前阻住張飛。飛大嚷道：「兄長積功甚大，只得了一個小小官兒，不做便罷，我今殺死這賊！卻為民間除一汙吏，有何不可？」說至此，竟回取佩刀，要將督郵結果性命。嚇得督郵渾身發抖，不能不改口哀求道：「玄德公恕我無知，乞饒性命！」何前倨而後恭？備方轉怒為笑道：「汝早知如此，我等自然好好伺候，何必受此一頓痛打哩？」說至此，便取出印綬，繫督郵頸上，且與語道：「煩汝交還印綬，我也不願在此為官，當與汝長辭了！」言已即回。張飛正取刀來殺督郵，當由備將他攔轉，共返署中，草草收拾行

第六十二回　起義兵三雄同殺賊　拜長史群寇識尊賢

　　裝，飄然引去。那督郵手下，非無從卒，但看了張飛虎威，統皆自顧性命，不敢向前；等到張飛已經去遠，才敢走至樹旁，解放督郵，督郵滿身疼痛，由從卒扶至館舍，醫治了好幾日，方得少痊，還報郡守。郡守詳申省府，遣人捕拿，劉、關、張三人早已遠颺他方，無從拘獲了。《三國志・劉先主紀》謂先主入縛督郵，杖二百，羅氏《演義》屬諸張飛，較為合理，姑從之。

　　且說中平二年二月，南宮雲臺，忽然失火，毀去靈臺、樂成等殿，延及北闕，復向西燃燒，如章德殿、和歡殿等，盡被毀去，宮中宿衛，竭力搶救，四面沃水，偏似火上添油，越澆越猛；等到火勢漸息，已是大半烏焦，所有龍臺鳳閣，盡變做瓦礫荒場，殘焰熊熊，尚是不絕，半月後始火盡煙消。靈帝不知修省，仍擬興工再築，規復原狀，可奈國庫告罄，一時騰不出這般鉅款，未免憂勞；中常侍張讓、趙忠，為帝設法，請加徵天下田賦，每畝十錢，積少成多，已足修復宮室，更鑄銅人。靈帝當即依議，頒詔郡國，按畝加徵。樂安太守陸康，上疏諫阻，略言春秋時代，魯宣稅畝，即生蝝災；哀公增賦，孔子以為非理，怎可聚奪民物，妄興土木，違棄聖訓，自蹈危亡？這數語原是激切，與張讓、趙忠等大相反對。讓與忠即譖康謗毀聖明，等諸亡國，應以大不敬論罪。有詔用檻車徵康，囚詣廷尉；還虧侍御史劉岱，力為解免，方得貸罪歸田。於是詔發州郡材木文石，令內侍督工監造，內侍貪得無厭，往往向州郡索賂，稍不如意，便說他材木文石，不能合用，強令折價賤賣，另行購辦；至第二次解到都下，又不肯即受，終致材料朽腐，宮室連年不成。又遣西園騶從，分道四出，督促州郡。州郡官吏，欲免罪譴，不得不賄託朝使，乞為轉圜，一面卻剋剝百姓，私加賦稅，作為挹注；暗地裡還想中飽若干。看官試想，百姓已困苦不堪，那上供朝廷的款項，實行報

解，十成中不過四五成。朝廷尚嫌不足，令牧守薦舉茂才孝廉，俱當責助修宮錢；甚至簡放官吏，亦必使先到西園，議定繳價，然後得赴任供職。新簡鉅鹿太守司馬直，素有清名，西園允許減價，但尚索錢三百萬，直悵然道：「為民父母，顧可剝奪人民，上應時求，這卻非我所忍為呢！」遂辭疾不行，迭經朝廷催迫，沒奈何單車就道。到了孟津，復上書極諫時弊，並致書家人，與他永訣，竟服藥自殺。衰亂時代，原是速死為幸。靈帝得直遺疏，稍稍感動，乃暫罷修宮錢，唯大小官吏，仍須納資西園，方得到任。司徒袁隗因事免官，繼任為廷尉崔烈。烈本冀州名士，至是因宮中傅母程夫人，納錢五百萬，才得超遷，但名譽因此驟衰。靈帝尚嫌價值太廉，顧語左右道：「悔不少靳詔命，若昂價求沽，定可得千萬錢！」虧他說出。程夫人從旁應聲道：「崔公名士，怎肯買官？賴我設法張羅，方能得此，難道尚嫌不足麼？」靈帝聽了，也不加責，一笑作罷。市儈家也不應如此，堂堂帝室，乃有這般笑話，真是古今罕聞。

　　唯是朝政日非，吏民交怨，免不得流為盜賊，一倡百和，所在橫行，盜目各有綽號，不可殫述，大約聲如雷震，便號為雷公；騎坐白馬，便號為白騎；多鬚號為氐根，或號髭丈八；大眼就號作大目；他如浮雲、白雀、楊鳳、眭固、苦蝤等名目，各有所因，傳為綽號；大群約二三萬，小群亦六七千。常山賊褚燕，輕勇趨捷，賊黨呼為飛燕，互相憚服，陸續趨附，依黑山為巢穴，愈聚愈眾，多至百萬人，時號黑山賊。河北郡縣，無不受害，朝廷不能討，遣使餌以官爵，誘令投誠；褚燕乃上表乞降，詔授燕為平難中郎將，使領河北諸山谷事。燕雖嘗拜命，仍舊縱眾殃民，未肯帖然就範，朝廷也無可如何，得過且過，置作緩圖。唯隴西一帶，駐守非人，湟中雜胡，乘勢圖變，推胡人北宮伯玉為將軍，勾

第六十二回　起義兵三雄同殺賊　拜長史群寇識尊賢

結先零羌種，與枹罕河關諸盜，一同作亂。金城人邊章、韓遂，素有膽略，著名西州，群盜劫入寨中，使主軍政，攻掠州郡，戕殺金城太守陳懿，及護羌校尉伶徵。隴右刺史左昌，擁兵不救，長史蓋勳，極言力諫，反觸動昌怒，但給勳數百人，使他出屯河陽，抵禦賊鋒；更派從事辛曾、孔常，與勳同往，陽為助守，陰實監制，意欲伺勳償績，然後加罪。哪知勳素孚物望，連盜賊都不敢相侵。邊章等繞出河陽，竟至冀城攻昌。昌忙使人移檄，召還辛曾、孔常、蓋勳。曾等疑不肯赴，勳怒說道：「古時莊賈後期，穰苴奮劍，本列國時齊國故事。公等不過位居從事，難道還比古時監軍權力更重麼？」莊賈曾為齊監軍，故勳言若是。曾等聞言知懼，乃與勳還兵救昌。勳至城下，見邊章指揮群盜，猖獗異常，因高聲呼章道：「汝本望重西州，奈何反聯合寇賊，違叛朝廷？」章答說道：「左使君若早從君言，發兵臨我，庶可自改，今負罪已重，勢難再降，計唯退避三舍，權謝高賢！」說罷，即引軍撤圍，揚長自去。既而左昌玩寇坐罪，革職去官；後任刺史，叫做宋梟。或作宋泉。梟見隴右多盜，擬令民講讀經書，使知大義，想是一個迂儒。乃召勳與語道：「涼州人民寡學，故屢致叛亂，今不如多寫孝經，遍使誦習，待至家諭戶曉，亂自可弭了！」勳答說道：「昔太公封齊，崔抒弒君，伯禽侯魯，慶父篡位，齊魯豈乏士人，何為至此？今不亟求靖難方法，徒欲濟以文治，恐不止結怨一州，反將取笑朝廷，勳以為決不可行！」梟不以為然，竟將己意申奏，果被詔書詰責，召令還京。會新任護羌校尉夏育，為羌人所圍，勳率州兵往援，終因眾寡不敵，敗退下來；羌眾隨後尾追，勳部下多半潰散，單剩得百餘騎兵，還算跟著。勳結陣自固，怎奈羌人四麇，孤弱難支，百餘騎又戰死一半，勳亦身中三創，馬又負傷，不能再戰，索性下馬危坐，指著木表道：「我當就死此地，為國殉身，也不足惜了！」羌眾見勳已力盡，各欲上前殺勳，獨有一羌渠躍馬攔阻道：「蓋

長史乃係賢人，汝等若將他殺死，豈非負天？」羌人也知重賢。勳聞言審視，係是勾就種羌帥滇吾，向曾相識，但此身已拚著一死，不願向滇吾說情，因瞋目叱罵道：「死反虜，曉得什麼天道？快來殺我罷了！」滇吾毫不動怒，反趨近勳旁，下馬相見，且願讓馬與勳；勳仍不肯允，滇吾乃揮動徒眾，把勳擁去，到了自己寨中，請勳上坐，呼眾羅拜，再出酒餚相待，備極殷勤。轉瞬間已是旬日，方撥羌騎數十人，送勳入寨，回至漢陽。朝廷聞勳忠義動人，徵為討虜校尉。小子有詩詠道：

羌虜猖狂也畏天，持刀未敢害忠賢。
一營羅拜申誠意，贏得名臣姓氏傳。

勳雖生還，寇終未平，滿朝公卿，又為了涼州亂事，會議征討事宜。欲知如何定議，請看下回便知。

劉先主起自寒微，以一販履織蓆之貧民，獨能具有大志，交結英雄，為國討賊，較諸曹阿瞞之已為朝吏，奉遣出兵，其難易固屬不同，其忠義亦自有別，正不特一為漢裔，一為閹奴已也。關、張兩人，或剛或暴，而與劉先主交遊，偏能沆瀣相投，誓同生死，此正可見劉先主之駕馭英雄，自有令人傾倒、樂為用命者，怒鞭督郵一事，閱者稱快，安得舉天下後世之貪官汙吏，盡付英雄之鞭笞乎？蓋勳位不過長史，獨能遠諧物望，為世所欽；邊章已入寇黨，避而遠之；滇吾本為虜帥，敬而禮之。盜賊夷狄，猶嚮慕賢者若此，人生亦何苦縱惡，而自喪聲名，甘為此萬年遺臭也？

第六十二回　起義兵三雄同殺賊　拜長史群寇識尊賢

第六十三回
請誅奸孫堅獻議　拚殺賊傅燮捐軀

第六十三回　請誅奸孫堅獻議　拚殺賊傅燮捐軀

　　卻說涼州亂事，連年未平，朝臣奉詔會議，又覺得聚訟盈廷，莫衷一是；司徒崔烈，且欲棄去涼州。時安定都尉傅燮，已入為議郎，亦得與議，聽了崔烈言論，不由的鼓動熱腸，正色厲聲道：「司徒可斬！斬了司徒，天下乃安！」好大膽！三語說出，四座皆驚，烈亦為變色；尚書欲顧全崔烈面目，不得不劾燮妄言。靈帝召燮問狀，燮從容答道：「涼州為天下要衝，國家藩衛，今牧御失人，乃使一州叛逆，烈為宰輔，不思弭寇，反欲輕棄萬里疆場；若使虜眾得居此地，士勁甲堅，入寇內地，試問國家將如何抵禦？這豈不是社稷深憂麼？」靈帝乃依了燮言，詔令左車騎將軍皇甫嵩，回鎮長安，相機討賊。賊黨邊章、韓遂等，入掠三輔，嵩引兵出戰，得將賊黨擊退。偏中常侍張讓、趙忠，與嵩有嫌，反說他屢戰無功，徒縻軍餉；靈帝竟不分皂白，收還嵩左車騎將軍印綬，降嵩為都鄉侯。原來嵩討張角時，路過鄴中，見趙忠宅居逾制，奏請沒收，張讓又向嵩求賂錢五千萬，嵩亦不許，兩人由此生恨，屢謀害嵩；且因嵩平張角，稱為首功，若把嵩摔去，好將功勞奪歸內廷，自己可以受賞。果然陰謀得遂，嵩被排斥。昏昏沉沉的漢靈帝，坐受群小熒惑，說是前討張角，內侍參議有功，竟封張讓、趙忠等十三人為列侯。獨不記張讓通賊書麼？一面使司空張溫，代為車騎將軍，並召前中郎將董卓，使為破虜將軍，歸溫節制，出討涼州諸賊。溫調集諸郡兵馬，約得十餘萬人，進屯善陽，邊章引眾來攻，溫與戰失利，卓亦敗退。已而時屆仲冬，天氣嚴冷，夜間有流星如火，光長十餘丈，照徹賊營，賊眾疑為不祥，欲歸金陵；卓得此消息，心下大喜，復邀同右扶風鮑鴻等，向晨攻賊；賊皆有歸志，不願力戰，一闃兒棄營西走，倒被卓等驅殺一陣，斬首數千級，還營報功。溫令卓往討叛羌，另派蕩寇將軍周慎，追擊邊章。章方敗走榆中，據城固守，慎即欲進攻。前佐軍司馬孫堅，方由溫奏調至軍，參議軍事，堅因向慎獻策道：「賊新入榆中，必無糧儲，定當

由外輸入；堅願得萬人，截賊糧道，將軍率大兵為後應，賊不能久守，自然駭走；若竄入羌中，併力往討，便可蕩平，涼州得從此安靖了！」慎不從堅議，遂引兵圍榆中城。邊章聞慎軍將到，先撥分賊黨，往駐葵園；待至慎軍攻城，堅守勿戰，卻密令葵園賊眾，斷慎糧道。慎乏食生驚，棄去輜重，狼狽遁還。

就是董卓一路人馬，行抵望垣北隅，突遇羌胡大隊，蜂擁前來，急切不能退避，致為所圍，兵既被困，餉又不繼，急得董卓徬徨終日，左思右想，幸得了一條良策，立命軍士照行。卓本倚水立營，就從水旁築起一壩，佯為捕魚，暗中卻將水勢堵塞，騰出淤地，乘著宵深更靜，拔寨潛走，悄悄的從壩下過軍，待賊聞知，出來追擊，卓軍已經過盡，決塞放水，反將賊眾淹死多人，賊慌忙走還；卓得全師引歸，反屯扶風。適邊章與韓遂爭功，兩不相協，章致書張溫，自請投降，實是一緩兵計。溫樂得應允，收兵退回長安，並將前後軍情，奏報闕廷。靈帝覽奏，見戰功多出董卓，因特封卓為斄鄉侯，食邑千戶，調任并州牧；當下頒詔付溫，使溫轉告董卓。卓已得知封侯消息，便即志高氣盈，睥睨一切，及溫使人往召，竟不奉命。溫待久不至，再遣屬吏齎詔召卓，卓方徐徐到來，入帳見溫，並未謝及奏敘的惠德，且滿面露著驕容，居然有壓倒張溫的氣象。已是跋扈。溫看不入眼，出言譙讓，卓竟反脣相譏，並謂西征諸將，全屬無用，若非我董卓功勞，怎能使賊畏服？溫又憤然與語道：「邊章等名雖乞降，心實難恃，將軍既智勇兼全，還當再接再厲，掃平群賊，方得上報國恩！」卓亦抗聲說道：「賊已降我，無故往攻，豈不是自失威信麼？卓志在殺賊，卻不願師出無名！」說著便起座自去。溫見卓如此倨傲，也不起送，但悶悶的坐在帳中。旁邊惱了一位參軍，向前密語道：「將軍奈何放卓出營？」溫見是孫堅，便屏去左右，問為何因？堅答說道：「卓不自知罪，反敢大言不慚，將軍何不申明軍

第六十三回　請誅奸孫堅獻議　拚殺賊傅燮捐軀

法，說他不肯應召，有違節度，立命斬首？」溫驚顧道：「卓頗有威名，若將他殺死，西行何依？」堅慨然道：「明公親率大軍，威震天下，何恃一卓？況卓有三罪，不殺何待？卓抗辭不遜，慢言無禮，便是一罪；邊章、韓遂，跋扈經年，理當按時進討，卓反謂不宜往攻，沮軍疑眾，便是二罪；卓受任無功，應召稽留，乃尚趾高氣揚，妄自尊大，便是三罪。古時名將，杖鉞臨眾，往往先斬悍將，借示威名；如穰苴斬莊賈，魏絳戮楊幹，故事可徵，並非創例；今明公不忍誅卓，縱令驕恣，自虧威重，後悔恐無及了！」溫若果聽堅言，何至養癰貽患？溫終不能決，揮堅使退，堅乃趨出，嘆惜不已。未幾有詔書頒到長安，進溫為太尉，三公在外拜命，由溫為始。溫雖不能除卓，但頗重堅才，薦為議郎。堅為將來東吳始祖，小子應將他出身履歷，補敘詳明。

　　堅字文臺，係吳郡富春縣人，就是孫武子後裔，世為郡吏，歷代祖墓，並在富春城東，墓上輒有五色雲罩住，光延數里。鄉父老少見多怪，常互相告語道：「這非尋常雲氣，看來孫氏子孫，必將興旺了！」及堅母懷妊，夢有人剖腹出腸，取繞吳郡閶門，不禁失聲大呼，突致驚寤，回憶夢境，尚覺可怖；翌日出告鄰母，鄰母勸慰道：「安知非將來吉徵？何必多憂？」既而生子名堅，頭角崢嶸，狀貌偉岸。好容易長大成人，出為縣吏。十七歲時，與父共載船至錢塘，遙見有海賊數十人，掠得商人財物，在岸上分贓，堅即白父道：「速擊海賊！」父搖手阻堅，囑勿妄動。哪知堅已取得一刀，划船近岸，聳身躍上，大呼殺賊，手中刀東西指揮，如招人狀；壯哉文臺！賊驚出意外，還道堅招呼官軍，當即拋棄財物，分頭竄散；堅尚持刀追去，剁死一賊，攜首還船。嗣是揚名郡縣，由郡守召為郡尉，遷官司馬。會稽賊許生造反，踰年未平，虧得堅召募勇士，會合州郡兵馬，陣斬許生父子。見前文，《三國志》作許

昌。刺史臧旻，上奏堅功，朝命未嘗加賞，但使他做了三任縣丞。至黃巾亂起，始由右中郎將朱儁保薦，歷年從軍，前文中已經敘及，無庸小子絮述了。

唯自張溫出征後，司空一職，懸缺不補，會靈帝查閱案牘，得楊賜、劉陶所上奏章，曾云遣散張角黨羽，然後誅及渠魁，事見前文。當時置諸不理，遂致蔓延。此時張角雖平，前言俱在，靈帝也自覺悔悟，因加封賜為臨晉侯，使代張溫為司空；且封劉陶為中陵鄉侯，使任諫議大夫。賜就職不過月餘，便即病歿，靈帝也為輟朝三日，素服舉哀，優加賻贈，令公卿以下會葬，予諡文烈。長子楊彪襲爵。那諫議大夫劉陶，既入為言官，常思補袞盡職，因復上疏言事道：

臣聞事之急者，不能安言，心之痛者，不能緩聲。竊見天下前遇張角之亂，後遭邊章之寇，每聞羽書告急之聲，心灼內熱，四體驚悚。今西羌逆類，私署將帥，皆多段熲時吏，曉習戰陣，識知山川，變詐萬端；臣常懼其輕出河東馮翊，抄西軍之後，東至函谷，據厄高望。今果已攻河東，恐更豕突上京，如是則南道斷絕，車騎之軍孤立，關東破膽，四方動搖，威之不來，呼之不應，雖有田單、陳平之策，亦計無所施。況三郡人民，皆已奔亡，南出武關，北徙壺谷，冰駭風散，唯恐在後，今其存者尚十之三四，軍吏士民，悲愁相守，民有百走退死之心，而無一前鬥生之計；西寇寢前，去營咫尺，胡騎分布，已至諸陵。將軍張溫，天性精勇，而主者旦夕迫促，軍無後殿，假令失利，其敗不救。臣自知言數見厭，而言不自裁者，以為國安則臣蒙其慶，國危則臣亦先亡也。謹復陳當今要急八事，乞須臾之間，深垂納省，則國家幸甚，臣等幸甚！

書中所陳八事，不能盡述，大旨無非歸罪宦官，說他欺君害民，釀成大亂。中常侍張讓、趙忠等，得悉陶書，無不切齒，遂共白靈帝道：

第六十三回　請誅奸孫堅獻議　拚殺賊傅燮捐軀

「前因張角事發，詔書曉示威恩，臣等並皆改悔；今四方安靜，陶乃嫉害聖政，專言盜賊；試想州郡並未上聞，陶何由得知底細？顯見他與賊通情，所以先來恫喝，要想把臣等盡置死地，方好任所欲為。願陛下勿為所欺！」是為膚受之愬。靈帝視讓、忠如父母，總道他痛癢相關，不至誣妄，遂下詔譴陶，收繫黃門北寺獄。獄為黃門所掌，當然歸閹人鞫問，橫加搒掠。陶自知必死，張目顧問宦官：「朝廷已經省悟，加恩臣身，今為何又誤信讒言？陶恨不與伊呂同儔，反與三仁並命！」殷有三仁，即微子、箕子、比干。說至此，竟用手扼吭，氣閉身亡。前司徒陳耽，亦嘗反抗宦官，張讓、趙忠，索性將他羅織在內，拘繫獄中，亦被掠死。趙忠反超任車騎將軍。忠欲位置私人，更追論討賊功臣，凡從前並未從軍，只教是閹黨走狗，多納賄賂，便說他與討黃巾，奏請授官。執金吾甄舉，往見趙忠道：「傅南容前在東軍，有功不侯，天下失望；今將軍親當重任，應該進賢理屈，下副眾心！」忠也為點首，待甄舉辭去後，即遣弟城門校尉趙延，往訪傅燮，乘間與語道：「南容肯稍答我常侍，萬戶侯便可立致了！」燮正色道：「人生通塞，乃是命中注定，若有功不賞，何莫非命？燮豈可妄求私賞哩？」說得趙延無言可答，返報乃兄。乃兄忠越加啣恨，唯因燮為眾所推，未敢加害；但將他調任漢陽太守。燮抵任數月，已是中平三年。賊帥韓遂，殺死同黨邊章，及北宮伯玉，糾眾十餘萬，進圍隴西，太守李相如，不能禦賊，反與賊連和，猖獗益甚。漢陽賊王國，又自號合眾將軍，起應韓遂，四出寇掠。涼州刺史耿鄙，號召六郡兵馬，進討賊眾，令治中陳球為先驅。球素性貪婪，為民所怨，鄙亦未協輿情，傅燮知鄙出必敗，乃向鄙進諫道：「使君統政日淺，民未知教。孔子有言：『以不教民戰，是謂棄民。』今若率平素不教諸人，越隴討賊，恐十舉十危。且賊聞大軍將至，必萬眾一心，與為對壘，鋒不可當。使君又統領新兵，上下未和，萬一內變，雖悔何追？

愚意不若息軍養威,明賞必罰,陰加訓練,賊得逍遙境外,必謂我決不能戰,自致驕盈,由驕生釁,同惡相殘;使君率已教人民,討已離盜賊,尚患不能奏功麼?今不為萬全計策,反自就危途,竊為使君不取呢!」鄙自恃兵多,不從燮言,即日引軍起行。甫經狄道,果有別駕應賊,先殺陳球,後殺耿鄙。鄙司馬扶風人馬騰,亦擁兵不救,自主一方。王國韓遂等,遂進圍漢陽;城中兵少糧盡,燮尚拚死守住。賊黨中有北地胡騎數千,與燮同里,夙受燮恩,見燮登城抵禦,各跪叩城下,願送燮還鄉;燮將他叱退。燮子幹年甫十三,從父在任,知父性剛氣銳,恐不能免,因向燮跪諫道:「國家昏亂,致令大人不容朝廷;今天下已叛,孤城決難自守,鄉里羌胡,夙懷恩德,欲送大人棄城歸里,大人不如從權允許,還鄉以後,率勵義徒,俟至天下有道,再出未遲!」燮聽得數語,便慨嘆道:「汝難道知我必死麼?古人有言:『聖達節,次守節。』我聞暴如殷紂,伯夷且不食周粟,餓死首陽;今朝廷昏德,尚不如紂,我豈可自絕伯夷?況前時不能高隱,居位食祿,怎得見危即去?我已決死此地,汝有才智,後當自勉!主簿楊會,便是我程嬰,可以託孤,我死亦瞑目了!」程嬰保孤事,見列國晉時。幹流涕哽咽,不能復言,左右亦皆泣下。忽由故酒泉太守黃衍,叩城求見,燮傳令放入,幹乃起入帳後,待衍進來。燮延令入座,問明來意,衍實為王國所遣,來作說客,因開口語燮道:「成敗事已可預知,君能先機起事,上可為霸王事業,下亦不失為伊呂,看來天下終非漢有,明府如果有意,衍等當奉為君師,願受驅策,幸勿失此時機哩!」燮不禁變色,拔劍置席道:「汝亦做過大漢臣吏,反為賊來下說詞麼?本當斬汝,徒汙我刃,我權寄汝頭顱,回報叛賊,毋再妄想!」衍懷慚自去。燮即傳齊將士,開城搦戰,與賊眾接仗多時。賊眾自恃勢盛,上前圍燮,環繞數匝,燮尚冒死衝突,格斃賊黨數十人;怎奈兵殘力竭,外無援應,終落得捐軀殉國,畢命沙場。

第六十三回　請誅奸孫堅獻議　拚殺賊傅燮捐軀

燮子幹由楊會護出,得歸故里。朝廷聞燮陣亡,賜諡壯節,且予幹世蔭。後來幹已長成,具有才名,仍得出仕,官至扶風太守。可見得忠臣有後,食報非遲。當時還有一位名賢,在家壽終,大將軍何進,遣使弔祭,海內赴喪,多至三萬餘人。這人為誰?就是前太邱長陳寔。寔為太邱長後,隱居不出,黨錮獄興,寔亦連坐,繫獄得釋,嗣因中常侍張讓父喪,屈節往弔,故潁川黨人,幸得全宥。見前文。寔居鄉有年,平心率物,遇有爭訟,輒求判正,無不悅服;里人多感嘆道:「寧為刑罰所加,毋為陳公所短。」會遇歲歉民飢,有竊賊夜入寔家,隱踞梁上,寔已瞧見,故意不言,但呼子孫訓戒道:「人不可不自勉,惡人非生性使然,傳染惡習,遂致不返;試看梁上君子,便可瞭然!」賊在梁上聽著,大驚投地,叩頭謝罪。寔徐語道:「看君狀貌,不似惡人,若能改過遷善,自可不慮貧困了!」乃令子孫取絹二匹,贈與竊賊,賊拜謝而去;非陳仲弓,不能為此。於是一縣無復盜竊。前太尉楊賜及司徒陳耽,入朝拜官,群僚畢賀,賜等以寔未為相,自己反先登臺輔,嘗引為慚恨;大將軍何進等,屢次派人敦聘,寔終不肯出,婉謝來使道:「寔久謝人事,飾巾待終罷了,幸君善為我辭!」嗣後閉門懸車,棲遲養老,至中平四年夏季,考終家中,享壽八十四歲;弔祭諸徒,共至墓前瞻拜,代為刊石立碑,諡曰文範先生。遺有六子,紀諶最賢,孫群亦有盛名,事見後文。小子有詩讚道:

到底仁人克善終,光前裕後子孫隆。

宣城書法今猶在,千古爭傳陳仲弓。

《後漢書》為宋宣城太守范曄所著。

老成凋謝,喪亂弘多,欲知後來變端,且至下回臚敘。

董卓曾受朝命,歸車騎將軍張溫節制,溫召卓不至,顯違主帥,其

跋扈情形，已見一斑。孫堅勸溫誅卓，溫獨不從，雖若謹守臣道，不敢專誅，但閫以外將軍制之，漢文曾有明訓，溫果能為國除奸，就使得罪被戮，較諸他日之受害於卓，為益多矣。哀哉溫之臨事寡斷，卒釀成無窮之禍也。傅燮困守孤城，可去不去，跡亦近拘；然城存與存，城亡與亡，本人臣之大義，幼子泣請而不從，虜使進言而被斥，見危授命，大義凜然，雖死且不朽矣！語云：「板蕩識忠臣！」信然！

第六十三回　請誅奸孫堅獻議　拚殺賊傅燮捐軀

第六十四回
登將壇靈帝張威　入宮門何進遇救

第六十四回　登將壇靈帝張威　入宮門何進遇救

卻說靈帝中平年間，朝政日紊，國勢愈衰，靈帝只知信任閹人，耽情淫樂。今歲造萬金堂，明歲修玉堂殿；鑄銅人四具，分置蒼龍、玄武門外；製黃鐘四架，分懸玉堂、雲臺殿中；又特在平門左右，用銅範成天祿蝦蟆，天祿獸名。中設機捩，口中噴水，謂可除穢闢邪。種種構造，統係掖庭令畢嵐監工。就是一班刑餘腐豎，亦無不建築第宅，侈擬皇宮，靈帝常登臺顧景，為消遣計；趙忠等恐他望見私第，向前進言道：「人主不宜登高，登高恐百姓乖離！」出自何典？是即趙高指鹿為馬之類。忠亦姓趙，總算善承世德。靈帝遂不敢登臺，閹黨益肆行無忌，但教瞞過一人耳目，還怕什麼百官萬民？哪知內蠹不休，適召外侮，西羌連年擾攘，未曾告平，鮮卑豪酋檀石槐，雖已病死，部落猶眾，仍然出沒塞下，屢寇幽、并諸州。他如腹地的盜賊，真是群起如毛，幾難盡述。江夏散兵趙慈，戕殺南陽太守秦頡，糾眾作亂，幸虧荊州刺史王敏，發兵破滅，得誅趙慈。未幾中牟令落皓，及主簿潘業，又被滎陽賊殺死，當由河南尹何苗督師往剿，斃賊多人，暫時告靖。長沙賊區星，零陵賊觀鵠，又相繼造反，朝廷命議郎孫堅出守長沙，先斬區星，後斬觀鵠，荊湖始平。偏漁陽人張純、張舉，接連發難，攻殺右北平太守劉政，遼東太守楊終及護烏桓校尉公綦稠；舉自稱天子，純號彌天將軍，同掠幽、冀二州。外如休屠各胡，亦乘隙為變，入寇西河，擊殺郡守邢紀，轉攻并州，刺史張懿與戰，不幸敗亡。黃巾餘孽郭太等，因西河為胡所掠，也在白波谷揭竿，聯繫胡人，分擾太原河東。左屠各胡復脅迫南單于，一同叛命，騷擾朔方。冀州刺史王芬，因見亂端四起，日夜戒備，累得寢食不安；適故太尉陳蕃子逸，自成所赦歸，往謁王芬，談及天下大亂，俱由閹豎專權所致，芬亦為嘆息。旁有術士襄楷在座，奮袖起談道：「天文不利宦官，看來黃門常侍，均要族滅了！」陳逸大喜道：「果有此事，不但國家可安，即如我先人埋冤地下，亦得從此伸雪，含

笑九原！」芬亦接口道：「若果天象有憑，芬願為國家驅除閹賊！」襄楷指手畫腳，力言閹人夷滅，不出一二年。語頗不謬，但未識何人能除閹黨？為術終疏。芬乃召集豪俊，籌備餉械，上書言盜賊日滋，攻劫郡縣，宜厚蓄兵馬，分途剿平。靈帝不加理會，且欲北巡河間舊宅，指日起行。芬等聞信，遂欲用兵劫駕，盡誅黃門常侍，乘勢廢立。濟南相曹操，已入拜議郎，與芬本係相知，芬因操足智多謀，遂使人與言祕計，乞為內援。操搖首道：「廢立二字，乃天下最不祥的名目；古人唯伊尹、霍光，行過此事。伊、霍位居首輔，誠能動眾，所以事出有成；今諸君未及古人，漫思造作非常，期在必克，這豈不是求安反危，圖福得禍麼？」阿瞞畢竟性靈。遂囑來使還白王芬，務求慎重，切勿鹵莽從事。芬尚未信操言，又召平原人華歆、陶丘洪，共定大計。洪欲應召前往，歆急為勸阻道：「廢立大事，伊、霍不過幸成，芬才疏望淺，怎能成事？不如勿行！」洪乃中止。會北方有赤氣亙天，夜半愈盛，橫貫東西，太史奏言北方有陰謀，不宜出巡，靈帝乃無心北幸，並敕王芬罷兵。俄而徵芬還都，芬疑是祕謀洩漏，不敢應命，當即解去印綬，私走平原；尚恐朝廷拘拿，倉皇自盡。陳逸、襄楷，幸得免累，就是議郎曹操等，亦毫不牽連，這都是芬謀未洩，故俱得無恙；徒斷送王芬一命罷了。死得無名。

且說太常劉焉，本前漢魯恭王後裔，魯恭王名餘，係景帝子。徙居竟陵，因屬漢朝宗室，得通仕籍，由中郎遷至太常。他見朝政多闕，禍亂相尋，乃建言刺史、太守，由賂得官，刻剝百姓，乃致離叛，應急選清名重臣，出任牧伯，剿撫兼施，方可削平世亂等語。這計議尚未得行，有侍中董扶與焉友善，私下與語道：「京師將亂，聞益州分野，卻有天子氣，未知屬諸何人？」焉含糊對答，心下卻覬覦非常，恨不得即赴益州。可巧益州亂起，刺史郄儉苛斂害民，為黃巾餘黨馬相所殺，相

第六十四回　登將壇靈帝張威　入宮門何進遇救

僭稱皇帝。鈔掠巴蜀，警耗連達都中，劉焉得復申前議，進白靈帝，靈帝即命焉為益州牧，封陽城侯，出平蜀郡，焉喜如所望，受命即行。到了荊州東界，前途多盜，不便西進，逗留了好多日；也是他時來福湊，官運亨通，益州偽皇帝馬相，被益州從事賈龍起兵，連戰皆捷，誅戮無遺，因遣史卒迎焉入蜀，奉為州主。益州治所，本在雒縣，焉以郤儉被殺，恐多不利，乃徙治綿竹，招攜納叛，籠絡人心。侍中董扶，聞焉既得志，亦求為蜀郡西部屬國都尉，靈帝准令赴蜀，扶便西往，為焉參謀，不必細述。同時宗正劉虞，也是漢家支派，為東海王強後人，強為光武帝子。以孝廉被舉，累遷至幽州刺史，恩信及民，內外僉服，後來因事去官；至黃巾作亂，復起為甘陵相，亦善撫綏，進為宗正，奉職無闕。自張純、張舉作亂漁陽，幽州大擾，靈帝已遣騎都尉公孫瓚往討，復因虞前在幽州，為民所服，乃特命為幽州牧，持節赴鎮。漢制設州統郡，州有刺史，位置在郡守上，但比郡國守相，尚差一等；漢成帝時，方改稱州牧，位次九卿，權同守相；光武中興，又規復舊制，仍改州牧為刺史；自經劉焉、劉虞兩人任命，於是復有州牧，得操重權，中原分裂，就從此開端了。為群雄割據張本。靈帝迭聞寇警，也不免憂從中來，默思小黃門蹇碩，身材壯健，具有武略，比諸車騎將軍趙忠，強弱不同，不如令他專任戎事，保護宮廷；乃將趙忠撤銷兵權，特授蹇碩為上軍校尉，屯衛西園。蹇碩以下，更設校尉七人。虎賁中郎將袁紹，為中軍校尉；屯騎校尉鮑鴻，為下軍校尉；議郎曹操，為典軍校尉；趙融為助軍左校尉；馮芳為助軍右校尉；趙、馮併為議郎。諫議大夫夏牟為左校尉；淳于瓊為右校尉，瓊亦為諫議大夫。俱歸蹇碩排程，共稱西園八校尉。七人為宦官爪牙，俱不值得。

會由術士望氣告變，說是京師將有大兵，恐致兩宮喋血，靈帝意圖厭禳，特徵四方兵會集京師，就平樂觀作講武場，觀中築一大壇，上建

十二重華蓋，高約十丈，壇東北另設小壇，復建九重華蓋，高約九丈。四面張著赤幟，分列步騎數萬人，結成方陣，借壯外觀。靈帝親擐甲冑，跨馬臨軍，使大將軍何進為前驅，秉旄仗鉞，直抵壇前，御駕就大壇駐足，自立大華蓋下；復用手揮進，令趨就小壇，在小華蓋下立著，然後傳令各軍，操演陣法，軍士一齊應令，萬馬齊奔，東馳西驅，前後繼進，形色上似甚整齊；映入靈帝眼中，但覺得五花八門，賞心奪目。你要張幕看戲！大眾即演戲一出與你看看。當下想入非非，竟自稱一個徽號，叫做無上將軍；就令左右書在旗上，作為大纛，向前導引，隨即縱轡離壇，躍馬四馳，就陣中繞行一周。只聽得軍吏喧聲，齊呼萬歲，不由的興致越高，精神越奮；再兜了兩個圈子，方將兵符交付何進。返駕入宮。討虜校尉蓋勳隨著，即回首顧語道：「朕今日講武，規模如此，卿以為善否？」勳應聲道：「臣聞先王耀德不觀兵，今寇賊遠距京師，陛下乃在都中列陣，臣恐未足揚威，徒自黷武罷了！」靈帝聽著，忽覺感悟道：「卿言甚是！朕見卿恨晚，群臣從未有此言呢！」勳拜謝而退，途遇中軍校尉袁紹，略述問答情形，且與語道：「主上聰明過人，但為左右所蔽，不免熒惑，真是可惜！」紹即前司空袁逢庶子，素好遊俠，目睹閹寺擅權，素加憤恨，至是聽得勳言，便邀至私宅，謀誅閹黨，彼此約定，待機乃發。太尉張溫，時已徵還，左遷為司隸校尉；溫舉勳為京兆尹；靈帝方欲使勳內任，隨時顧問，不願相離，偏蹇碩等忌勳正直，勸靈帝依從溫言，乃拜勳為京兆尹。勳既被外調，所有機謀，眼見得不能如約了。忽聞涼州賊警，日甚一日，陳倉為賊渠王國所圍，危急異常，靈帝復拜皇甫嵩為左將軍，並使董卓為前將軍，受嵩節制，同救陳倉。嵩與卓合兵二萬人，行至中途，屯兵不進，卓請速赴陳倉，嵩獨未許，卓憤然道：「卓聞智士不後時，勇士不留決；將軍受命前來，無非為陳倉起見，速救方可保城，否則必為賊有了！」嵩駁斥道：「君言錯了！從

第六十四回　登將壇靈帝張威　入宮門何進遇救

來百戰百勝，不如不戰屈人。陳倉雖小，城守完固，王國雖強，未必能攻下堅城；我待賊疲敝，然後出兵往擊，賊乃駭潰，這乃所謂不戰屈人哩！」卓拗他不過，只得靜待。約莫過了八十多日，陳倉尚是守住，王國卻解圍退去；嵩聞國退去，便下令軍中，從速追擊。卓又入請道：「兵法有言窮寇勿追，今我兵追國，便是與兵法相背了！試想困獸猶鬥，況國尚勢盛，怎可窮追哩？」嵩復駁說道：「我前不速擊，是避賊銳氣，今欲往追，是乘賊勢衰；國眾已走，莫有鬥志，不得以窮寇相比。君且為後拒，試看我前驅追賊，必能成功，不怕王國不死哩！」已操勝算。說罷，即麾軍前進，使卓為後應，果然連得勝仗，斬首萬餘級，國竟竄死；卓自愧無功，遂與皇甫嵩有嫌。越年徵卓為少府，令將部曲歸嵩管轄；卓詭詞乞留，遷延不赴。嵩兄子酈在軍中，向嵩進言道：「本朝失政，天下倒懸；若欲安危定傾，責在叔父，次為董卓。今叔父與卓有怨，勢不兩容。卓奉詔委兵，乃上書抗辯，已是逆命，又因京師濁亂，躊躇不進，更是懷奸；且卓凶戾無親，將士不附，叔父現為元帥，何妨聲罪致討，上顯忠義，下除凶害，豈不是桓文盛業麼？」嵩嘆息道：「專命有罪，專誅亦未嘗無罪；為今日計，不如據實陳奏，請主上自行裁奪便了！」遂不從酈言，但上了一篇彈文。靈帝頒詔責卓，卓恨嵩益深；嵩原不能討卓，靈帝也不能制卓，卓坐是專恣，要從此斫喪漢室了！張溫可誅卓而不誅，皇甫嵩可討卓而不討，雖是兩人膽怯，亦關漢朝氣數。

唯王國竄死，涼州略平；幽州由兩張作亂，尚未平定。自稱彌天將軍的張純，曾做過中山守相，失官以後，因涼州叛亂，致書前車騎將軍張溫，願督同烏桓突騎，往徇涼州，溫置諸不答，純遂與同郡張舉，攻殺校尉太守，霸占一隅。就是張舉亦嘗任泰山太守，失職生怨，謀為不軌，居然想身登九五，南面稱尊。上文用總敘法，略而不詳，故此處再

用補筆。騎都尉公孫瓚，奉使出征。瓚本前中郎將盧植門徒，見前文。由小吏起家，遼西侯太守奇瓚狀貌，妻以愛女，瓚從此發跡，隨軍有年。至是往討兩張，引兵至薊，適值張純攻略薊中，由瓚一馬當先，率軍直上，奔入賊陣，賊皆披靡。瓚追殺至數十里外，方才安營。純既敗走，復去誘同烏桓部酋丘力居等，再寇漁陽、河間、渤海，進入平原，瓚更引兵往擊，至石門山，大破賊虜，純等遠走塞外，連妻子盡行棄去；張舉亦立腳不住，隨純同奔。瓚卻未肯回馬，追賊出塞，向北深入，進至遼西管子城，反為丘力居等所圍，相持至二百餘日，糧盡食馬，馬盡食弩楯，險些兒餓死全軍，猶幸天降大雪，虜亦飢寒，撤圍遠去，直奔柳城，瓚乃得馳歸。有詔進瓚為降虜校尉，封都亭侯。可巧幽州牧劉虞，亦持節到任，與瓚相見，瓚再擬掃虜，虞獨欲招降，探得張純、張舉兩人，遁入鮮卑，因遣使至鮮卑中，曉諭利害，勸令送兩張首級。鮮卑酋步度根，檀石槐孫。猶豫未決，純客王政，卻將純刺死，梟首送虞，丘力居素慕虞名，亦遣使請降；公孫瓚獨心懷忮忌，陰使人邀截胡使，胡使探悉情由，繞道詣虞。虞乃上書請罷屯兵，但留瓚率萬人駐守右北平。瓚始終未愜，遂與虞結下怨仇，連年不解了。與董卓相去不遠。靈帝因虞有功，擬加重賞；會值太尉馬日磾免官，乃超拜虞為太尉。自從張溫降職司隸，後任太尉，兩年中改換四五人，如司徒崔烈、大司農曹嵩、永樂少府樊陵，以及射聲校尉馬日磾，迭升迭降，好似弈棋一般；就是光祿大夫許相，繼楊賜為司空，再代崔烈為司徒，也不過歷職年餘，終致罷免；唯光祿勳丁宮，遷任司空、司徒，還算任職較長；司空劉弘，也是由光祿勳超遷，才略都不過平庸。且當群閹擅權時候，三公俱若贅疣，竊位苟祿，備員全身，乃是當日三公的避災總訣，無庸一一絮述了。語雖簡略，意仍周匝。

第六十四回　登將壇靈帝張威　入宮門何進遇救

且說中平六年四月，靈帝有疾，臥床數日，不能視朝，公卿以下，各請冊立太子，杳無覆音；待至旬餘，不聞召入大臣，宣揚末命。只上軍校尉蹇碩，卻出入寢宮，得與靈帝商決後事。始終信任宦官。正想依旨宣布，不料靈帝病變，倉猝歸陰。碩祕不發喪，矯詔召大將軍何進，入受顧命。進接了詔旨，匆匆入宮；甫至宮門，正與碩司馬潘隱相遇。隱舉手示意，叫他休入。進與隱本係故交，慌忙退歸營中，隱亦隨至，向進報告道：「御駕已崩，蹇碩欲殺將軍，迎立皇子協為帝，願將軍另圖至計！」進不覺大驚，亟引兵往屯百郡邸，漢時郡國百餘，皆置邸。京師總邸，叫做百郡邸。靜聽后命。俄而何后又派人召進，進詳細問明，方敢馳入，究竟宮內有何隱情，由小子直道其詳：原來靈帝長子辯，為何后所生，輕佻無儀，靈帝意欲捨嫡立庶，又恐何后與兄，共有違言，所以遲延未發。上軍校尉蹇碩，為靈帝所親信，早已窺透上意，密勸靈帝遣進西征，靈帝當即依議，命進西擊韓遂；進亦知靈帝不懷好意，未肯輕出，乃奏遣袁紹募兵徐、兗，俟紹還都，方可西行。蹉跎了一二年，靈帝病竟不起，自知顧命難宣，沒奈何與蹇碩密商，叫他擁護次子；碩欲先誅何進，然後立皇次子協，偏又為潘隱所敗露，不能逞謀，乃只好聽命何后，立皇長子辯為嗣主。進既已問明原委，自然放膽入宮，奉皇子辯即位，尊何后為皇太后。辯年才十四，未能親政，當由何太后臨朝，大赦天下，改元光熹；靈帝尚未發喪，何便要改元？封皇弟協為渤海王，命後將軍袁隗為太傅，與何進同錄尚書事。進既秉朝政，遂思除去蹇碩，為報怨計，可巧袁紹還京，為進參謀，不但欲將碩加誅，且擬盡誅宦官，掃清宮禁。進因袁氏累世貴寵，引紹為助，且徵何顒為北軍中侯，荀攸為黃門侍郎，鄭泰為尚書，與同心腹，期在必成。蹇碩亦暗地加防，因致中常侍趙忠、宋典等密書，使同黨郭勝投遞；勝與進同籍南陽，素相關照，竟趨至大將軍府，出書示進。進展書一閱，不由的吃了一驚。正是：

外戚內閹爭死命，敗家亡國兆凶機。

欲知書中所說何事，容至下回敘明。

整軍經武，本人主之要圖，況盜賊四起，寇亂相尋，寧尚可不修武備耶？但如靈帝之所為，則以兵事為兒戲，張威不足，召辱有餘；蹇碩一閹豎耳，遽授為上軍校尉，袁紹以下，皆歸節制，試思天下有義勇之將士，肯聽閹人之驅策歟？袁紹輩不足道，智如曹操，乃甘就職，正其所以為奸雄也。若平樂觀中之講武，設壇張蓋，誇示威風，靈帝自以為耀武，而蓋勳乃以黷武為對，猶非知本之談。黷武二字，唯漢武足以當之，靈帝豈足語此？彼之所信任者，婦寺而已，如皇甫嵩、朱儁諸才，皆不知重用；甚至一病不起，猶視蹇碩為忠貞，託孤寄命，《范史》謂靈帝負辰，委體宦孽，徵亡備兆，小雅盡缺，其亦所謂月旦之定評也乎？

第六十四回　登將壇靈帝張威　入宮門何進遇救

第六十五回

元舅召兵洩謀被害　權閹伏罪奉駕言歸

第六十五回　元舅召兵洩謀被害　權閹伏罪奉駕言歸

卻說何進見了郭勝，就勝手中取書展覽，頓致驚惶失色。書中約有數百言，有數語最足驚人，略云：

大將軍兄弟秉國專朝，今與天下黨人，謀誅先帝左右，掃滅我曹，但知碩典禁兵，故且沉吟。今宜共閉上閤，急捕誅之！

進躊躇多時，方問郭勝道：「趙常侍等已知悉否？」勝答說道：「彼雖知悉，亦未肯與碩同謀；大將軍但囑黃門令，收誅蹇碩，片語便可成功了。」進依了勝言，即使勝轉告黃門令，誘碩入宮，當即捕戮，一面宣示碩罪。所有碩部下屯兵，概不干連，移歸大將軍節制，屯兵得免牽累，自然願聽約束，各無異言。唯驃騎將軍董重，為永樂宮中董太后從子，本與何進權勢相當，兩不相下；再加皇次子協，寄養永樂宮，頗得董太后寵愛，所以董太后與重密謀，擬勸靈帝立協為儲，將來好挾權自固。偏與靈帝說了數次，靈帝始終為難，不便遽決，終致所謀無成；及何后臨朝，何進秉國，只恐董氏出來干政，輒加裁抑。董太后很是不平，東宮憤詈道：「汝恃乃兄為將軍，便敢鴟張怙勢，目無他人？我若令驃騎斷何進頭，勢如反掌，看他如何處置呢？」大言何益？語為何太后所聞，即召進入商，叫他除去董氏，免致受害。進即出告三公，及親弟車騎將軍何苗，共奏一本，略言孝仁皇后常使故中常侍夏惲，永樂太僕封諝等，交通州郡，婪索貨賂，珍寶盡入西省，敗壞國紀，向例藩後不得留居京師，興服有章，膳羞有品；今宜仍遵祖制，請永樂后仍還本國，不得逗留云云。

這奏章呈將進去，立由何太后批准，派吏迫董太后出宮；何進且舉兵圍驃騎府，勒令董重交出印綬；重惶急自殺，董太后亦忽然暴崩。或謂由何進使人下毒，事關祕密，史筆未彰，大約是不得善終，含冤畢命。一雙空手見閻王，何苦生前作惡？中外人士，多為董氏呼冤，才不服何進所為了。何太后乃為靈帝發喪，出葬文陵；總計靈帝在位二十一

年，壽只三十有四。補敘靈帝歷數，筆不少漏。就是董太后遺柩，亦發歸河間，與孝仁皇合葬慎陵；渤海王協，卻被徙為陳留王。校尉袁紹，復向何進獻議道：「前竇武欲誅內豎，反為所害，無非因機事不密，坐隳忠謀；當時五營兵士，俱畏服中宮，竇反欲倚以為用，怪不得自取滅亡。今將軍兄弟，並領勁兵，部曲將吏，又皆係英俊名士，樂為效命，事在掌握，這真是天贊機緣呢！將軍宜為天下除患，垂名後世，幸勿再遲！」進也以為然，遂入白太后，請盡黜宦官，改用士人。何太后沉吟半晌，方答說道：「中官統領禁省，乃是漢家故事，何必盡除？且先帝新棄天下，我亦未便與士人共事，得過且過，容作緩圖。」婦人之仁，往往誤事。進不敢再爭，唯唯而出。袁紹迎問道：「事果有成否？」進皺眉道：「太后不從，如何是好？」紹急說道：「騎虎難下，一或失機，恐將遭反噬了！」進徐答道：「我看不如殺一儆百，但將首惡加罪，餘何能為？」紹又說道：「中官親近至尊，出納號令，一動必至百動，豈止殺一二人，便可絕患？況同黨為惡，何分首從？必盡誅諸豎，方可無憂！」進本是優柔寡斷的人物，終不能決。哪知張讓、趙忠等，已微聞消息，忙用金珠玉帛，賂遺進母舞陽君，及進弟何苗，與為結好。天下無難事，總教現銀子，當由舞陽君母子，屢至太后宮中，替宦官善言迴護，曲為調停，並言大將軍專殺左右，權力太橫，非少主福。得了金銀，連骨肉都可不顧，阿堵物之害人如是？說得太后也為動容，竟與進漸漸疏遠，不復親近。進越覺失勢，未敢逕謀；獨袁紹在旁著急，又為進劃策，請召四方猛將，及各處豪傑，引兵入都，迫令太后除去閹人。失之毫釐，謬以千里。進依了紹計，即欲檄召外兵，主簿陳琳諫阻道：「諺云：『掩目捕雀，是譏人自欺！』試想捕一微物，尚且不宜欺掩，況國家大事呢？今將軍仗皇威，握兵權，龍驤虎步，高下在心，若欲誅宦官，如鼓洪爐，如燎毛髮，容易得很；但當從權立斷，便可成功，乃今欲藉助外臣，嗾令犯

第六十五回　元舅召兵洩謀被害　權閹伏罪奉駕言歸

闕，這所謂倒持干戈，授人利柄，非但無功，反且生亂呢！」進置諸不睬，竟令左右繕好文書，遣使四出。典軍校尉曹操，聞信竊笑道：「自古以來，俱有宦官，但世主不宜假彼權寵，釀成禍亂；若欲治罪，當除元凶，一獄吏便足了事，為何紛紛往召外兵，自貽伊戚？我恐事一宣露，必致失敗呢！」見識原高，乃不去進諫，其奸可知。已而前將軍董卓，自河東得檄，即囑來使返報，指日入京；進聞報大喜，侍御史鄭泰入諫道：「董卓強忍寡義，貪欲無厭，若假以政權，授以兵柄，將來必驕恣不法，上危朝廷；明公望隆勳戚，位據阿衡，欲除去幾個權閹，何須倚卓？且事緩變生，殷鑑不遠，但教秉意獨斷，便可有成。」進仍不肯聽。泰出語黃門侍郎荀攸道：「何公執迷不悟，勢難匡輔，我等不如歸休了！」攸尚無去意，獨泰毅然乞歸，退去河南故里，安享天年。所謂見機而作，不俟終日。尚書盧植，亦勸進止卓入都，進愎諫如故；且遣府掾王匡、騎都尉鮑信，還鄉募兵，並召東都太守喬瑁，屯兵成皋，武猛都尉丁原，率數千人至河內，縱火孟津，光徹城中。就是董卓也引兵就道，從途中遣使上書，請誅宦官，略云：

中常侍張讓等，竊幸承寵，濁亂海內；臣聞揚湯止沸，莫若去薪，潰癰雖痛，勝於養毒，昔趙鞅興晉陽之甲，以逐君側之惡，今臣鳴鼓如洛陽，請收讓等，以清奸穢，不勝萬幸！

何太后得了此書，還是游移觀望，不肯誅戮宦官；實是不能。何苗亦為諸宦官袒護，慌忙見進道：「前與兄從南陽入都，何等困苦？虧得內官幫助，得邀富貴。國家政治，談何容易？一或失手，覆水難收，還望兄長三思！現不若與內侍和協，毋輕舉事！」進聽了弟言，又累得滿腹狐疑，忐忑不定。乃使諫議大夫種邵，齎詔止卓，卓已至澠池，抗詔不受，竟向河南進兵。邵曉諭百端，勸他回馬，卓疑有他變，令部兵持刃向前，竟欲害邵，邵也無懼色，瞋目四叱，且責卓不宜違詔；卓亦覺理

屈，才還駐夕陽亭，遣邵覆命。袁紹聞知，懼進變計，因向進脅迫道：「交扆已成，形勢已露，將軍還有何疑，不早決計？倘事久變生，恐不免為竇氏了！」進乃令紹為司隸校尉，專命擊斷，從事中郎王允為河南尹，紹使洛陽武吏，司察宦官；且促董卓等馳驛上書，謂將進兵平樂觀中。何太后乃恐慌起來，悉罷中常侍小黃門，使還里舍；唯留進平日私人，居守省中，諸常侍小黃門等，皆詣進謝罪，任憑處置。進與語道：「天下洶洶，正為諸君貽憂。今董卓將至，諸君何不早去？」眾聞言，默然趨退。紹復勸進從速決議，進又不肯從。一個是多疑少決，逐日遷延；一個是有志求成，欲速不達；兩人雖是同謀，不能同意。直至紹再三慫恿，仍激不起懦夫心腸。如何幹事。紹竟私行設法，詐託進命，致書州郡，使捕中官親屬，歸案定罪。越弄越壞。中官得此消息，遂至驚慌。張讓子婦，係何太后女弟，讓急不暇擇，跑回私第，一見子婦何氏，便匍匐地下，向她叩頭，奇極。慌得他子婦連忙跪下，驚問何因。讓流涕說道：「老臣得罪，當與新婦俱返故鄉；唯自念受恩累世，今當遠離宮殿，情懷戀戀，願得再見太后，趨承顏色，然後退就溝壑，死亦瞑目了！」原來為了此事，俗語謂「欲要好，大做小。」想即本此。子婦見讓這般情形，自然極力勸慰，情願出頭轉圜，讓乃起身他去。讓子婦匆匆出門，亟往見母親舞陽君，乞向太后處說情，仍令張讓等入侍，太后畢竟女流，難拂母命，不得不任事如故。偏何進為袁紹所逼，入白太后，面請答應下去，於是盡誅中常侍以下。並選三署郎官，監守宦官廬舍；何太后不答一言，進只得退出。有其兄，必有其妹，始終誤一疑字。張讓、段珪等，見進入宮，早已動疑，潛遣私黨躡蹤隨入，伏壁聽著，具聞何進語言，當即返告讓、珪，讓、珪遂悄悄定計，又令私黨數十人，各懷利刃，分伏嘉德殿門外，且詐傳太后詔命，召進議事；進還道太后依議，貿然竟往，甫入殿門，已由張讓等待著，指出發言道：「天下擾擾，責

第六十五回　元舅召兵洩謀被害　權閹伏罪奉駕言歸

在將軍，怎得盡歸罪我儕？從前王美人暴歿，先帝與太后不協，幾致廢立，我等涕泣解救，各出家財千萬為禮，和悅上意始得挽回；事見前文。今將軍不憶前情，反欲將我等種類，悉數誅滅，豈非太甚？現在我等也不能再顧將軍，賭個死活罷了！」無瑕者，乃可戮人，進亦太不自思。進無言可對，瞿然驚起，離座欲出，讓哪裡還肯放過？招呼伏甲，洶洶直上，尚方監渠穆，拔刀爭先，奮力砍進，進手無寸鐵，如何招架，竟被渠穆砍倒地上，再是一刀，梟落首級。自尋死路，怎得不死？段珪就擅寫詔敕，命故太尉樊陵為司隸校尉，少府許相為河南尹，罷去袁紹、王允兩人；這偽詔頒示尚書，各尚書不免生疑。盧植與進有舊，更為驚愕，急至宮門外探信，且請大將軍出宮共議，不料宮內有人大呼道：「何進謀反，已經伏誅！」聲才傳出，即擲出一個鮮血淋淋的頭顱，植慌忙審視，正是進首，當即俯首拾起，馳入大將軍營中，取示將士，將吏吳匡、張璋，且悲且憤，揮兵直指南宮；就是袁紹亦已聞變，立遣從弟虎賁中郎將袁術，往助吳匡、張璋。宮門盡閉，由中黃門持械守閣，嚴拒外兵，袁術等在外叫罵，迫令宮中交出張讓等人，好多時不見影響，天已垂暮，索性在青瑣門外，放起火來，火勢猛烈，照徹宮中。張讓等也覺驚心，入白太后，只言大將軍部兵叛亂，焚燒宮門，太后尚未知進死，驚惶失措，當被讓等挾住太后，並劫少帝、陳留王，及宮省侍臣，從複道往走北宮。

　　尚書盧植，早已料到此著，擐甲執戈，在閣道窗下守候，遙見段珪等擁逼太后，首先入閣，便厲聲呼道：「珪等逆賊，既害死大將軍，還敢劫住太后麼？」珪乃將太后放鬆，太后急不擇路，就從窗外跳出，植急忙救護，幸得免傷。始終難免一死，何如死在此時？是時袁術、吳匡、張璋等，已攻入南宮，搜誅閹豎，止得小太監數名，殺死了事，獨未見常侍黃門等人。適值袁紹趨至，術等具述情形，紹即與語道：「逆閹雖

眾，今日已無生路，逃將何往？唯樊陵、許相兩人，甘為逆黨，不可不除！」說著，即矯詔召入樊陵、許相，一併處斬，可巧車騎將軍何苗，也聞警馳來，紹即與潛赴北宮，行抵朱雀闕下，兜頭碰見中常侍趙忠，立由紹麾眾拿下；忠自北宮前來探視，冤冤相湊，被紹拘住，自然叱令梟首。忠見何苗在旁，還想求救，淒聲呼語道：「車騎忍見死不救麼？」苗雖未答說，卻已側目向紹，似有欲言不言的苦衷，無非為他平日饋遺。待至忠首砍落，更不禁露出慘容。吳匡等素怨何苗不與乃兄同心，且見他形色慘沮，越覺可疑，遂傳語部兵道：「車騎與殺大將軍，吏士能為大將軍報仇否？」道言未絕，眾皆應命，當即把苗抓去，砍作兩段，棄屍苑中。兄弟同死，可謂兩難？紹尚想攔阻，已是不及，乃引眾突入北宮，關住大門，分頭搜尋閹黨，見一個，殺一個，見十個，殺十個，無論老少長幼，但看他頷下無鬚，盡行殺斃，接連殺至三千餘人；有幾個本非宦官，只因年輕鬚少，也被誤殺，同做刀下鬼奴。想是與閹黨同命，應該同日致死。只張讓、段珪諸權閹，尚未伏誅，料他伏處內宮，守住太后、少帝、陳留王，於是引兵再進，深入搜查；唯何太后子身留著，餘皆不見，至問及太后，太后亦不甚明悉，但言尚書盧植，救我至此，盧尚書向我說明，皇帝兄弟，被張讓等劫出宮外，不知何往，現盧尚書已保駕去了。紹乃仍請何太后攝政，並派官吏往追少帝、陳留王。究竟少帝、陳留王兩人，被張讓等劫往何方？原來張讓、段珪，因外兵已入北宮，勢難再留，乃與殘兵數人，劫迫少帝兄弟，步出北門，夜走小平津；公卿無一相從，連傳國璽都不及攜取。到了夜半，才由尚書盧植，及河南中部掾閔貢，相繼趕來，貢手下帶得步卒數人，既謁過少帝兄弟，便叱責張讓、段珪道：「亂臣賊子，尚想逃生，我今日卻不便饒汝了！」說著，即拔劍出鞘，信手亂揮，劈倒了幾個閹奴；獨張讓、段珪，陪立少帝左右，急切無從下手，因用劍鋒指示，勒令自殺；讓與珪無力抗拒，沒奈何向帝下跪，

第六十五回　元舅召兵洩謀被害　權閹伏罪奉駕言歸

叩首泣辭道：「臣等死了，願陛下自愛！」語罷起身，見前面便是津涯，因急走數步，一躍入水，隨波漂去。這真叫做濁流了。

貢見讓、珪等皆死，乃與盧植扶住少帝兄弟，覓路趨歸。少帝與陳留王向在宮中撫養，年齡尚稚，從未走過夜路，並且滿地荊棘，七高八低，天色又黑暗得很，雖是有人扶著，尚覺得步步為難；幸有流螢三五成群，透出微光，飛到身旁，好似前來導引，因此尚見路影，躑躅南行。約走數里，路旁始有民家，門外接有板車，下有輪軸，閔貢瞧著，便令隨卒取車過來，也無暇敲門問主，就請少帝兄弟，並坐車上，由步卒在後推輪，慢慢兒行到雒驛，聽得驛中柝聲，已轉五更，天空中霧露迷濛，少帝等又皆睏倦，料難再行，才就驛舍中留宿。俄頃便已天明，盧植先起，面白少帝，願赴召公卿，來此迎駕，少帝當然依議，植即辭去。閔貢以驛舍不便久留，也即動身，驛舍中只有兩馬，一馬請少帝獨坐，貢與陳留王共坐一馬，出舍南馳；方有朝中公卿，陸續趨到，扈駕同趨。經過北邙山下，忽見旌旗蔽日，塵土沖天，有一大隊人馬到來，截住途中，百官統皆失色，少帝辯更覺驚慌，嚇得涕淚交流，不知所措。驚弓之鳥。嗣見旌旗開處，突出一員大將，眉粗眼大，腰壯體肥，穿著滿身甲冑，徑至駕前，群臣驚顧，並非別人，乃是前將軍董卓，稍稍放心。慢著。卓本在夕陽亭候命，經袁紹偽書敦促，因引兵再進，至顯陽苑，望見都中火起，料有急變，便霄夜趲程，馳抵都城西偏，天已破曉，探悉公卿前去迎駕，因亦移兵北向，往迓少帝；可巧在北邙山前相遇，就躍馬進謁。陳留王見帝有懼色，傳詔止卓，當由侍臣向前，高聲語卓道：「有詔止兵！」卓張目道：「諸公為國大臣，不能匡正王室，至使乘輿搖盪，卓前來迎駕，並非造反，為什麼反要禁阻呢？」侍臣無語可駁，乃引卓謁帝。帝驚魂未定，好似口吃一般，不能詳言，還是陳留王從容代達，撫慰以外，並略述禍亂原因，自始至終，無一失言。小

時了了，大未必佳。卓暗暗稱奇，隱思廢立，面上尚不露聲色，即請御駕還宮。先是京師有童謠云：「侯非侯，王非王，千乘萬騎上北邙。」至是果驗。及少帝還宮後，即日頒詔，大赦天下，改光熹年號為昭寧，只傳國璽已經失去，查無下落。漢已垂危，還要什麼傳國璽？

　　騎都尉鮑信，前奉何進差遣，從泰山募兵還都；既見時局大變，就往白袁紹道：「董卓擁兵入都，必有異志，今不早圖，必為所制，可乘他新至疲勞，乘隙捕誅，除去此獠，國家方有寧日呢！」紹憚卓多兵，且因國家新定，未敢遽發，免不得語下沉吟，信長嘆數聲，拱手告退，仍引還所招新兵，棄官歸里。小子有詩詠鮑通道：

良謀不用便還鄉，智士見機倖免殃。
若使後來常匡採，沙場未必致身亡。

　　鮑信戰死兗州，事見後文。

　　袁紹不敢誅卓，卓遂肆行無忌，欲逞異圖。究竟卓如何橫行，待至下回再表。

　　何進之謀誅宦官，反為所害，其事與竇武相同，而情跡少異。武之失，在於輕視宦官；進之失，則又在重視宦官。輕視宦官，故有臨事出閣之疏，為人所制而不之覺；重視宦官，故有馳檄召兵之誤，被人暗算而不之防，要之皆才略不足，優柔寡斷之所致耳。且與武同謀者為陳蕃。蕃以文臣而致敗，敗在迂拘；與進同謀者為袁紹，紹以武臣而致敗，敗在粗豪。然蕃死而紹不死，卒得殲滅閹豎二千人，此由若輩惡貫已盈，必盡殲乃可以彰天罰，天始假手紹等，使之屠戮，非真視蕃為少優也。況引狼入室，紹實主謀，鮑信進誅卓之方，猶不失為中計，而紹又不能信從；紹非特害進，並且覆漢，其罪亦彌甚矣！若太后、少帝及陳留王，被劫宦官，幾瀕於死，婦人小子，知識愚蒙，任人播弄，尚不足怪焉。

第六十五回　元舅召兵洩謀被害　權閹伏罪奉駕言歸

第六十六回
逞奸謀擅權易主　討逆賊歃血同盟

第六十六回　逞奸謀擅權易主　討逆賊歃血同盟

　　卻說董卓引兵入都，步騎不過三千人，自恐兵少勢孤，不足服眾，遂想出一法，往往當夜靜時，發兵潛出，待至詰旦，復大張旗鼓，趨入營中，偽言西兵復至，都中人士，竟被瞞過，還道日夜增兵，不知多少。既而何進兄弟所領部曲，均為卓所招徠，卓勢益盛。武猛都尉丁原，表字建陽，有勇善射，何進曾令他屯兵河內，威嚇宮廷；見前文。及眾閹伏誅，少帝還駕，乃徵原為執金吾。原麾下有一主簿，少年英武，力敵萬人，姓呂名布，字奉先，籍隸九原，為原所愛，待遇極優。卓欲籠絡呂布，特遣心腹吏李肅，與布結交，贈他名馬一匹，叫做赤兔，渾身如火，每日能行千里，此外尚有許多珍寶，作為送禮，引得布心花怒開，非常感激。肅卻說出一種交換條件，叫他刺殺丁原，轉投董卓。可惡。布竟為財物所賣，不管什麼主僕情義，覷個空隙，將原刺死，攜首送入卓營。卓盛筵相待，備極殷勤，面許布為騎都尉，布大喜過望，屈膝下拜，願認卓為義父。主僕不可恃，父子果可恃麼？卓復取出金帛若干，令布招誘丁原舊部，盡歸麾下；因此卓聲焰益橫。會天雨不止，卓諷有司上奏，劾免司空劉弘，即由自己代任；又聞得蔡邕才名，徵令入都。邕為中常侍程璜所讒，流戍朔方，嗣遇赦得還，尚恐不免，亡命江湖十二年，取柯亭竹為笛，得焦尾桐為琴，徜徉山水，倒也放浪自由；偏董卓派吏徵召，與邕相遇，迫令就道，邕稱疾不赴。卓得吏返報，不禁大怒道：「我力能誅人家族，蔡邕敢違我命，是自尋滅門大禍，休想再逃！」說著，又檄令州郡召邕，即日詣府，否則逮獄問罪。邕不得已入都見卓，卓使為祭酒，敬禮有加，閱日遷官侍御史，又閱日轉補侍書御史，又閱日擢拜尚書，三日間周曆三臺，榮寵的了不得。旋有詔出邕為巴郡太守，復由卓留為侍中。卓已得握大權，遂有心廢立，自思袁氏四世三公，可倚為黨援，壓服人心，因擢舉前司徒袁隗為太傅，且召司隸校尉袁紹，婉顏與語道：「今上沖暗，不合為萬乘主，每念靈帝昏

庸，令人憤唈；今陳留王年雖較稚，智卻過兄，我意欲立他為帝，卿意以為何如？」紹直答道：「漢家君臨天下，垂四百年，恩澤深厚，兆民仰戴；今上尚值沖年，未有大過宣聞天下，公欲廢嫡立庶，恐眾心未服，還請三思！」卓勃然道：「天下事操諸我手，我欲廢立，誰敢不從？」紹又答道：「朝廷豈無公卿？公亦不宜專斷，且紹亦須稟明太傅，方可報命。」卓聞言愈怒，拔劍置案道：「豎子敢爾！豈謂董卓刃不利麼？」全無大臣體態。紹亦奮然道：「天下健夫，豈獨董公？」一面說，一面也橫引佩刀，作揖而出，匆匆趨至上東門，解去印綬，懸諸門首，當即跨馬加鞭，自奔冀州去了。引狼入室，不為狼吞，還是幸事。卓尚不肯罷議，遂召集百僚，會議大事，公卿以下，不敢不至。卓首先開口道：「皇帝闇弱，不足奉宗廟，安社稷，今欲仿伊尹、霍光故事，改立陳留王，可好麼？」大眾聽了，彼此相覷，莫敢發言。卓又繼說道：「我聞霍光定策，延年按劍，如有人敢阻大議，應該軍法從事！」忽有一人出答道：「昔太甲既立不明，伊尹乃放諸桐宮，昌邑王嗣位僅二十七日，罪過千餘，故霍光將他廢去，改立宣帝；今皇上春秋方富，行未有失，怎得以前事相比呢？」卓不禁大憤，怒目瞋視，乃是尚書盧植，當即拔劍起立，惡狠狠的向植撲去，植離席趨避，百官皆散；卓尚未肯干休，追植出來，旁邊走過侍中蔡邕，將卓攔住，勸他息怒；議郎彭伯，亦趨前諫卓道：「盧尚書海內大儒，有關人望，若先加害，反使天下不安！」卓乃止步不追；唯怒尚未解，趨入朝堂，迫令他尚書草詔，罷免植官。植匆匆出都，恐卓遣人行刺，繞道還鄉；果然卓派吏往追，長途未見植蹤，方才退歸。卓復將廢立草議使人持示太傅袁隗，隗不敢反抗，報稱如議。九月甲戌日，卓至崇德前殿，會同太傅袁隗等，脅何太后策廢少帝，說是皇帝在喪不哀，無人子禮，不宜為君，應該廢立，當由太傅袁隗，扶出少帝，解去璽綬，使就北面，何太后為威所迫，未敢發言，只

第六十六回　逞奸謀擅權易主　討逆賊歃血同盟

有珠淚兩行，滔滔不絕。婦人只此伎倆。哪知董卓厲害得很，不但廢去少帝，還要幽禁太后，因復當眾宣議道：「太后嘗逼死永樂太后，背婦姑禮，無孝順心；古時伊尹放太甲，霍光廢昌邑王，著在典冊，後世稱揚，今太后宜如太甲，皇帝宜如昌邑，方可上追成憲，下慰輿情！」百官聞言，雖然意中反對，但畏卓凶橫，只好唯唯從命。卓即令尚書繕好冊文，在朝宣讀道：董卓敢頒冊文，莫非漢祖宗不成？

孝靈皇帝，不究高宗眉壽之祚，早棄臣子，皇帝承紹，海內側望；而帝天姿輕佻，威儀不恪，在喪慢惰，繾如故焉，凶德既彰，淫穢發聞，損辱神器，忝汙宗廟；皇太后教無母儀，統政荒亂，永樂太后暴崩，眾論惑焉，三綱之大，天地之紀，而乃有闕，罪之大者。陳留王協，聖德偉茂，規矩邈然，豐下兌上，有堯圖之表；居喪哀戚，言不及邪，岐嶷之性，有周成之懿；休聲美稱，天下所聞，宜承洪業，為萬世統，可以承宗廟，茲廢皇帝為弘農王，皇太后還政，徙居永安宮；謹奉陳留王為皇帝，應天順人，以慰臣民之望。

尚書讀畢，即由卓率領百僚，擁出陳留王協，奉上皇帝璽綬，掖登御座，南面受朝；就是廢帝辯，亦使列朝班，以兄拜弟，陳留王協年才九歲，睹此情形，很覺不安，但已為董卓所制，不得不權示鎮定，拱手受成，史家稱為獻帝，就是漢家的末代主兒。當下頒詔大赦，改昭寧元年為永漢元年。少帝於四月嗣位，九月被廢，相距僅五月間，改元兩次。至獻帝既立，又復改元，一歲中有四個年號，也是奇聞。朝賀既畢，獻帝還宮，卓即勒令弘農王辯，帶同宮妃唐姬，出居外邸；一面迫何太后遷居永安宮。何太后只得遷移，但滿腔悲憤，無處發洩，免不得帶哭帶罵，口口聲聲，咒詛董卓老賊。親手鑄成大錯，罵卓何益？徒自速死。當有人報知董卓，卓派吏齎著鴆酒，至永安宮中，脅令何太后飲下；何太后求生不得，一吸立盡，毒發而亡。你要害死王美人、董太后，

自然有此慘報。計自獻帝登基，相距不過三日，卓令獻帝至奉常亭舉哀，公卿但白衣會葬，不成喪禮；唯與靈帝尚得合墓，追諡為靈思皇后。董卓且因永樂太后，與己同姓，力為報怨，既將何太后鴆死，復查得何苗遺骸，已經有人棺殮，索性再令剖發，把屍支解，拋擲道旁；又拘苗母舞陽君，一併處死，裸棄枳棘中，不准收葬。《後漢書·何皇后紀》，舞陽君為亂兵所殺，唯《三國志》及《紀事本末》皆云由卓殺死，今從之。卓自為太尉，奉老母為池陽君，令太尉劉虞為大司馬，大中大夫楊彪為司空，進豫州刺史黃琬為司徒；凡公卿以下，至黃門侍郎子弟，各得選一人為郎，服役省禁，補前時宦官遺缺；至若承宣帝命，伺候皇后，專委侍中給事黃門侍郎，分充職使，共計得一十二人。又追理陳蕃、竇武，及諸黨人宿冤，悉復爵位，遣使弔祭，擢用子孫。所有宦官家產，一體抄沒，纖毫不遺。卓復自封郿侯，加斧鉞虎賁；未幾又晉位相國，入朝不趨，贊拜不名，劍履上殿。使司徒黃琬為太尉，司空楊彪為司徒，光祿勳荀爽為司空。爽為前當塗長荀淑子，幼年好學，十二歲能通《春秋》、《論語》；至桓帝時，入拜郎中，陳言不用，棄官自去；嗣因鉤黨獄興，遁居海上十餘年。董卓入朝廢立，雖然凶暴，尚欲牢籠物望，要結人心。尚書周毖，城門校尉伍瓊，因勸卓力矯前弊，徵用天下名士；卓乃命召荀爽及陳紀、即陳寔子。韓融、係前贏縣長韓韶子。鄭玄、申屠蟠，蟠與玄謝病不至。爽為吏所迫，受命為平原相，行至宛陵，復調回都中，遷官光祿勳，視事只閱三日，即超拜司空。陳紀、韓融，皆不得已就徵，紀為侍中，融為大鴻臚。卓又舉尚書韓馥為冀州牧，侍中劉岱為兗州刺史，孔伷為豫州刺史，張邈為陳留太守，張諮為南陽太守，數人皆非卓親舊，得邀簡放，總算是推賢進士，冀博美名。唯回憶袁紹抗命，尚有餘恨，特懸賞購拿，嚴令迭下；周毖、伍瓊，卻與紹為故交，乘間說卓道：「廢立大事，原非常人所能為；袁紹不達大體，因懼出

第六十六回　逞奸謀擅權易主　討逆賊歃血同盟

奔，並無他志。今若購拿過急，反至激成變亂，袁氏樹恩四世，門生故吏，充滿天下，萬一與公相拒，收豪傑，聚徒眾，獨霸一方，恐山東非公所有了，不如從寬赦宥，拜為郡守，紹喜得免罪，必且感公，何至再生他變呢？」卓乃拜紹為渤海太守，封邟鄉侯，又使袁術為後將軍，曹操為驍騎校尉。術終恐罹禍，奔往南陽；操亦不願事卓，出都東歸。羅氏《演義》中有曹操獻刀事，史傳不載，恐係附會。行至成皋，過故人呂伯奢家，適伯奢外出，家中留有五子，與操素相認識，當然接待，留操食宿；操本是個多心人，夜臥床中，不遑安枕，忽聞宅後有磨刀聲，不禁躍起，側耳細聽，又模模糊糊的有快殺兩字，更覺動疑，暗想我背卓潛逃，莫非卓已派人到此，叫他殺我？不如速走為是，當下啟扉欲行，偏被呂子聞知，出來挽留，形色似覺慌張，益足令人生怖，於是不問虛實，竟拔出佩刀，劈死呂子；轉思一不做，二不休，索性闖入後宅，殺個淨盡，呂家未曾防著，見操持刀進來，不及逃避，被操一陣亂斫，除伯奢五子外，又殺死婦女三人；搜至廚下，卻見一豬被縛，尚未宰割，才知自己錯疑，誤殺好人，不由的悽然淚下，嗣又轉念道：「寧我負人，毋人負我！」操之奸由此二語。遂掉頭不顧，貪夜出奔。道出中牟，正遇亭長巡邏見操夜行帶刀，疑為匪類，把他攔住；問訊姓氏，操不肯自說姓名，語多支吾，亭長疑上加疑，便將操執送縣中。縣廨有一功曹，曾與操見過一面，知為亂世英雄，因向縣令前代為緩頰，始得釋放。羅氏《演義》指縣令為陳宮，史無實據，故亦從略。操僥倖脫身，匆匆東去。卓因操不別而行，也曾行文緝拿，但自恃威權，以為無人敢抗，就使操等不服，潛蹤自去，也是無關輕重，不足為憂；所以拿獲與否，未嘗嚴究。且因得志以後，戀及財色，嘗縱兵搜尋豪富，見財便取，見色便虜，號為搜牢。洛中貴戚甚多，往往積有資財，擁嬌妻，蓄美妾，坐享榮華，一經搜牢令下，都害得傾家蕩產，連床頭的美人兒，也被掠入相國府中，不知生死。董卓

在府中坐待,每遇兵士搶掠回來,必親自查驗,最貴的珍寶,輸入內藏,最好的婦女,充入下陳;餘皆散給將士,令得分嘗一臠。也算是與眾同樂。卓尚嫌不足,又從宮中取出采女,無論已幸未幸,但教姿色可人,便即牽歸;甚至嬌嬌滴滴的公主,亦被他掠回,每日逼令侍寢,輪流取樂。可憐這妙年女郎,含苞未吐,枉遭那碩大無朋的淫賊,恣情蹂躪,求生不得,求死不能,豈不是無辜招殃麼?總是怕死之故。

轉瞬間已是年暮,有詔除光熹、昭寧、永漢三個年號,仍稱中平六年,越年元旦,乃改號初平,百官俱先至相國府賀謁,然後由董卓帶領入宮,朝見獻帝。及退班散去,卓回至府中,召集一班粉面油頭,通宵筵宴,醉賞昇平。約莫過了旬餘,又要安排元宵燈席,大慶團圞。忽由外面遞入警報,乃是關東牧守,合兵聲討,公然要他身家性命,取謝國人;卓也不禁著忙,再令幹吏往探消息,原來事起東郡,由太守橋瑁發生。瑁為故太尉橋玄族子,曾為兗州刺史,頗著循聲;及調任東郡太守,正值董卓廢立,逆惡昭彰,海內豪雄,多欲起兵討卓,只因先發無人,未敢輕舉,瑁有志討逆,亦恐勢孤力弱,不足濟事,乃詐作三公密敕,移書州郡,陳卓罪惡,徵兵赴難。時冀州牧韓馥,由卓推舉,到任數月,探得渤海太守袁紹,日夕募兵,有圖卓意,自思渤海隸屬冀州,正好遣吏監束,使紹不得妄動,方得報卓知遇;主見已定,偏接到橋瑁移文,展閱一周,又累得滿腹狐疑,乃召問諸從事道:「今果當助董氏呢?還是助袁氏呢?」語尚未畢,即有治中從事劉子惠,挺身出答道:「起兵為國,何論袁董?」兩言可決。馥被他提醒,面有慚色,乃致書與紹,聽令起兵。紹得韓馥贊成,越加膽壯,遂派使四出,約同舉義。東郡太守橋瑁,與冀州牧韓馥,當然如約。紹從弟後將軍袁術,山陽太守袁遺,也即響應;還有豫州刺史孔伷,兗州刺史劉岱,陳留太守張邈,廣陵太守張超,河內太守王匡,均覆書答紹,同時並舉。前典軍校尉曹

第六十六回　逞奸謀擅權易主　討逆賊歃血同盟

操，逃歸陳留，散家財，募義徒，為討卓計，又得孝廉衛茲，出資幫助，整合了五千人，一聞袁紹起事，即率兵往會。就是前騎都尉鮑信，引兵返里，並未遣散，反多招了萬餘名，合得步兵二萬，騎兵七百，輜重五千餘乘，與弟鮑韜督練成軍，援應各州郡義師。袁紹引軍至河內，與王匡合兵；韓馥留駐鄴城，督運軍糧；袁術屯魯陽，餘軍屯集酸棗，設壇祭天，歃血為盟。各牧守互相推讓，莫敢先登，突有廣陵郡功曹臧洪撩衣登壇，操盤歃血，當即向眾宣言道：

漢室不幸，皇綱失統；賊臣董卓，乘釁縱害，禍加至尊，虐流百姓，大懼淪喪社稷，翦復四海。今由渤海太守袁紹等，糾合義兵，並赴國難，凡我同盟，齊心戮力，以致臣節；隕首喪元，必無二志。有渝此盟，俾墜其命，無克遺育，皇天后土，祖宗明靈，實共鑑之！

洪字子原，係廣陵人，為故匈奴中郎將臧旻子，前曾舉孝廉為郎，因亂棄官，還隱家中；太守張超，延為功曹，起兵向義，實由洪慫恿出來。洪身長八尺，狀貌魁梧，聲如宏鐘，當登壇宣眾時，說得慷慨激昂，聲淚俱下，大眾聽了，無不動容。歃血既畢，遂由各牧守推選盟主，群言袁紹四世三公，應為領袖；紹辭讓至再，經大眾合詞要求，然後應允。徒以門生推舉，未免失真。紹自號車騎將軍，領司隸校尉，使曹操行奮武將軍，一面傳檄天下，歷數董卓罪惡，殺有餘辜。於是長沙太守孫堅，承檄起兵，襲殺荊州刺史王睿，直指南陽；前西園假司馬張楊，回籍募兵，道經上黨，接得紹檄，也即在上黨發難，糾合義徒數千人，進趨河內。共計討卓人馬，先後得十有四路，陸續會集，伐鼓淵淵，振旅闐闐，也好算得一場豪舉了。反襯下文。小子有詩嘆道：

仗義聯盟德不孤，為王討逆效前驅。

當年若果同心力，元惡何憂不立誅？

既而檄文傳入京師，連董卓亦得瞧著，卓又驚又憤，復想出一條逆謀，囑使郎中令李儒照行。欲知他如何行逆，下回再當說明。

　　少帝之廢，誰致之？何太后致之也！何太后以屠家女，得為國母可稱萬幸，假令知足不辱，謙尊而光，則釁隙無自而生，禍難即可不作；何至母子兄弟，同歸於盡，而國祚且為之陰移歟？夫唯其鴆死王美人，逼死董太后，唸唸為嗣子計，又唸唸為母族計，而後蒼蒼者乃嫉惡之。千里草，何青青？正天之巧為驅集，所以死悍后而彰惡報也。董卓為漢末亂賊，人人得而誅之；關東各路之興師，名正言順，誰曰不宜？獨惜各牧守有討賊之舉，而無討賊之才；且推袁紹為牛耳長，使主齊盟，紹固一引卓禍漢者，奈之何以門望相推也？當時之智勇較優，厥唯曹操、孫堅二人，然觀於後來，皆非漢家柱石，韓馥以下無譏焉。羅氏《演義》，乃更以孔融、陶謙、馬騰、公孫瓚廁入之，四子並未討卓，安能與列？雖曰小說，亦不應穿鑿失真，一至於此也。

第六十六回　逞奸謀擅權易主　討逆賊歃血同盟

第六十七回
議遷都董卓營私　遇強敵曹操中箭

第六十七回　議遷都董卓營私　遇強敵曹操中箭

卻說郎中令李儒，受了董卓的密囑，依言行事。看官道是何謀？原來卓因關東兵起，檄文指斥罪惡，第一件便是廢去少帝。暗思少帝雖已廢為弘農王，但尚留居京邸，終為後患，不如斬草除根，殺死了他，免得他慮；乃囑李儒往鴆弘農王。儒即攜鴆酒至弘農王邸中，託詞上壽，舉酒獻王道：「請飲此酒，可以闢邪！」弘農王搖手道：「我無疾，何須飲此酒？想是汝來毒我呢！」儒逼令取飲，弘農王皺眉不答，儒竟張目道：「董相國有令，怎得不從？就使不飲此酒，難道還想延年麼？」為虎作倀，可恨可殺。時王妃唐姬在側，情願代飲，儒又叱道：「相國並不令汝死，怎得相代？」弘農王自知難免，遂與唐姬永訣，涕泣作歌道：

天道易兮我何艱？棄萬乘兮退守藩！逆臣見迫兮命難延，逝將去汝兮適幽玄！

歌罷，且令唐姬起舞。唐姬且舞且泣，且泣且歌道：

皇天崩兮后土頹，身為帝兮命天摧；死生路異兮從此乖，奈我煢獨兮心中哀！

弘農王聞歌悲咽，相向失聲。李儒在旁催逼道：「相國立等回報，豈一哭便能了事麼？」弘農王乃取過鴆酒顧語唐姬道：「卿為王妃，不能再為吏民妻，幸此後自愛！」唐姬泣不能仰，弘農王已將鴆酒飲下，須臾毒發，暈死地上，年只一十五歲。或云十八歲。李儒見王已死，當即返報董卓。唐姬撫屍枕股，大哭一場，待至棺殮粗畢，復有吏人前來，迫姬出邸，姬對柩拜別，歸赴穎川母家。父瑁曾為會稽太守，見女青年守嫠，意欲改嫁，姬矢志靡他，因聽令居住，後文慢表。

且說董卓既鴆死弘農王，乃召百僚會議，欲大發兵馬，出擊關東各路義師。突有一人插嘴道：「為政在德不在眾！」卓才聽得一語，便怒目注視，見是尚書鄭泰，便叱問道：「如卿所言，兵果無用麼？」泰答

說道：「泰非謂兵可勿用，但以為山東諸牧守，雖然發難，不必煩勞大兵。試想光武以來，中國無警，百姓安逸，忘戰日久。仲尼有言：『不教民戰，是謂棄之。』今山東州郡連結，看似強盛，實皆烏合，不能為害，這是第一件不煩大兵；明公起自西州，出為國將，練習兵事，屢踐戰場，名振當世，人懷懾服，這是第二件不煩大兵；袁本初紹字本初。係公卿子弟，生長京師，張孟卓邈字孟卓。乃東平長者，坐不窺堂，孔公緒徒清談高論，吹枯噓生，並無什麼韜略，足為公敵，這是第三件不煩大兵；山東將士，素少精悍，勇不若孟賁，捷不若慶忌，但教偏師一出，即可成功，這是第四件不煩大兵；就使果有健將，也是尊卑無序，王命不加，徒然恃眾怙力，星分棋峙，勝不相讓，敗不相救，怎肯同心共膽，持久不敝？這是第五件不煩大兵；泰雖詭詞對卓，但此條實為泰所料，不幸多言而中。關西諸軍，夙習兵事，近來又屢與羌鬥，婦女尚能戴戟操矛，張弓發矢，況為勇夫壯士，使當關東散卒，定可全勝，這是第六件不煩大兵；現在天下所畏，無過并涼人及羌胡義從，公得收作爪牙，遣使拒敵，譬如驅虎赴羊，一可當百，何庸多兵自擾？這是第七件不煩大兵；且明公將吏，統是干城腹心，周旋日久，恩信相結，忠誠可任，智謀可恃，少許足勝人多許，這是第八件不煩大兵；泰聞戰有三亡，以亂攻理者亡，以邪攻正者亡，以逆攻順者亡，今明公秉國平正，討滅閹豎，忠義卓著，有此三德，待彼三亡，奉辭伐罪，何人敢當？這是第九件不煩大兵；東州鄭玄，學賅古今，北海邴原，清高直亮，眾望所歸，足為儒生矜式，彼諸將若就詢計劃，非不可慮，但燕趙六國，終為秦滅，吳、楚七國，卒敗滎陽，成敗利害，憑諸理勢，如鄭玄、邴原諸人，怎肯贊成逆謀，造亂長寇？這是第十件不煩大兵。明公若因芻議所陳，稍有可採，正不必四出征發，驚動天下；否則棄德恃眾，反損威望，非徒無益，反且有害呢！」這一番話，說得董卓呵呵大笑，滿口誇

第六十七回　議遷都董卓營私　遇強敵曹操中箭

獎道：「公業泰字公業。真不愧智士呢！」遂面授泰為將軍，使統諸軍，出擊關東，泰也覺暗喜，拜謝而出。

看官閱過前文，應知鄭泰已經歸里，為何又出任尚書？回應前文。原來董卓蒐羅名士，徵泰入朝，泰不得已，應召而至，受職尚書。他見卓凶橫不道，也想設法除奸，一時無從下手，巧遇關東兵起，樂得乘間進言，好教卓倚作股肱，可以聯繫外人，暗中擺布。及卓使為將軍，正中心坎，當即部署兵馬，即擬起行；誰知有人窺透泰意，向卓效忠道：「鄭公業智略過人，嘗思結謀外寇，今反資以兵甲，令就黨與，竊為明公擔憂呢！」卓乃止泰出兵，留為議郎，嗣是格外加防，特擢義子呂布為中郎將，侍衛左右，行止不離。難道就靠得住麼？侍御史擾龍宗，詣卓白事，未解佩劍，即由卓叱他無禮，呼布擊死。越騎校尉伍孚，代為不平，嘗在朝服內，披著小鎧，懷著利刃，意欲伺便刺卓。一日入閣啟事，交代明白，便即辭出；卓因孚素有重望，特別敬禮，起送數步，孚見卓子身相送，還道命該斷絕，就故意回頭攔阻，乘隙取出藏刀，向卓砍去；卓眼明手快，立即側身閃過，再仗著兩臂氣力，牽住孚腕，不使再動；那呂布早已瞧著，搶前救卓，將孚揪倒地上。卓怒問道：「誰教汝反？」孚亦回罵道：「汝非我君，我非汝臣，有什麼反不反呢？汝亂國弒主，罪大惡極，天下孰不想食汝肉，寢汝皮！今日是我死日，故來誅汝。可惜可恨，不能磔汝市朝，以謝天下！」卓聞言益怒，立命將孚牽出，置諸極刑。或說即伍瓊，但史稱瓊與周毖同死，當是兩人。孚既殺死，警報日急，不但關東軍事，日有所聞；還有白波賊帥郭太，連年騷擾，聚眾至十餘萬，寇太原，破河東，氣焰甚盛。白波賊見前文。卓亟遣女夫中郎將牛輔往討白波賊，另派中郎將徐榮等，帶領重兵，出屯近畿，阻遏關東各路人馬。會都中有童謠云：「西頭一個漢，東頭一個漢，鹿走入長安，方可無斯難。」卓偶有所聞，證諸圖讖，亦是漢運將終，

因即思遷都長安,借避兵鋒。當下與公卿商議,公卿等皆不欲西遷,只是憚卓凶威,未敢反抗,大都默默無言。時車騎將軍朱儁,方為河南尹,卓因儁多年宿將,外示親暱,陰實嫉忌,恐他交通關東,乃表遷儁為太僕,使副相國,即日派出朝使,齎詔召儁。儁辭不肯受,且語朝使道:「國家西遷,必辜民望,且反足示弱,使關東益張聲勢,殊屬非宜。」朝使詰問道:「召君受拜,君乃謝絕,不問遷都事宜,君偏齦齦有詞,這是何故?」儁答說道:「臣本不才,怎堪為相國副手?若遷都計議,須公諸輿論,何妨直言?」朝使又問道:「遷都尚未決定,事不外聞,君果從何處得來?」儁微笑道:「董相國已商諸公卿,且與臣亦曾說過,所以得聞。」朝使不能再詰,乃返報董卓,取消太僕成命。卓復大集百僚,再議遷都事宜,太尉黃琬,司徒楊彪,司空荀爽等,並皆列席,卓先倡議道:「昔高祖都關中,計十有一世,及光武帝都洛陽,至今也十有一世;我看天運循環,應仍還都長安,方為適宜。」大眾仍面面相覷,莫敢發言。唯司徒楊彪起語道:「移都改制,事關重大,即如盤庚遷亳,實避河患,殷民尚且胥怨,必待再三曉諭,始無異辭;今無故遷都,必致百姓驚動,麋沸蟻聚,反且增憂,不如仍舊為是!」卓駁說道:「石苞室讖,曾云漢終十一帝,若非速遷,難道就此罷休麼?」彪復說道:「石苞讖語,多屬邪言,不可憑信,況關中經王莽禍亂,未曾修復,所以光武帝改都雒邑,今歷年已久,百姓安樂,何必遷喬入谷,自蹈危機?」卓作色道:「關中物產豐饒,形勢利便,故秦得併吞六國;若因宮闕殘破,隴右材木甚多,運輸最便,杜陵南山下,有瓦窯數千處,並工營造,指日可成,百姓何足與議?儘管西遷便了!」彪又說道:「關東方起亂兵,若聞我遷都,必更西進,不可不防!」卓獰笑道:「這更可無慮了!我既遷居長安,居高臨下,勢若建瓴,且有隴西勁旅,驅逐亂眾,可令他出滄海之外,請君不必勞心!」彪尚將易動難安,寧逸毋勞,絮絮的說了

第六十七回　議遷都董卓營私　遇強敵曹操中箭

數語，惹得董卓性起，揚眉張鬚道：「公欲阻撓大計麼？」太尉黃琬從旁婉勸道：「這係國家大事，楊公所言，未始無見，還請三思！」卓斜目視琬，忿然不答。司空荀爽，見卓聲色逼人，恐害及彪等，乃從容進言道：「相國本意，想亦不願多勞，無非因山東兵起，未可立平，所以遷地為良，據關自固，這也是秦漢開國的至計呢！」聊為解嘲。卓聽得此說，意乃少解，面色漸平。黃琬、楊彪、荀爽等，也即退出。卓竟借災異為名，奏免黃琬、楊彪二人，另進光祿勳趙謙為太尉，太僕王允為司徒。適尚書周毖，與城門校尉伍瓊，同至卓前，諫阻遷都，卓並不一睬，二人又復力諫。卓不覺觸起前恨，拍案痛叱道：「卓入朝時，二君勸用善言，故卓輒依議；今韓馥等受官赴任，反舉兵圖卓；袁紹為二君所保薦，今且為戎首，若再聽二君計議，恐卓命要從此斷送了！卓不負二君，二君負卓太甚！」說至此，竟翻轉臉皮，叱令左右牽出兩人，同時斬首。二人雖是枉死，不得與伍孚並論。復使司隸校尉宣璠，率領吏士，往殺太傅袁隗，及太僕袁基；係袁術兄。所有兩家眷屬，無論男女老小，全體駢戮，共死五十餘人，把一大堆屍骸，載至春城門外，同埋一穴。黃琬、楊彪，尚留寓都中，只恐連坐被誅，慌忙至相國府中，自謝前時失言；卓嘉他悔過，復表琬、彪為光祿大夫。琬為黃瓊孫，彪為楊震曾孫，畏死媚賊，俱未免有愧祖風。

隨即決計西遷，先使文武百官，扈蹕出都，再驅洛陽人民數百萬口，盡徙長安；宮廷內外，沒一人情願西行，只為董卓所迫，不敢不草草整裝，準備起程。哪知董卓凶惡得很，嚴定限期，不准挨延時日，豪家富室，總有若干財產，匆匆不及安排，籲請寬限，卓卻斥他違命不道，派吏收捕，斬首示威，並將財產籍沒，充作軍糧。可憐官民人等，棄其田園廬舍，只帶得些須細軟物件，扶老攜幼，倉皇就道；隨著獻帝車駕，陸續前行，途中步騎驅蹙，更相踐踏，再經道旁盜竊乘隙偷奪，

無論貧富貴賤，都害得顛沛流離，飢苦凍餒，甚至餓莩載道，暴骨盈途。誰為為之？孰令致之？卓尚擁著兵馬，屯駐洛陽畢圭苑中，飭令軍士縱火，盡毀宮廟民廬，二百里內，統成赤地，雞犬不留。於己無益，何苦為此？又使呂布發掘諸陵，及公卿以下墳墓，收取珍寶，充入私囊。難道自己好長生不老，受享終身？一面再遣將士，出擊關東諸軍。會聞河內太守王匡，進兵河陽津，窺取洛陽；卓用疑兵前往挑戰，潛使銳卒從小平津偷渡，繞出匡軍背後，前後夾攻，大破匡軍，拿住許多軍士，各將布帛纏束，外用膏油澆灌，然後引火焚身，從下至上，好多時才得燒死，號聲震地，臭氣熏天，真是耳不忍聞，目不忍睹。那王匡敗還河內，報知袁紹，紹正得悉隗、基族滅，很是悲憤，檄令各軍猛進，不料匡軍敗還，各路奪氣，連袁紹也不勝徬徨。本初原是無能。奮武將軍曹操宣言道：「舉義兵，誅暴亂，大眾已合，還有何疑？設使董卓挾持天子，據守舊京，東向以臨天下，雖無道橫行，尚足為患，今乃焚燒宮闕，劫遷車駕，海內震動，不知所歸，這真是天怒人怨，誅鋤首惡的時機。若能併力西討，一戰就可平定了！」到底還是曹阿瞞。各軍帥皆虎頭蛇尾，莫敢先進，紹亦逡巡不發。國仇家怨，不思急報，做什麼盟主？只陳留孝廉衛茲，本來與操同志，至此亦欲與操同行，商諸太守張邈，得兵數千，願為操助。操毅然獨進，自率部曲為先鋒，使衛茲為後進，經成皋，達滎陽，一路順風，所向披靡。董卓聞操為先鋒，西向進兵，沿途連破數壘，勁氣直達，不由的惶急起來，暗想關東人馬，不下數十萬，若隨操繼進，人多勢盛，如何抵敵？不若用緩兵計，使人修和，乃遣大鴻臚韓融，少府陰循，執金吾胡母班，將作大匠吳循，越騎校尉王瓌，東出宣慰，勸令罷兵。袁紹等當然不從，拘戮胡母班、吳循、王瓌，袁術亦執殺陰循，唯韓融素有名德，釋令西歸。卓聞報大怒，飛飭中郎將徐榮，扼住汴水，不准放過關東一卒；又撥銳兵助榮。

第六十七回　議遷都董卓營私　遇強敵曹操中箭

榮奉卓命，在汴水旁嚴行防守，可巧曹操馳至，即開營搦戰，兩軍對陣，榮兵比操兵約多數倍，操兵突遇勁敵，一見便驚，各有退志，還是操慷慨誓師，引兵突出，與榮大戰一場，自午前殺至日昃，兀自支撐得住。榮見部兵戰操不下，抽出銳騎，專攻操陣中堅，又使餘眾開張兩翼，包圍操軍。操軍已經戰乏，禁不住榮軍圍裏，只好各顧生命，分頭亂跑；唯有幾個曹氏親將，如曹仁、曹洪、夏侯惇、夏侯淵等，還算保住曹操，捨命衝突。操料不能支，拍馬返奔，偏後面追軍，喊殺不絕，天時又至昏暮，路黑難行，正在危急萬分的時候，猛聽得弓弦聲響，連忙閃避，已是不及，項下已中了一箭，接連又是一聲，馬隨聲倒，把操傾翻地上；當有敵兵數人，竟來殺操。虧得曹洪馳至，掄刀趕散，復一躍下馬，將操扶起，拔鏃裹瘡，掖令坐上己馬，自願步行。操顧洪道：「我弟豈可無馬？倘或追兵到來，如何廝殺！」洪應聲道：「天下可無洪，不可無公！」從兄弟尚且如此，同胞當如何？操正在嘆息，後面喊聲復至，乃加鞭急走；行約里許，前面忽火炬通明，又有一軍趨至，操與洪俱不勝驚忙，及仔細審視，乃是後軍衛茲，方才放心。茲到了操前，見操狼狽得很，也不暇多說，擁操回馬，連夜趨還酸棗。酸棗屯兵，共有數路，差不多有十數萬人，張邈、劉岱、橋瑁、袁遺諸太守，均按兵不動，鎮日裡置酒高會，快活消遣。操目睹情形，向眾憤語道：「諸公在此屯留，莫非待賊坐斃不成？如肯聽我計，最好請袁本初引河內眾士，移至孟津酸棗間，諸公分守成皋，據敖倉，塞轘轅大谷，制賊死命；再使袁公路術字公路。率南陽兵甲，攻入武關，耀威三輔，然後可深溝高壘，勿與彼戰，但用疑兵左出右入，使彼自相驚亂，必亡無疑；今兵以義動，專在此徘徊觀望，惹人恥笑，竊為諸公不取哩！」張邈等微哂道：「孟德新敗，銳氣方挫，只好休養數日，再作良圖。」全然不關痛癢。操聞言益憤，掉頭徑出，自與曹洪、夏侯惇等，東赴揚州，進見刺

史陳溫,及丹陽太守周昕,勉以忠義,共討董卓。二人亦庸碌無奇,只因礙著情面,撥給兵士四千人。操乃還至龍亢,夜宿帳中,忽帳外譁聲四起,急忙起視,但見煙塵撩亂,火勢炎炎,一時不暇細問,想必是營兵謀變,當下拔劍在手,衝將出去,砍倒了十數人;可巧曹洪、夏侯惇等亦執械進護,才得將亂兵驅散,撲滅餘火。徹底調查,只有五百人不動,由操用言獎勉,乘夜起行;沿途復招得壯士千餘人,仍至河內。聞得劉岱、橋瑁,互相仇殺,瑁竟被岱刺死,改任王肱為東郡太守,操不禁嗟嘆道:「逆惡未除,先自推刃,如何得成事呢?」

好容易過了殘年,關東諸將,發生一種議論,要推立幽州牧劉虞為帝,虞為漢室支裔,已見前文,自蒞任幽州後,招攜懷遠,課農勸耕,開上谷胡市,通漁陽鹽鐵,民安物阜,頗稱小康。青、徐士庶,避難歸虞,約有百萬餘口,經虞收視撫卹,各得重生,董卓嘗拜虞為大司馬,且進加太傅,只因道路梗塞,使命難通,所以虞仍守原任,安鎮一方。關東牧守,因聞洛都西遷,天子幼沖,未卜存亡,乃擬奉虞為主。袁紹卻也樂從,轉詢曹操,操慨然道:「我等舉兵西向,遠近莫不響應,無非因師出有名,乃得致此;今幼主微弱,受制賊臣,非有昌邑亡國的罪孽,乃一旦改易,是我等亦將為董賊了!諸君如欲北面,我卻仍然西向,不改初心。」說得袁紹啞口無言,再使人致書袁術,術答書不從。看官閱此,幾疑袁術、曹操,宗旨相同,其實術已陰圖自立,操尚有志效忠,試閱後文,自見分曉。小子有詩嘆道:

　　謀國只應定一尊,如何橫議欲分門?
　　袁曹抗辯非無理,心跡猶難共比論。

究竟袁紹等曾否立虞,待至下回再詳。

山東兵起,董卓遣將出御,未聞敗衄,而忽議西遷,意者其即由賊

第六十七回　議遷都董卓營私　遇強敵曹操中箭

膽心虛,有以懾其魄而奪其氣歟?然於伍孚行刺,則殺之;於周珌、伍瓊之進諫,則亦殺之;於袁隗、袁基之有關紹、術,則又殺之;窮凶極惡,何其殘忍乃爾?且屠戮富人,焚毀宮室,二百里內,不留雞犬,雖如秦政、項羽立暴虐,亦未有過於是者。誠使袁紹等同心戮力,聯鑣西進,則以順攻逆,何患不勝?乃貌若相合,心實相離,口血未乾,私爭已啟,徒賴一氣盛言宜之曹操,亦何能濟?汴水之敗,非操之罪,乃諸牧守之罪耳?寡不可敵眾,弱不可敵強,愚夫猶且知之,且牧守逗留不進,任令操之孤軍深入,不敗何待?操雖敗猶奮,尚欲募兵再往,此時之曹阿瞞,固不可驟然加責也。若袁紹諸人,其固所謂屍居餘氣者乎?

第六十八回
入洛陽觀光得璽　出磐河構怨興兵

第六十八回　入洛陽觀光得璽　出磐河構怨興兵

卻說袁紹等欲推戴劉虞，雖經曹操、袁術二人梗議，但尚未肯罷休，即遣故樂浪太守張岐，齎書至幽州勸進。虞厲聲叱責道：「今天下崩亂，主上蒙塵，我受國厚恩，恨未能掃清國恥，諸君各據州郡，正宜戮力王室，同誅首惡，奈何反造作逆謀，來相垢汙呢？」說著，便擲還來書，拒絕張岐。岐掃興還報，袁紹、韓馥再遣使詣幽州，請虞領尚書事，承制封拜；虞復不聽，並將使人斬首，殺使亦未免過甚。於是眾議乃息。但袁紹等始終不進，漸至兵疲糧盡，陸續解散。獨長沙太守孫堅，豪氣逼人，自荊州至南陽，有眾數萬，向太守張咨借糧，咨不肯發給。堅即假稱急病，願將部眾交咨接管，咨也恐有詐，率五六百騎至堅營，堅令部將佯與周旋，自從後帳突出，直至咨前，舉劍一揮，剁落咨首；咨部下五六百人，無不股慄，情願投誠。堅至城內取得軍糧，即轉赴魯陽城，與袁術相見，術表堅行破虜將軍，領豫州刺史；堅乃向術約定，自往衝鋒，由術輸糧接濟，當下引兵急進，所向無前。董卓聞報，忙調中郎將徐榮，截擊堅軍；榮素有勇略，先引輕騎馳抵梁縣，令大隊從後繼進。堅方屯兵梁東，探得榮兵不多，未以為意；誰知到了夜間，營外火起，竟有敵兵前來劫營。堅也曾防著，一聞有變，便披掛上馬，引眾出戰，既至營外，從火光中望將過去，但見四面八方，統是敵軍旗號，也不禁暗暗生驚，自思營壘已陷入圍中，萬難保守，不如令部兵各自為戰，得能殺出重圍，再作計較。於是下令軍中，分隊衝殺，堅亦自當一隊，驅率親兵，拚命殺出；待至跳出圍外，只有親將祖茂，及殘騎數十人隨著。那敵兵尚不相舍，在後急追，茂勸堅脫下赤幘，與自己盔帽掉換，讓堅先走，留身斷後，堅急馳得脫。獨茂為敵騎所躡，情急智生，把赤幘掛在塚間柱上，悄悄下馬，走伏草中，敵騎望見赤幘，四面繞集，環至數匝，想就此活捉孫堅；有幾個膽大的軍士，奮拳張臂，搶步前拿，一聲怪響，倒把拳頭爆回，血染淋漓，仔細辨認，才知是個石

柱,並不是個孫堅,只得嘆聲晦氣,轉身引去。這是黑夜中貪功之失。

茂亦得脫逃,歸見孫堅,堅很是喜慰,黌夜收集敗卒,尚得一二萬人;次日復部署成軍,移屯陽人聚。徐榮聞報,又領兵往攻;堅此時已懲前轍,不敢浪戰。先令親將程普、韓當、黃蓋諸人,三伏以待,看到敵軍近攻,方親出誘敵,戰至數合,便拍馬返奔。徐榮部下有一驍將,叫做華雄,平時出入敵陣,無人敢當,至此見堅已敗逃,就不顧得失,挺身出追,部軍自然隨上,榮見堅軍寥寥,也道是眾可制寡,揮軍直上。堅引敵入伏,一聲號令,程普、韓當、黃蓋先後殺出,圍住華雄。雄仗著一柄大刀,左招右架,還是勉強支持,不防箭聲四起,利鏃攢飛,一刀如何敵百矢?眼見得附賊驍雄,身受重創,倒斃馬下。羅氏《演義》中謂為關羽所殺,真善附會。雄既射死,所領部兵,也被堅軍殺盡。待至徐榮到來,得知前軍覆沒,慌忙退回,累得自相踐踏,轍亂旗靡;再經堅軍驅殺一陣,十死五六,匆匆逃歸。敗報傳入洛陽,董卓亟使陳郡太守胡軫為大督護,義子中郎將呂布為騎督,領兵東出,助榮擊堅。軫自恃年長,瞧布不起,預在軍中揚言道:「今日出軍,須先斬一青綬,方可使士卒效命,殺敵揚威。」布不勝憤懣,待行至廣成,去陽人聚約數十里,遂不願再進,讓軫先往。軫因人馬睏乏,也擬休息一宵,待旦進攻,夜間在曠野安營,不及設柵,軍士遠來疲倦,統皆解甲就寢。約莫睡了片刻,驀聽得有人大呼道:「賊來了!快走!」各軍從夢中驚起,四散狂奔,甲不及披,馬不及乘,統皆棄去;就是胡軫也覓路亂跑。急走了十餘里,並不聞有敵軍影響,究竟聲從何來?實是呂布欺軫的詭計。好容易等到天明,再至原處,拾取兵械,不意塵頭大起,果有敵兵殺到,為首大將,正是破虜將軍孫堅。軫軍都皆失色,回頭就逃,稍遲一步,便被堅軍殺死,軫復倉皇竄還,直至數十里外,後面才無追兵。最奇怪的,呂布一軍,不知去向;待了多時,方有潰軍趨集,十成中已

第六十八回　入洛陽觀光得璽　出磐河構怨興兵

　　喪失四五成,唯呂布仍然不見。那時軫垂頭喪氣,自思不能再戰,只好奔回洛陽。及入報董卓,見布已在側,方知布早趨還,連忙叩頭謝罪,好在布亦投鼠忌器,但言堅軍勢盛,未嘗指斥軫過,軫始得免譴;由卓說了且退二字,好似皇恩大赦,再磕了幾個響頭,起身出外去了。大是幸事。

　　孫堅既兩得勝仗,遣人報知袁術,且催術運糧濟師。術誤聽讒言,唯恐堅得洛陽,不能再制,遂勒糧不發。堅得去使歸報,即乘夜馳白袁術,用杖畫道地:「堅與董卓,本無怨隙,所以挺身前來,不顧生死,一是為國家討賊,二是為將軍報仇!今大勳垂捷,將軍乃聽人讒構,不發軍糧,無怪吳起抱恨西河,樂毅轉投趙國呢!」術面有慚色,不得已撥糧給堅。堅還屯陽人聚。可巧卓遣將軍李傕,來求和親。堅勃然大怒道:「卓逆天無道,蕩覆王室,若不夷他三族,懸首示眾,我雖死不能瞑目,尚欲向我和親麼?」說罷,傳令將傕攆出。何不將他梟首?也可預除一賊。傕回洛覆命,卓尚欲張皇威武,鎮定人心,乃遣兵往陽城。適值民間結社祀神,男女畢集,兵士突然闖進,盡殺男子,梟首繫住車轅,並將婦女全數掠歸,歌呼入城,只說是攻賊大獲;卓令將首級焚去,所掠婦女分賞兵士。忽有軍吏入報導:「孫堅兵入大谷,距此止九十里了!」卓當然著急,顧見長史劉艾在旁,便與語道:「關東各軍,屢次敗衄,皆無能為;獨孫堅頗能用人,與我為難,當傳語諸將,小心對敵。我當親出督戰,與決雌雄!」說著,即命呂布為先鋒,自為元帥,出城迎敵。行抵諸皇陵間,見堅軍奮勇殺來,氣勢甚銳,當令布持戟出戰。堅使程普、韓當等,敵住呂布,自率精騎直搗中堅,來攻董卓。卓將李傕、郭汜,慌忙攔阻,統被堅一人殺退。卓看堅驍勇異常,也為震悚,當即策馬回走;帥旗一動,全軍皆亂,呂布雖然多力,不能不捨敵保卓,

踉蹡西奔；卓不願入洛，竟與布同走澠池。堅得馳入洛陽，掃除宗廟，祠以太牢，凡董卓所掘陵寢，飭軍吏一體掩護，使復原狀；又分兵出新安、澠池間，追擊卓兵。卓使中郎將董越、段煨等，分守要隘，自與呂布徑赴長安。孫堅聞卓西去，也不親追，但在洛陽城內，四面巡邏，籌備修築；怎奈滿城瓦礫，到處荒涼，教堅從何著手，徘徊憑弔，禁不住流涕唏歔。忽見城南有一道豪光，向空衝起，凝成五色，不知是何物作怪；因即馳將過去，凝神細視，乃是井口發光，如釜中蒸氣一般，裊裊不絕，井欄上面鐫有「甄官井」三字；再從井中俯矚，尚有流水停住，深不見底，無從辨明。當下飭令軍士，先將井水汲乾，然後用一轆轤，載兵入井，須臾復出，取得一匣，捧呈與堅。堅啟匣看視，乃是一方玉璽，回圓四寸，上有五龍交紐，下有篆文，鐫著「受命於天，既壽永昌」八字，唯旁缺一角，用金鑲補。堅料是秦漢二朝的傳國寶，不由的玩弄一番；但不知如何缺角，如何投井。及仔細追查，才知王莽篡位時，由孝元皇后擲給璽綬，致缺一角；至少帝為張讓所逼，由北宮出走小平津，倉猝間不及攜璽，那掌璽的內侍，只恐被人奪去，索性投入井中；應前文。後來內侍被殺，無人得知，因此久沉井底，延至孫堅入洛，方始發現。堅既得了傳國璽，頓生異想，當即攜璽還營，住了一宿，便令軍士拔寨齊起，趨回魯陽。欲知無限意，盡在不言中。

　　袁紹久屯河內，探知孫堅入洛，也想乘勢進兵，無如各路兵馬已多散歸，再加冀州牧韓馥，陰持兩端，掯糧不發，又致紹進退兩難。紹客逢紀獻議道：「將軍欲舉大事，乃徒仰人資給，如何自全？」紹答說道：「我亦慮此，但冀州兵強，我亦無法與爭。」紀復說道：「何不致書公孫瓚，叫他進攻冀州？韓馥乃一庸才，若遇瓚相攻，必然駭懼，公可遣一辯士，為陳禍福，不患馥不讓位呢！」紹依計而行，果得公孫瓚允許，

第六十八回　入洛陽觀光得璽　出磐河構怨興兵

興兵攻冀州。馥遣兵出御，俱為所敗，正焦急間，有兩人踉蹌趨入道：「車騎將軍袁紹，已從河內退兵，還駐延津了！」馥注視兩人，乃是荀諶、郭圖，曾為門下賓客，便啟問道：「兩君如何知曉？」諶答道：「現由袁甥高幹，前來報聞，因此知曉。」馥驚喜道：「莫非他前來救我麼？」諶又說道：「公孫瓚率燕代健士，乘勝南下，鋒不可當；袁車騎亦乘此東向，不先不後，居心亦屬難料。諶等頗為將軍加憂！」馥皺眉道：「如此奈何？」諶接入道：「袁紹為當世人傑，豈肯為將軍下？若瓚攻北面，紹攻西面，區區孤城，亡可立待！但思袁氏與將軍有舊，且係同盟，今不如舉州相讓，歸與袁氏；袁氏得冀州，必感將軍德惠，厚待將軍，還怕什麼公孫瓚呢？」馥性本怯懦，又聽他說得天花亂墜，便即依議，擬遣使往迎袁紹。長史耿武、別駕關純、治中李歷等，相率進諫道：「冀州帶甲百萬，支粟十年，真好算做天府雄國；今袁紹孤客窮軍，仰我鼻息，譬如嬰兒，在股掌中，一絕哺乳，就可立斃，奈何反舉州相讓呢？」馥搖首道：「我本袁氏故吏，才又不及本初，讓賢避位，古人所貴，諸君何必多疑？」耿武等只得退去。從事趙浮、程渙，又入諫道：「袁本初軍無斗糧，勢必離散，浮等願出兵相拒，不出旬月，定可退敵，將軍但當閉閣高枕，自可無憂！何用拱手讓人？」馥又不聽，竟遣子齎著印綬，送與袁紹，迎他入城；自挈家眷出廨，徙居前中常侍趙忠舊宅。袁紹引兵直入，自領冀州牧，使韓馥為奮威將軍，但只畀他虛銜，並沒有什麼兵吏。所有馥部下舊屬，一律撤換，另用從事沮授為監軍，田豐為別駕，審配為治中，許攸、逄紀、荀諶、郭圖為謀主，分治州事。好好一位冀州牧韓馥，弄得無權無柄，反致寄人籬下，事事受人監束，始悔為荀諶、郭圖所賣，悄悄的逃出州城，往投陳留太守張邈。後有紹使至陳留，與邈屏人私語，馥疑是圖己，竟至惶急自盡，這真叫做自詒伊戚了。人生原如幻夢，一死便休，試看袁紹結果，亦未必勝過韓馥。

唯曹操屯兵河內，已有多日，見紹引眾自去，各路人馬，亦皆解散，料知討卓無成，也只得自尋出路。鮑信與操為莫逆交，雖由紹表為濟北相，仍然隨操。至是與操計議道：「袁紹名為盟主，因權專利，將自生亂，恐一卓未除，一卓又起；為將軍計，若急切除紹，恐亦難能，不如進略大河以南，靜待內變，再作計較。」操嘆為至言。可巧黑山賊黨十餘萬，即褚燕黨羽事，見六十二回。寇掠東郡，太守王肱，不能抵敵，棄城逃生。操即引兵往擊，至濮陽殺敗賊眾，收復東郡，尚向袁紹處報捷；紹因表操為東郡太守。穎川荀彧，為荀淑孫，少時便有才名，何顒嘗稱為王佐才；及天下大亂，彧率宗族奔冀州，欲依韓馥，馥已避位，乃進見袁紹，紹卻優禮相待，視若上賓。彧見紹才疏志鄙，料不能成大業，乃轉投曹操，操迎入與語，見彧應答如流，不禁大喜道：「君真可為我子房哩！」居然以高祖自居。遂令彧為奮武司馬，事必與商。操復盡驅黑山賊出境，東郡咸安。右北平屯將公孫瓚，前由袁紹嗾使，出擊冀州牧韓馥；至紹奪馥位，瓚亦退兵。幽州牧劉虞，與瓚宗旨未合，積有宿嫌，見六十四回。但表面上還彼此含容，互相往來。虞子和方為侍中，隨獻帝遷至長安，獻帝仍思東歸，使和潛出武關，繞道詣虞，令虞率兵迎駕。遠道求援，也是妄想。和道出南陽，得見袁術，與語帝意，術竟將和留住，囑令作書與虞，願與虞會師西行。及虞得和書，擬遣數千騎南下，適為公孫瓚所聞，以為術有異志，勸虞留兵不發；虞不肯聽信，竟促騎兵登程，瓚又恐術聞風生怨，亦遣從弟越引兵詣術，陰教術拘和仇虞。太覺取巧。和得知風聲，覷隙北遁，行至冀州，又被袁紹截住，紹因術不肯戴虞，復書無禮，已覺不平；見前回。術又與公孫瓚書，謂紹非袁氏子，於是兄弟相構，仇隙越深。紹使部將周昂為豫州刺史，與孫堅爭領豫州。術令公孫越助堅攻昂，堅將昂擊走；唯越身中流矢，竟至斃命。術乃發回越喪，並慫恿公孫瓚，令就近圖紹。瓚得書

第六十八回　入洛陽觀光得璽　出磐河構怨興兵

憤憤道：「我弟越死，禍由袁紹；且紹賴我得冀州，未聞割地相酬，今反害死我弟，此仇不報，枉為丈夫！」誰叫你聽人唆使？且不怨袁術獨怨袁紹，意亦太偏。當下出屯磐河，為攻紹計。紹未免心虛，尚想與瓚釋怨，特將渤海太守印綬，授瓚從弟公孫範，遣令赴任。範抵郡後，反率渤海兵助瓚，與瓚破滅黃巾餘賊，奪取甲仗資糧，不可勝計；瓚威震河北，遂決計攻紹。且先上表長安，數紹十罪，文云：

臣聞皇羲以來，君臣道著，張禮以導民，設刑以禁暴。今行車騎將軍袁紹，託承先軌，爵任崇浮，而性本淫亂，情行浮薄，昔為司隸，值國多難，太后承攝，何氏輔朝，紹不能舉直錯枉，而專為邪媚，招徠不軌，貽誤社稷，至使丁原焚燒孟津，董卓造為亂始，紹罪一也；卓既無禮，帝主見質，紹不能開設權謀，以濟君父，而棄置節傳，迸竄逃亡，忝辱爵命，背違人主，紹罪二也；紹為渤海太守，當攻董卓，而默選戎馬，不告父兄，至使太傅一門，累然同斃，不仁不孝，紹罪三也；紹既興兵，涉歷二載，不恤國難，專自封殖，乃專引資糧，專為不急，刻剝無方，百姓嗟怨，紹罪四也；逼迫韓馥，竊奪其州，矯刻金玉，以為印璽，每有所下，輒皂囊施檢，文稱詔書，昔亡新僭侈，漸以即真，觀紹所擬，將必階亂，紹罪五也；紹令星工伺望妖祥，賂遺財貨，與共飲食，刻期會合，攻鈔郡縣，此豈大臣所當施為？紹罪六也；紹與故虎牙都尉劉勳，首共召兵，勳降服張揚，累有功效，而以小怨，枉加酷害，信用讒慝，濟其無道，紹罪七也；故上谷太守高焉，故甘陵相姚貢，紹以貪婪橫責其錢，錢不備具，二人並命，紹罪八也；春秋之義，子以母貴，紹母親為傅婢，地實微賤，據職高重，享福豐隆，有苟進之志，無虛退之心，紹罪九也；此三條藉此補敘。長沙太守孫堅，領豫州刺史，遂能驅走董卓，掃除陵廟，忠勤王室，其功莫大，紹遣小將盜居其位，斷絕堅糧，不得深入，使董卓久不服誅，紹罪十也。昔姬周政弱，王道陵遲，天子遷徙，諸侯背叛，故齊桓立柯會之盟，晉文為踐土之會，伐荊

楚以致菁茅，誅曹衛以章無禮；臣雖闒茸，名非先賢，蒙被朝恩，負荷重任，職在鈇鉞，奉辭伐罪，誓與諸將州郡，共討紹等！若大事克捷，罪人斯得，庶續桓文忠誠之效，攻戰形狀，當前後續聞。

此表上後，即進攻冀州，各州郡不能禦瓚，多半服從；瓚乃令部將嚴綱為冀州刺史，田楷為青州刺史，單經為兗州刺史。還有前安喜尉劉備，奔走有年，當山東討卓時，亦思仗義從軍，嗣聞各軍解散，乃與關羽、張飛走依公孫瓚。回應前文。瓚與備本係同學，自然歡迎，且使為平原相。備見瓚部下有一少將，身長八尺，相貌堂堂，武力與關、張相類，遂密與結納，引為至交。正是：

英雄獨有賞心處，豪傑應當刮目看。

欲知少將姓名，待至下回再敘。

討卓一役，唯曹孟德與孫文臺，挺身犯難，尚足自豪。曹以孤軍致敗，雖敗猶榮；孫文臺反敗為勝，卒能逐走董卓，攻克洛陽，觀其祠宗廟，修陵寢，遣將西進，何其壯也？迨得玉璽於甄官井中，即拔營東歸，而其志乃驟變矣。夫關東各軍，非不欲誅卓徼功，特以卓勢猶盛，憚不敢發；有孫文臺之三戰三克，得播先聲，則懦夫亦當知奮，誠使再為號召，聯鑣齊進，誅卓亦易易耳。乃得璽即還，卷甲無言，謂非陰懷異志，誰其信之？惜乎堅之有初鮮終也。彼公孫瓚之與袁紹，忽合忽離，合不為公，離益營私，其性情之反覆，殊不足道。然袁紹身為盟主，不能雪國恥，復家仇，徒為欺人奪地之謀，其罪比瓚為尤甚。瓚雖不足討紹而數紹十罪，並非虛誣，本回備錄全文，所以誅紹之心，而於瓚固不屑播揚也。

第六十八回　入洛陽觀光得璽　出磐河構怨興兵

第六十九回
罵逆賊節婦留名　遵密囑美人弄技

第六十九回　罵逆賊節婦留名　遵密囑美人弄技

　　卻說公孫瓚部下的驍將，姓趙名雲，表字子龍，乃是常山郡真定人氏。本屬冀州管轄，袁紹據住冀州，士多趨附；獨雲往依公孫瓚。瓚且喜且嘲道：「聞貴州人多願從袁氏，君獨何心，乃來依我？」雲答說道：「天下洶洶，未知孰是，百姓方苦倒懸，但得仁政所在，便當依託，正不必計及遠近呢！」瓚聞言大悅，留居麾下，款待頗優。嗣雲見瓚行同市井，不足圖成，也自悔進身太急；湊巧來了劉備，氣誼相投，遂與結好，就是關、張兩人，亦視為知己，常相往來。惺惺惜惺惺。至備赴平原，邀雲同行，且代白瓚前，乞雲為助，瓚允如所請，備與雲即同赴平原去了。不但趙雲不宜放去，即劉、關、張三人，亦不宜輕離，以是知瓚之失人。袁紹聞瓚軍來攻，郡邑多叛，已有戒心，又恐他約同袁術，南北並舉，更不可當，乃遣使至荊州，說通刺史劉表，使他牽制南陽，免得雙方夾攻。表字景升，籍隸高平，少有才名，列入八俊，八俊見前文。靈帝末年，曾為北軍中侯，至荊州刺史王叡，為孫堅所殺，堅向西行，表奉詔為荊州刺史，乘虛入城，略定江表，因通使袁紹，願合兵討卓，出屯襄陽，作為後應。後來紹赴冀州，表終按兵不發，唯與紹仍使命不絕，紹因此託他防術。術也恐為表所襲，致書孫堅，令攻荊州，堅即進兵往攻。表遣部將黃祖逆戰，被堅殺得大敗虧輸，奔還襄陽，堅驅兵大進，竟將襄陽城圍住。表夜遣黃祖等出襲堅營，堅當先迎敵，親斬敵兵百餘人；程普、韓當等揮軍繼進，殺獲甚多，黃祖不獲回城，卻引了殘騎數百，竄入峴山。堅恃勇輕進，馳至山下，見黃祖等已進山坳，尚不肯住馬，猛力趕上，後軍尾隨不及，只有輕騎數十人，與堅同行。黃祖遁匿林間，從月光下望見堅馬，便令騎將呂公等，彎弓射堅，雜以巨石，堅尚用槊撥箭，且撥且進，不料頂上來一巨石，不及閃避，竟被壓下，一聲怪響，腦漿迸流，死於非命，年止三十七歲。好勇者往往不得其死。堅已慘死，黃祖等即踴出林外，把堅騎一律殺盡，舁去堅屍，

下山馳回。程普、韓當等正率軍尋堅，不料城中亦殺出蒯越、蔡瑁等人，來援黃祖，兩下裡爭殺一場，互有死傷。黃祖、蒯越、蔡瑁竟合兵自去，程普、韓當再至峴山中尋視，只有各騎兵屍首，獨不見有孫堅，料知凶多吉少，還營休息。未幾天明，襄陽城上，已將堅首懸出，嚇得程普諸人，沒法擺布；還是孝廉桓楷，與表相識，自願入城請屍，費了一番唇舌，得將堅屍首領回，歸葬曲阿，程普等亦皆退歸，下文再表。

且說袁紹既南連劉表，牽制袁術，遂督領全軍，出拒公孫瓚。行至界橋，正與瓚軍相遇，瓚眾約三萬人，列成方陣，又分突騎萬匹，為左右翼，軍容甚盛，紹令部將麴義，領精兵八百人，左挾楯，右挾弓，作為前驅。瓚見來軍寥寥，縱騎衝擊。義令軍士用楯為蔽，屹立不動，待至瓚軍將近，將楯撒開，彎弓競射，呼聲動地，瓚軍多被射倒，自然退卻。義麾軍猛進，兜頭碰著嚴綱，正是瓚所新命的冀州刺史，兩馬並交，被義舞動大刀，劈落馬下。紹將顏良、文醜，俱是有名的猛將，望見義前驅得勝，怎肯落後？當即拍馬繼進，雙槊並舉，攪入瓚陣，鉤倒帥旗，瓚軍大亂，紛紛遁去。紹在後尚有數里，聞瓚軍已潰，料無他慮，樂得下馬暫憩，只有親兵數百騎隨著，不防瓚引步卒二千人，從間道抄至面前，將紹圍住，矢如雨下。紹有別駕田豐，時在紹側，欲扶紹入短牆中，暫避敵鋒，紹脫鍪投道地：「大丈夫當向前鬥死，怎得入牆內偷生呢？」說著，也麾軍對射，與瓚相持。可巧麴義亦還軍相救，將瓚擊退，瓚始引去。既而瓚復出兵龍湊，與紹再戰，又復失利，乃退還薊城，不復親出。

那時窮凶極惡的董卓，卻早已安安穩穩的到了長安，在陝公卿，統已出城恭候，拜迎車下。先是左將軍皇甫嵩，屯兵扶風，與京兆尹蓋勳，共謀討卓。卓預先防備，徵嵩為城門校尉，勳為議郎。嵩長史梁衍，勸嵩不必就徵，嵩懼卓勢盛，未敢違抗，乃入都就職；勳不能獨立，

第六十九回　罵逆賊節婦留名　遵密囑美人弄技

也只可應徵還都。嗣嵩任御史中丞，勳遷任越騎校尉，並扈蹕西遷，履任踰年，聞得董卓將至，不能不隨同百官，共出迎卓。卓與嵩積有微嫌，見前文。見嵩亦拜謁車前，禁不住志得氣驕，呼嵩表字道：「義真可服我否？」嵩慚謝道：「凡夫肉眼，但顧目前，不圖明公竟得至此！」卓捻髯說道：「鴻鵠本有遠志，燕雀怎能知曉？」嵩又答道：「嵩與明公皆為鴻鵠，只明公今日變成鳳凰，怪不得鴻鵠落後呢？」變正為諛，太無氣節。卓乃對嵩一笑，總算釋嫌。唯與衛尉張溫，結恨如故，見前文。一入長安，便誣溫交通袁術，拘繫獄中，且脅朝廷下詔，加官太師，位在諸侯王上，車服僭侈，不亞乘輿；進弟旻為右將軍，兼封鄠侯；兄子璜為侍中，領中軍校尉，並典兵事，外如宗族親戚，多居顯要，子孫雖在髫齔，俱得拜爵，男受侯封，女號邑君。會聞孫堅戰死峴山，更以為大患已除，無人敢侮，乃在長安城東隅，擇一隙地，構造大廈，作為太師邸第；再至郿縣依山築壘，迭石為城，內造宮室府庫，積穀可支三十年，號為郿塢，亦稱萬歲塢；自云事成，當雄據天下，萬一不成，退守塢中，也足娛老。

　　卓生平本來好色，至老益淫，特派親吏四出，採選民間少女八百人，入居塢中，尚有九十歲的老母，與一班妻妾子孫，悉數遷入塢內，坐享奢華；此外金玉珍寶，錦繡綺羅，逐日運積，不可勝數。故度遼將軍皇甫規，去世有年，遺有寡婦孤兒，還居安定原籍。規元配早卒，繼妻頗有才名，工草書，善屬文，又生得天然秀媚，歷久未衰，不知何人報知董卓，令卓豔羨異常，遂用軿輜百乘，馬二十匹，奴婢錢帛，充途塞道，往聘規妻；規妻毅然拒絕，不願就聘。卓怎肯罷休？再三催逼，先啖重利，繼迫淫威，規妻自知不免，索性毀容易服，自詣卓門，長跪陳情，詞甚悽切。卓出視規妻，雖是黯淡無華，仍然姿容未減，一雙色眼，惹起淫魔，恨不即刻摟來，與同歡樂；當下開言勸解，說出許多好

186

處，使她心動。偏規妻不肯從命，任卓舌吐蓮花，只是峻顏相拒，頓時惹動卓怒，令左右拔刀圍住，且與語道：「孤令出必行，四海風靡，難道汝一婦人，敢不相從麼？」規妻聽了，突然起立，指卓叱罵道：「汝本羌胡遺種，毒痛天下，尚以為未足麼？我先人清德奕世，皇甫氏文武上才，為漢忠臣，豈若汝人面獸心，行同狗彘？汝死在旦夕，還敢向汝君夫人前，欲行非禮，真正妄想！我若怕汝，也不敢前來了！」讀至此，可浮一大白。卓被她一罵，無名火高起三丈，即使左右揪住規妻髮髻，繫住車軛，橫加鞭撻。規妻顧語道：「何不從重下手，速死為惠？」俄頃氣絕，棄屍野外，當有人憫她貞節，私為殯葬，後世繪成影像，號為禮宗。千古不朽。卓尚餘恨未消，無從排解，因特赴郿塢消遣，出都啟行。郿塢與長安相隔，約二百六十里，亦須三五日可到。卓臨行時，百官俱至橫門外餞別，設帳置筵，備極豐腆，飲至半酣，適有北地降卒數百人，前來報到，卓即號令衛士，把降卒為下酒物，先截舌，次斬手足，又次鑿眼目，再用大鑊烹煮，呼號聲震徹都門。座中與宴諸官僚，嚇得魂不附體，或至戰慄失箸，卓獨當筵大嚼，談笑自如。忽又記起衛尉張溫，在獄未死，竟命呂布詣獄提溫，將他笞死市曹，然後起座撤席，向司徒王允拱手，囑託朝事，登車自去。允字子師，為太原祁縣人，嘗與同郡人郭泰友善，泰許允為王佐才；後以軍吏進階，出刺豫州，與左中郎將皇甫嵩，右中郎將朱儁等，剿撫黃巾賊黨，立有巨勳；嗣為權閹所陷，下獄遇赦，起為從事中郎，轉河南尹；回應前文。尋且入拜太僕，代楊彪為司空。董卓遷都關中，允悉收聚蘭臺石室諸書，隨駕入關，故經籍具存，不致被毀。時卓尚留住洛陽，朝政大小，委允主持，允亦曲意取容，事多白卓，卓因結為密友，無嫌無疑。其實允是買動卓心，好教卓不復加防，暗地裡得設法圖卓。前太尉黃琬，復為司隸校尉，與允同志，還有尚書鄭泰，也嘗朝夕過從，決定密謀，表請護羌校

第六十九回　罵逆賊節婦留名　遵密囑美人弄技

尉楊瓚，行左將軍事，執金吾士孫瑞為南陽太守，並率兵出武關，託名往攻袁術，乘間取卓，然後奉駕還洛，仍復舊都。哪知卓卻刁猾得很，不准舉兵，遂致允計無成；一挫。允乃薦瓚為尚書，瑞為僕射，引作臂助，徐為後圖。會河南尹朱儁，移守洛陽，潛與山東諸將交通，東出中牟，移書州郡，招兵討卓。徐州刺史陶謙，遣兵助儁，推儁行車騎將軍事，他郡亦稍有資給。允在內聞警，亟遣使至郿塢，報知董卓，卓即日入朝，允欲使楊瓚等出征，又復為卓所疑，只調親將李傕、郭汜等，領兵拒儁。允尚望儁殺敗傕、汜，乘勝入關，自己可作內應，偏偏不如所料，儁竟敗退，卓得大安。二挫。司空荀爽，本意亦欲除卓，未遂而歿。從孫荀攸，少有智略，入拜黃門侍郎，潛與尚書鄭泰、長史何顒、侍中種輯等，同謀刺卓；就是允亦曾預聞，事機將成，又被卓略悉風聲，收繫顒、攸，顒憂憤自殺，攸卻無懼色，在獄仍言論自如，卓查無實據，故得緩刑。唯鄭泰卻逃出關外，東奔袁術，術舉泰為揚州刺史，泰就道得病，竟致暴亡，圖卓事又致失敗。三挫。允日思除奸，歷久不能得志，累得形神憔悴，眠食徬徨，幸喜卓只疑他人，未曾疑到自己身上，還好留待時機，再行設策。卓見允面色尪瘵，總道是為己分勞，格外體恤，表封允為溫侯，食邑五千戶，允固辭不受。僕射士孫瑞進言道：「執謙守約，須依時宜，公與董太師並位俱封，乃欲獨崇高節，怎得稱為和光呢？」允聞言感悟，乃受封二千戶，並至卓府中稱謝。卓很自喜慰，又欲自號尚父，問諸左中郎將蔡邕。邕已由侍中遷官中郎將。邕勸阻道：「昔周武受命，太公為師，輔佐周室，剿除暴商，故尊為尚父，今明公功德，非不巍巍，但欲比諸尚父，還當少待，宜俟關東平定，車駕仍還舊京，庶幾名足稱實，無人非議了！」卓乃罷議。會遇夏季地震，卓又向邕諮詢，邕復答說道：「地震乃陰盛侵陽，臣下逾制的現象，公平時所乘青蓋車，遠近以為非宜，宜從簡省！」卓亦依邕議，改乘皂

蓋車。但卓甚剛愎，邕恐因言取禍，常欲避去，卒因無路可奔，延宕了一兩年。當決不決，終歸於盡。初平三年春季，霪雨至六十餘日，尚未晴霽，司徒王允與士孫瑞、楊瓚等，登臺祈晴，覷著一息空隙，再提前謀。瑞進說道：「自從歲暮至今，太陽不照，霖雨積旬，晝陰夜陽，霧氣交侵，此時若不除奸，後患無窮。願公速圖，毋再遲延！」允點頭會意，回至府中，躊躇多時，自思從董卓義子呂布著手，方好進步，乃取家藏珠寶饋送呂布，布當然拜謝，嗣是互相往來，結成好友。允又想到少年心性，一喜財，二喜色，有了財物作餌，還須得一美人兒，獻示殷勤，才可籠絡呂布。主見已定，隨時物色，可巧有一歌妓貂蟬，秀外慧中，非常伶俐，允即召入府中，厚意接待，視若己女。貂蟬不見史傳，但證諸稗史，傳聞鑿鑿，諒非無稽。好容易已有數月，貂蟬感念允恩，陰圖報答，見允常皺眉不樂，欲言不言，因乘左右無人的時候，向允探問。允正欲與她言明，便引至密室，與談密謀，貂蟬慨然道：「賤妾蒙大人厚恩，恨無以報，今既有此謀，就將賤妾獻與呂布，叫他刺殺董卓便了！」允復嘆道：「布與卓情同父子，豈肯為汝一言，便去行刺？事若不成，我王氏且滅門了！」貂蟬聽了，也不禁沉吟。允徐徐說道：「我有一計，可以使布殺卓，但未知汝能照行否？」貂蟬應聲道：「願聽尊命，雖死不辭！」允乃附耳與語，說明如此如此，惹得那貂蟬花容，忽紅忽白，待至說畢，方毅然答道：「果與國家有益，賤妾亦何惜一身？謹從鈞命便了！」卻是一位女英雄。允又恐她輕自洩謀，再三叮囑，經貂蟬對天設誓，才向貂蟬下拜，為國家而拜。貂蟬驚伏地上，待允起身，方才告退。越日即由允特設盛筵，邀布夜宴，酒至數巡，即召貂蟬侍席，貂蟬滿身豔裝，冉冉出來，行同拂柳，翩若驚鴻，到了呂布座前，先道萬福，然後輕抬玉手，提壺代斟。布見她一雙柔荑，已是銷魂，再睜眼看那芳容，真個國色天姿，見所未見，更厲害的是秋波一動，竟把那呂奉

第六十九回　罵逆賊節婦留名　遵密囑美人弄技

先的靈魂兒，攝了過去；待聽到王允語音，有「將軍請酒」四字，方覺似夢初醒，魂返軀殼。飲過一杯，又是一杯，接連是兩三杯，統覺得沁人心脾，迥異尋常。匪酒之為美，美人之貽。允再令貂蟬歌舞侑觴，貂蟬振嬌喉，運輕軀，曼聲度曲，長袖生姿，尤引得呂布耳眩目迷，心神俱醉；鏗然一聲，歌罷舞歇，竟至布座前告辭，凝眸一笑，返身即去。神仙歸洞府。布目送歸蹤，尚是痴望，好一歇方顧問王允道：「此女何人？」允答言義女貂蟬。布又問及曾否字人，允又答言未字；布尚讚不絕口。允竟直說道：「將軍如不嫌鄙陋，謹當使侍巾櫛！」布躍起道：「司徒公是否真言？」允微笑道：「淑女當配英雄，英雄莫如將軍，還恐小女無才，不合尊意，怎得說是虛言呢？」布倒身下拜道：「果承司徒公見賜，恩德無量，誓當圖報！」允即與約定吉期，然後送女，布喜躍而去。

過了兩三日，允伺布外出，請卓過宴；卓盛駕赴約，由允朝服出迎，大排筵席，水陸畢陳。卓高坐正位，允在旁相陪，且飲且談，說了許多諛詞，鬨動卓意，俟卓已微醺，仍令貂蟬出堂歌舞，脆生生的歌喉，嬌怯怯的舞態，傾倒一時。卓本是個色鬼，見了這般好女郎，怎不心愛？便問及此女來歷，允直稱歌妓，不言義女。卓讚美道：「這真可謂絕無僅有了！」允即答道：「既蒙太師見賞，便當上獻！」卓不禁大喜，待至酒闌席散，便命貂蟬隨卓同去。一詳一略，筆不板滯。嗣為呂布所知，跑至王允府中，責允負約，允卻佯說道：「太師謂允有義女，配與將軍，特親來接取，允怎敢推阻？只好使小女隨行，想是太師看重將軍，故有此舉，將軍奈何怪允？且去問明太師，與小女結婚便了！」布似信非信，返入太師府中，探聽下落，那心上人竟被董卓占住，布怒氣填胸，復去問允。允尚勸解道：「這恐是府中人誤傳，太師望重一時，怎肯奸占子婦？莫非因吉期未到，因此遲留，請將軍再去探明為是。」布是個有勇無謀的人物，聽了允言，又回去探問；可巧董卓入朝，便大踏步入鳳儀亭，

正與貂蟬相遇。貂蟬見了呂布，便淚下如絲，哽咽不止；布看她淚容滿面，好似帶雨梨花，復惹動一副情腸，替她拭淚。貂蟬且泣且語道：「將軍休汙貴手，妾身已為太師所占，只望得見將軍一面，死也甘心。今幸如妾願，從此永訣！妾為王司徒義女，許侍將軍箕帚，生平願足，不意墮入詐謀，被人強占，此身已汙，不能再事將軍，罷！罷！」說到第二個罷字，竟撩起衣裾望荷花池內便跳。布忙搶前一步，抱住纖腰，曲意溫存；貂蟬若迎若拒，似諷似嘲，急得布罰起咒來，非取貂蟬，誓不為人。正絮語間，突有一人趨入，聲如牛吼，布轉身一看，不是別人，正是那義父董卓，慌忙向外逃走；卓順手取得一戟，挺矛刺布，布手快腳快，把戟格開，飛步跑出，卓身肥行慢，追趕不上，乃用戟擲布，布已走遠，戟亦不及。卓怒責貂蟬，又被貂蟬花言巧語，說是布來調戲，虧得太師救了性命，卓為色所迷，由她哄騙過去。這便是女將軍兵謀。布卻趨至司徒府中，一五一十，告知王允。允低頭佯嘆，仰面佯視，說出幾句抑揚反覆的話兒，挑動布怒，竟致拍案大呼，擬殺老賊。繼又轉念道：「若非關係父子，布即當前往！」允微笑道：「太師姓董，將軍姓呂，本非骨肉，擲戟時豈尚有父子情麼？」這數語提醒呂布，奮身欲行，即想去殺董卓；還是允把他攔住，與他耳語多時，布一一應允，定約而去。小子有詩詠道：

　　惟中敵國笑中刀，纖手能將賊命操。

　　雖是司徒施巧計，論功首屬女英豪。

　　欲知如何誅卓，容待下回表明。

　　本回標目，以兩婦為總綱，皇甫妻固烈婦也，拚生罵賊，足愧鬚眉；若貂蟬者，其亦一奇女子乎？司徒王允，累謀無成，乃遣一無拳無勇之貂蟬，以聲色為戈矛，反能制元凶之死命，紅粉英雄，真可畏哉！或謂

第六十九回　罵逆賊節婦留名　遵密囑美人弄技

婦女以貞節為大防，如皇甫妻之寧死不辱，方為全節；彼貂蟬既受汙於董卓，又失身於呂布，大節一虧，雖有他長，亦不足取。庸詎知為一身計，則道在守貞，為一國計，則道在通變，普天下之忠臣義士，猛將謀夫，不能除一董卓，而貂蟬獨能除之，此豈尚得以迂拘之見，蔑視彼姝乎？或謂貂蟬為他人所捏造，故不見史傳，然觀唐李賀〈呂將軍歌〉云：「搶搶銀盤搖白馬，傅粉女郎大旗下。」可見當時必有其人。貂蟬！貂蟬！吾愛之重之！

第七十回
元惡伏辜變生部曲　多財取禍殃及全家

第七十回　元惡伏辜變生部曲　多財取禍殃及全家

　　卻說初平三年，獻帝有疾，好多日不能起床，至孟夏四月，帝疾已瘥，乃擬親御未央殿，召見群臣。太師董卓，也預備入朝，先一日號召衛士臨時保護，復令呂布隨行。布趨入見卓，卓恐他記念前嫌，好言撫慰，布亦謝過不遑，唯唯受教。並非遵卓命令，實是遵允計議。是夕有十數小兒，立城東作歌道：「千里草，何青青？十日卜，不得生！」當有人傳報董卓，卓不以為意。次日清晨，甲士畢集，布亦全身甲冑，手持畫戟，守候門前。騎都尉李肅，帶領勇士秦誼、陳衛、李黑等，入內請命，布與肅打了一個照面，以目示意，肅早已會意，匆匆徑入；未幾復出語布道：「太師令肅等前驅，肅在北掖門內，恭候駕到便了！」布向肅點首，肅即馳去。原來布與肅為同郡人，前次說布歸卓，未得重賞，不免怏怏，見前文。唯與布交好如故，布因引做幫手，同謀誅卓。及肅既前去，又閱多時，這位惡貫滿盈的董太師，內穿鐵甲，外罩朝服，大搖大擺，緩步出來，登車安轡，驅馬進行，兩旁兵士，夾道如牆。呂布跨上赤兔馬，緊緊隨著，忽前面有一道人，執著長竿，縛布一方，兩頭書一口字，連呼「布！布！」卓從車中望見，叱問為誰；聲尚未絕，已由衛士驅去道人。卓雖覺詫異，但以為陳兵夾護，自府中直至闕下，防衛周匝，諒無他虞，乃放膽再進。將至北掖門前，馬忽停住，昂首長嘶，卓至此不禁懷疑，回語呂布，意欲折回。布答說道：「已至闕前，勢難再返，倘有意外，有兒在此，還怕什麼？」正怕是你。說著，即下馬扶輪，直入北掖門。衛兵多在門外站住，只布驅車急進，驚見李肅突出門旁，覷準卓胸，持戟直搠，誰料卓裏甲在身，格不相入；肅連忙移刺卓項，卓用臂一遮，腕上受傷，墮倒車上，大呼呂布何在？布在後屬聲道：「有詔討賊！」卓怒罵道：「庸狗也敢出此麼？」以狗噬賊，正合身分。道言未絕，布戟已刺入咽喉，李肅又復搶前一刀，梟取首級。布即從懷中取出詔書，向眾宣讀，無非說是卓為大逆，應該誅夷，餘皆不問。內

外吏士，仍站立不動，齊呼萬歲。看官道詔書何來？乃是尚書士孫瑞，早已繕就此詔，密授與布，布得臨時取出，宣告大眾；大眾都怨卓殘暴，無人憐惜，所以視死不救，反共歡呼。還有一班百姓，恨卓切骨，聞得卓已伏誅，交相慶賀，舞蹈通衢。司徒王允，喜如所望，即使呂布回抄卓家，又令御史皇甫嵩，率兵往屠郿塢。布跨馬急去，馳入太師府內，所有董氏姬妾，一概殺死，單剩一個美人兒貂蟬，載回私第。總算如願以償，可惜已變做殘蠻。皇甫嵩到了郿塢，攻入塢門，先將董旻、董璜剁斃，再領兵殺將進去，遇著一個白髮皤皤的老嫗，攜杖哀訴道：「乞恕我死！」嵩定睛一瞧，乃是卓母，便賞她一刀，分作二段。他如董氏親屬，不分男女老幼，盡行處斬，只所藏良家婦女，一體釋放。再將庫中搜查，得黃金二三萬斤，銀八九萬斤，珍奇羅綺，積如丘山，當由嵩指揮兵士，一古腦兒搬入都中。時已天暮，見市中有一屍橫路，脂膏塗地，屍臍中用火燃著，光明如晝，嵩驚異得很，問明守屍小吏，才知是賊臣董卓的遺骸。先是袁隗等為卓所害，埋屍青城門外，見前文。至卓造郿塢，恐屍骨為他人所盜，復搬至塢中；卓既誅滅，袁氏門生故吏，得往塢中拾骨收葬，且將董氏親屬的屍骸，取至袁氏墓前，焚骨揚灰，不使再遺。報應更慘。

　　獻帝命司徒王允錄尚書事，進呂布為奮威將軍，加封溫侯，共秉朝政。允再查究董氏黨羽，或黜或誅。左中郎將蔡邕，在座興嗟，為允所聞，便勃然怒叱道：「董卓逆賊，幾亡漢室，今日伏誅，普天稱慶；君為王臣，乃顧念私恩，反增傷痛，豈不是同為逆黨麼？」邕起謝道：「邕雖不忠，頗聞大義，怎肯背國向卓？但卓族駢誅，並及僚屬，一時生感，遂致嘆惜；自知過誤，還乞見原！倘得黥首刖足，俾得續成《漢史》，皆出公惠，邕亦得稍贖愆尤。」允聞言益怒，竟令左右繫邕下獄，眾官為邕救解，皆不見從。太尉馬日磾亦諫允道：「伯喈蔡邕字，見前文。曠世

第七十回　元惡伏辜變生部曲　多財取禍殃及全家

逸才，多識漢事，當令續成《漢史》為一代大典；今坐罪尚微，若遽處死刑，恐失人望。」允搖首道：「昔武帝不殺司馬遷，使作謗書，留傳後世；今國祚中衰，四郊多壘，若再使佞臣伴侍幼主，執筆舞文，不但無補聖德，並使我輩亦蒙訕議，我所以不便輕恕哩！」日磾退語同僚道：「王公恐將無後呢！善人足為國紀，制作乃是國典，今欲滅紀綱，廢典章，怎能長久？眼見是為禍不遠了！」邕非無罪，但處死未免太甚，日磾之言不為無見。允竟囑令獄吏，將邕逼死獄中。是時卓婿牛輔，方移兵陝州，防禦朱儁，校尉李傕、郭汜、張濟等，擊敗儁軍，大掠陳留、潁水諸縣，所過為墟。呂布使騎都尉李肅，先討牛輔，輔出兵與戰，將肅殺敗，肅竟遁還。布怒責道：「汝如何挫我銳氣？敢當何罪！」肅因誅卓有功，仍不得遷官，亦懷怨望，免不得反唇相譏，布怎肯忍受？竟命左右推肅出轅，梟首軍門；可為丁原洩忿。遂欲親往擊輔。輔素憚布勇，陰有戒心，手下兵士，亦皆惶懼，一夕數驚，輔知不可留，收拾金寶，帶得家奴胡赤兒等數人，棄營夜走。赤兒貪輔財物，竟將輔刺死，獻首長安。布既得輔首，復商諸王允，擬傳詔河南，盡誅李傕、郭汜諸將，允憮然道：「此輩未嘗有罪，不宜盡誅！」布又請將董卓私財，頒賜公卿將校，允又不從。允與布雖同執朝政，但看布是一介武夫，未嫻文事，所以國家政事，往往獨斷獨行，不與布商。布又意氣自矜，未肯相下，遂致兩人生隙，意見不同。允與僕射士孫瑞商議，擬下詔赦卓部曲，繼復自忖道：「彼既黨逆，不應輕赦，且俟將來再說。」嗣又欲悉罷李、郭等軍，或勸允委任皇甫嵩出統各部，俾鎮陝州，允亦遲疑不決。當斷不斷，反受其亂。李傕、郭汜等部兵，俱係涼州丁壯，當時有訛言傳出，謂朝廷將盡誅涼州人，李、郭、張三將，互相告語道：「蔡伯喈為董公親厚，尚且坐罪。今我等既不見赦，復欲使我解兵，今日兵解，明日即盡被魚肉了！」當下議定一法，使人詣長安求赦，允仍不許，傕等益懼，

不知所為，意欲各自解散，逃歸鄉里。討虜校尉賈詡，本在牛輔麾下，輔死後，奔投催軍，因即獻議道：「諸君若棄軍東走，一亭長便足縛君，不如相率西進，攻撲長安，為董公報仇，事得幸成，奉國家以正天下；否則走亦未遲。」一言喪邦，詡實禍首。催等遂傳諭部曲道：「京師不下赦文，我等總難免一死，今欲死中求生，計唯力攻長安，戰勝可得天下，不勝當抄掠三輔，奪取婦女財物，西歸故鄉，尚可延命。」全是盜賊思想。大眾聽著，應聲如雷，隨即一擁齊出，倍道西行。王允聞警，召入涼州弁目胡文才、楊整修二人，忿然與語道：「關東鼠子，果欲何為？卿等可呼與同來，聽我發落！」片語可懾群虜麼？胡、楊雖受命東往，心下很是不平，到了催等營內，反言允布異心，勸他急進。催等沿路收兵，所有牛輔部下諸散卒，悉數趨附，還有董卓舊將樊稠、李蒙等，亦同時會合，數約十餘萬人，直抵長安。呂布登城拒守，相持八日，部下有蜀兵生變，潛開城門，納入外兵，催等縱兵四掠，闔城鼎沸，呂布仗戟與戰，自辰至午，雖得刺死多人，怎奈亂兵甚眾，並且拚死進來，前仆後繼，越戰越勇，布亦禁遏不住，部兵又多散去；不得已殺開血路，出走青瑣門，使人招王允同奔。允長嘆道：「若蒙社稷威靈，得安國家，乃允所素願，萬一無成，允唯有一死以謝。主上幼沖，所恃唯允，臨難苟免，允不忍為，請為允傳語關東諸公，努力國家，易危為安，允死亦瞑目了！」人之將死，其言也善。布乃將卓頭懸諸馬下，帶領殘騎數百人，東出武關，投奔袁術去了。

　　催等逐走呂布，遂率眾圍攻宮門，衛尉種拂憤然道：「為國大臣，不能禁暴禦侮，反使亂徒白刃向宮，去將安往？」說著，即帶著衛士，出宮力戰，終因寡不敵眾，受創捐軀；催與汜突入南掖門，殺死太僕魯旭、大鴻臚周奐、城門校尉崔烈、越騎校尉王頎，此外吏民約死萬人。王允扶獻帝上宣平門樓，俯瞰外兵，幾如排牆相似，勢甚洶洶。獻帝尚有主

第七十回　元惡伏辜變生部曲　多財取禍殃及全家

宰，呼語傕等道：「卿等放兵縱橫，究懷何意？」傕等望見帝容，還算盡禮，即伏地叩頭道：「董卓為陛下盡忠，乃為呂布所殺，臣等前來，係是替卓報仇，非敢圖逆；待事畢以後，當自詣廷尉受罪！」獻帝又說道：「布已出走，卿等如欲執布，儘可往追，奈何圍攻宮門？」傕等又答道：「司徒王允，與布同謀，請陛下遣允出來，由臣等面問底細！」允得聞此言，拚生下樓，出語傕等道：「王允在此，汝曹有何話說。」傕等皆起指斥王允道：「太師何罪，被汝害死？」允張目道：「董卓罪不勝誅，長安士民，一聞卓死，無不稱慶，汝等獨不聞麼？」傕等復駁說道：「太師就使有罪，與我等無干，何故不肯赦免？」允復叱道：「汝等黨逆害民，怎得說是無罪？即如今日稱兵犯闕，豈非大逆？尚有何說？」傕等不與多言，竟揮兵將允擁去，且逼獻帝大赦天下，並自署官職，表請除授。獻帝不得已，頒下赦書，授傕為揚武將軍，汜為揚烈將軍，樊稠、張濟等皆為中郎將。傕既得志，遂收司隸校尉黃琬，與王允並繫獄中；復召左馮翊宋翼，右扶風王弘，入朝聽命。翼、弘皆太原人，與允同郡，允使鎮三輔，倚為外援，弘不願應召，遣使語宋翼道：「李傕、郭汜，因我二人在外，故尚未害王公，若今日就徵，明日俱族，計將安出？」翼答說道：「禍福原是難料，但朝命亦究不可違。」弘使又語翼道：「山東兵起，無非為了董卓一人，今卓雖伏誅，黨羽益橫，若舉兵聲討，入清君側，料山東亦必響應，這乃是轉禍為福的良謀呢！」翼不從弘言，便即入都，弘不能獨立，也只好詣闕。甫進都門，便被軍吏拘住，交付廷尉，先殺黃琬，繼殺王允，又繼殺宋翼、王弘。弘與司隸校尉胡種有隙，種欲修舊怨，促令處斬。弘臨刑時，望見宋翼在側，向他唾罵道：「宋翼豎儒，不足與議大計，胡種幸災樂禍，寧得久存？我死且不饒此人！」及弘死僅數日，種輒見弘在旁，用杖撲擊，不勝痛楚，未幾遂死。全是心虛所致。李傕恨允最深，將允屍陳諸市曹，並殺允妻子，及宗族十餘人；

唯兄子晨陵，得脫身亡歸。天子感慟，百姓喪氣。平陵令趙戩，本允故吏，獨棄官至京，收葬允屍，後亦無恙。僕射士孫瑞，前曾與謀誅卓，口不言功，故幸得免禍。傕、汜追尋卓屍，已無餘骨，只有殘灰尚在，收入棺中，移葬郿塢。墓門方啟，突有狂風暴雨，吹向墓中，霎時間水深數尺，變穴成潭，經工役將水洩去，然後下窆；哪知風雨復至，水勢又漲，仍把棺木漂出，一連三次，由工役搶堵墓門，草草封訖；哪知天空中又起霹靂，一聲怪響，震開墓穴，接連又是一聲，棺亦劈碎，連殘灰俱被捲去，無從尋覓了。天道難容。

　　太尉馬日磾，與傕等無甚嫌怨，由傕等推為太傅，錄尚書事，傕遷車騎將軍，領司隸校尉，汜為後將軍，樊稠為右將軍，張濟為鎮東將軍，並受封列侯。濟出屯弘農，傕、汜、稠共握朝政，令賈詡為左馮翊，擬給侯封，詡推讓道：「詡不過為救命計，幸得成事，何足言功？」乃改授詡為尚書典選。詡方才就職，李傕恐關東牧守，聲罪致討，特表請簡派重員，東行宣慰。乃遣太傅馬日磾，及太僕趙岐，出赴洛陽，宣揚國命。百姓不知內容，望見朝廷使節，卻額手相慶道：「不圖今日復見朝使冠蓋呢！」時兗州刺史劉岱，出討黃巾餘孽，戰敗身死，黃巾復盛，號稱百萬；東郡太守曹操，從郡吏陳宮計議，乘虛入兗州，自為刺史。濟北相鮑信，會同曹操，迭擊黃巾，黃巾眾盛，操兵寡弱，戰輒失利；嗣經操撫循激厲，乘間設奇，方轉敗為勝，終得擊退黃巾。唯鮑信戰死，屍無下落，操四覓不得，刻木為像，親自祭奠，哭泣盡哀；實是籠絡眾心。眾志益奮，追黃巾至濟北，大殺一陣，黃巾敗卻，一大半棄械投降，操得降卒三十萬眾，汰弱留強，隨時訓練，號為青州兵。至趙岐奉詔東行，操出城遠迎，備極殷勤。就是袁紹、公孫瓚兩人，爭奪冀州，轉戰不息，一經岐代為和解，便兩下罷兵。岐又與約奉迎車駕，期會洛陽，更南行至陳留，往說劉表；偏偏途中得病，累月不痊，勉強到

第七十回　元惡伏辜變生部曲　多財取禍殃及全家

了荊州，病益加劇，纏綿床褥，於是洛陽期會的預約，竟至無效。也是獻帝該遭巨劫。那太傅馬日磾，行抵南陽，招誘袁術，術陰懷異志，將他留住，詐言借節一觀，竟致久假不歸；日磾一再求去，始終不允，氣得日磾肝陽上沸，嘔血而亡。獨曹操既領兗州，頗思效法桓文，徐圖霸業。平原人毛玠，素有智略，由操闢為治中從事，玠亦勸操西迎天子，號令諸侯。操即遣使至河內，向太守張揚借道，欲往長安，揚不欲遽允。定陶人董昭，曾為魏郡太守，卸任西行，為揚所留，因勸揚交歡曹操，毋阻操使；並為操代作一書，寄與長安諸將，令操使齎往都中。李傕、郭汜得書後，恐操有詐謀，擬將操使拘住。還是黃門侍郎鍾繇，謂關東人心未靖，唯曹兗州前來輸款，正當厚意招徠，不宜拘使絕望，於是傕、汜優待操使，厚禮遣歸。

　　操乃蒐羅英俊，招募材勇，文武並用，濟濟一堂，自思有基可恃，理當迎養老父，共敘天倫。因遣泰山太守應劭，往琅琊郡迎父曹嵩。嵩為中常侍曹騰養子，官至太尉，當然有些金銀財寶，儲蓄家中，自從去官還譙，復避卓亂，移跡琅琊，家財損失有限，此時接得操書，不勝喜歡，便挈了愛妾，及少子曹德，並家中老少數十人，押著輜重百餘輛，滿載財物，徑向兗州前來。道出徐州，又得牧守陶謙派兵護送，總道是千穩萬當，一路福星，不料變生意外，禍忽臨頭，行抵泰山郡華費間，竟被謙將張闓殺死，全家誅戮，不留一人。究竟是否陶謙主使，還是張闓自己起意呢？謙字恭祖，籍隸丹陽，少時嘗放浪不羈，及長乃折節好學，以茂才見舉，得為盧令，再遷至幽州刺史，居官清白，著有廉名。嗣調任徐州刺史，剿滅黃巾餘黨，下邳賊闕宣作亂，僭號天子，又由謙督兵剿平，且屢遣使，間道入貢，謹守臣節，朝廷加謙為安東將軍徐州牧，封溧陽侯。陳壽作〈陶謙傳〉語多不愜，壽推尊曹操，故敘謙多誣，實難盡信。及李傕、郭汜諸將，興兵入關，挾主怙權，謙特推河南

尹朱儁為太師，並傳檄牧伯，約同討逆；偏儁就徵入朝，任官太僕，遂致謙計無成，事竟中止。嗣聞曹操有志勤王，正欲向他結交，可巧操父過境，樂得賣個人情，特派都尉張闓，領兵護送。闓係黃巾賊黨，戰敗降謙，畢竟賊心未改，看了曹嵩許多輜重，暗暗垂涎，至夜宿旅舍間，覷隙下手，先將曹德殺斃；曹嵩聞變，亟率愛妾逃至舍後，穿牆欲出，怎奈妾體肥胖，一時不能脫身，那張闓已率眾殺入，逃無可逃，沒奈何扯住愛妾，避匿廁旁，結果是為闓所見，左劈右剁，同時畢命。為財而死，為色而死，可見財色最足誤人。曹氏家小，亦被殺盡，只有應劭逃脫，不敢再復曹操，便棄官投依袁紹。張闓劫得曹家輜重，也奔赴淮南去了。曹操方因袁術北進，有礙兗州，特督兵出拒封邱，擊敗術軍。術還走壽春，逐去揚州刺史陳瑀，自領州事。操尚想乘勝進擊，適值一門騈戮的信息，傳入軍中，險些兒將操驚倒，頓時哭了又罵，罵了又哭，口口聲聲，要與陶謙拚命。待至哭罵已畢，遂在軍中易服縞素，誓報父仇。留謀士荀彧、程昱等，駐守鄄、範、東阿三縣，自率全部人馬，浩浩蕩蕩，殺奔徐州。小子有詩嘆道：

殺父仇難共戴天，如何盛怒漫相遷？

憤兵一往齊流血，到底曹瞞太不賢！

欲知徐州戰事，待至下回再詳。

以千迴百折之計謀，卒能誅元惡於闕下，孰不曰此為司徒王允之功？顧王允能除董卓，而不能弭傕、汜諸將之變者，何也？一得即驕，失之太玩耳。傕、汜諸將，助卓為虐，必以王允之不赦為過，亦非至論。但允若能出以小心，如當日除卓之謀，潰其心腹，翦其爪牙，則何不可制其死命？乃目為鼠子，睥睨一切，卒使星星之火，遍及燎原。允雖死，猶不足以謝天下，而釀禍之大，尤甚於董卓怙勢之時；然則天下

第七十回　元惡伏辜變生部曲　多財取禍殃及全家

事豈可以輕心掉耶？若曹嵩之被害，亦何莫非由嵩之自取？嵩若無財，寧有此禍？然呂伯奢之全家，無故為操所屠，則曹氏一門之受害，誰曰不宜？殺人之父，人亦殺其父，殺人之兄，人亦殺其兄，古人豈欺我哉？觀諸曹嵩而益信云。

第七十一回
攻濮陽曹操敗還　失幽州劉虞縶戮

第七十一回　攻濮陽曹操敗還　失幽州劉虞繫戮

　　卻說曹操為父復仇，親督全隊人馬，直入徐州。徐州自陶謙就任後，掃平賊寇，撫輯人民，百姓方得休息，耕稼自安。不意曹兵大至，亂殺亂掠，連破十餘城，不問男女老小，一律屠戮，可憐數十萬生靈，望風奔竄，尚難逃生；結果是同入泗水，積屍盈渠。陶謙連得警報，只好發兵拒敵，才出彭城，已遇操兵殺來，兩下相見，便即奮鬥，操麾眾直上，勢如潮湧，叫陶謙如何抵擋，沒奈何退保郯縣。郯城雖小，勢頗險固，操追至城下四面猛撲，終不能入；乃往攻睢陵、夏邱等邑，焚掘一空，連雞犬都無遺類，總算是為父報仇。斷筆冷雋。謙急得沒法，遣使至青州求救。青州刺史田楷，意欲赴援，但恐操兵勢大，獨力難支，乃致書於平原相劉備，囑令同行。田楷與劉備俱由公孫瓚委任，事見前文。備方東援北海相孔融，往討黃巾餘孽管亥。說來又有一段遺聞，不得不隨筆補敘。

　　孔融履歷，已見前文。弱冠以後，當由州郡薦舉，屢徵不就，尋由三府辟召，乃入為司空掾，遷官虎賁中郎將；會董卓廢立，因融不願阿附，出為北海相，立學校，講儒術，禮賢下士，禁暴安良。適有黃巾賊管亥，糾眾侵掠，猖獗異常，融出拒都昌，為賊所圍。東萊人太史慈，嘗避難赴遼東，有母家居，由融隨時贍給，融在都昌城被困，可巧慈還家省母，母因囑慈往赴融急，借報夙惠。慈即徒步前往，突圍入城；復奉融命，再出至平原乞援，慈素來嫻習騎射，箭無虛發，因此出入圍中，賊不敢近。既至平原，即入見劉備道：「慈係東萊鄙人，與孔北海親非骨肉，誼非鄉里，但因北海高義，當與分災，故特來乞師。今賊目管亥，圍攻都昌，北海危急萬分，好義如君，諒不忍袖手旁觀，坐聽成敗呢！」措詞亦善。備斂容答說道：「孔北海也知世間有劉備麼？」慨然自負。乃與關、張兩人，率同精兵三千，往救北海。

關、張本來驍勇，太史慈亦武力過人，三條好漢，殺入賊壘，好似虎入羊群，縱橫無敵，管亥走死，餘賊盡散，都昌當然解圍。孔融出城迎接，邀備入宴，犒賞備軍，不消細說。待至備還平原，青州使人，已待守了兩三天，相見後，交付田楷書信，由備閱畢，毫不推辭，便率軍至青州，與田楷會師，共救陶謙。曹操攻郯不下，糧食將盡，又探得田楷、劉備，合軍來援，自知不能取勝，引兵退去。田楷聞操兵已還，當即折回。獨劉備至郯城會謙，謙見備儀表出群，格外敬禮，且留備同居，表為豫州刺史；備一再告辭，經謙殷勤勸阻，使屯小沛，作為聲援。備難卻盛意，只得依言，引兵至小沛城，修葺城垣，撫諭居民，百姓也愛戴。備屢喪嫡室，至此得了一個甘家女兒，作為姬妾。那甘氏生得姿容綽約，嫵媚清揚，豔麗中卻寓端莊，嫋娜間不流輕蕩，尤妙在肌膚瑩徹，獨得天成，嘗與玉琢美人，並座鬥白，玉美人尚遜色三分；劉備雖具有大志，不在女色上計較妍媸，但有此麗姝，自然歡愛，遂令她攝行內事，視若正妻。語有分寸，不涉猥褻。

　　好容易過了數旬，聞得曹操又進攻陶謙，來奪徐州，備感謙厚待，不得不引兵往援；行至郯城東隅，正值操兵殺來，千軍萬馬，勢不可當。備恐為所圍，麾眾亟退，操追了一程，見備軍去遠，便移兵再攻郯城。陶謙很是焦灼，擬欲出走丹陽，勉強守了一宵，操軍忽然退去，到了天明，城外已寂靜無人了。原來陳留太守張邈，本與操相友善，從前關東兵起，邈列同盟，操亦相從，盟主袁紹，嘗有驕色，邈正議責紹，紹不甘忍受，使操殺邈；操獨謂天下未定，不宜自相魚肉，因此邈得安全，遇操益厚。操攻陶謙時，以死自誓，曾語家屬道：「我若不還，可往依孟卓。」即張邈字。哪知張邈竟棄好背盟，私下結交呂布，使布潛入兗州，進據濮陽。

第七十一回　攻濮陽曹操敗還　失幽州劉虞縶戮

　　說來也有原因，自呂布奔出武關，往依袁術，術留居幕下，款待頗優，布不安本分，恣兵鈔掠，乃為術所詰責，轉投河內太守張楊；嗣復舍楊赴冀州，助袁紹擊褚燕軍，恃功暴橫，又遭紹忌，乃再遁還河內。反覆無常，終非大器。路過陳留，由張邈遣使迎入，宴敘盡歡，臨別時尚把臂訂盟，緩急相救。邈亦多事。待布去後，又聞九江太守邊讓，為了譏議曹操一事，被操捕戮，連妻子一併殺死，邈自是不直曹操，且懷著兔死狐悲的觀念，未免心憂。可巧兗州從事陳宮，也因讓有才名，無辜遭害，見得曹操有我無人，不能常與共事，意欲乘隙離操，另擇他主；適操再攻徐州，囑宮出屯東郡，宮即密書致邈道：「方今天下分崩，豪傑並起，君擁眾十萬，地當四戰，撫劍顧盼，也足稱豪，乃反受制人下，豈非太愚。近日州軍東出，城內空虛，君不若迎入呂布，使作前驅，襲取兗州。布係天下壯士，善戰無前，必能所向摧陷。兗州既下，然後觀形勢，待世變，相機而動，也不難縱橫一時呢？」背操則可，迎布也可不必。邈依了宮計，遂與弟廣陵太守張超，聯名招布。布正東奔西走，無處安身，一得邈等招請，彷彿喜從天降，立即帶著親從數百騎，直赴陳留。邈接見後，更撥千人助布，送往東郡。當由陳宮迎入，推布為兗州牧，傳檄郡縣，多半響應，唯鄄、範、東阿三城，由操吏荀彧、程昱等扼守，堅持不動。

　　或亟使人報知曹操，操乃收軍急回，途次復接警報，係是呂布已奪去濮陽，陳宮且進攻東阿，一時憂憤交集，恨不得即刻飛歸，星夜遄返，得馳入東阿城，幸有程昱守住，尚然無恙。昱向操慰語道：「陳宮叛迎呂布，事出不意，幾至全州盡失，今唯三城尚得保全，昱已遣兵截住倉亭津，料宮不能飛渡，想此城當可無虞了！」操忙執昱手道：「若非汝固守此城，我且窮無所歸呢！」遂令昱為東平相，移屯範城；嗣又得荀彧

軍報，謂已守住鄄城，擊退呂布，布仍還屯濮陽，請急擊勿失。操掀髯微笑道：「布有勇無謀，既得兗州，不能進據東平，截斷亢父泰山通道，乘隙邀擊，乃徒屯兵濮陽，有何能為，眼見是不足慮呢！」布原失策，但操為此語，要先在鎮定軍心。遂引兵往攻濮陽。呂布出城拒操，仗著一枝畫戟，直奔曹軍。曹軍素知布勇，未戰先怯，及見布左挑右撥，果然厲害得很，當即紛紛返奔。操還想禁遏，不意勢如山崩，自相踐踏，反將操馬擠倒。那呂布更驟馬直前，挺戟刺操，還虧曹洪、曹仁、夏侯惇等，拚命抵敵，才得擋住呂布，救起曹操。第一次死裡逃生。當下且戰且行，直返至十里外，布方收兵還城，操始好擇地安營。

到了夜間，由操想出一法，立下軍令，要去襲擊濮陽西偏的屯營；這屯營是呂布預先設定，與城內為犄角，操遣偵騎探悉情形，所以乘夜前往，欲使布恃勝無備，折彼羽翼。當下悄悄出寨，仍由操親自督領，直抵濮陽城西，一聲喊吶，殺入營中，果然營內未曾預防，得被操軍搗破，逐去守軍，占了營壘。部署未定，突由布將高順，驅軍殺來，操不得不麾兵抵敵，兩下混戰，將及天明，東方鼓聲大震，呂布親引兵殺到，急得操不能再留，只好棄寨走還。偏偏布截住歸路，不肯放行，曹仁、曹洪等雖然敢戰，卻非呂布敵手，連番衝突，均被呂布擊退；自清晨鬥至日昃，已有數十百回合，傷亡甚眾，仍無出路可尋，操不禁性起，拍馬先進，自去突陣。不料布陣內梆聲驟響，發出許多硬箭，射住操馬，任你如何大膽，也未敢冒險再進。正在進退徬徨的時候，忽躍出一員猛將，姓典名韋，手持雙戟，馳出操前，顧語從人道：「虜來十步然後呼我。」兵士聽罷，看到敵已近前，便向韋大呼道：「十步到了。」韋仍然不動，復與語道：「五步乃呼我。」兵士又呼稱五步已到。韋手中已取得十餘戟，連番擲刺，一戟一人，應手而倒，無一虛發，當下戮死

第七十一回　攻濮陽曹操敗還　失幽州劉虞縶戮

十餘人，餘皆驚走。韋再執著雙戟，衝殺過去，布軍並旨恟懼，紛紛避開，連布亦禁遏不住；頓被韋盪開血路，引著後軍，奮勇殺出，曹仁、曹洪、夏侯惇等，保住曹操，併力向前，好容易突過布陣，天色已暮。布也無心戀戰，聽令過去，操得匆匆走脫，馳回營中。第二次死裡逃生。當下重賞典韋，加官都尉，引置左右。韋係陳留人氏，勇悍無敵，本在太守張邈部下，充當牙役，嗣因不得升官，轉投夏侯惇，戰必居先，殺敵有功，得拜司馬，至是更為操所擢用，自然感激馳驅，為操效死。隱伏後文。

那呂布返入濮陽，與陳宮再行商議，設法破操；宮查得濮陽城中，田氏最富，口丁數百，童僕數千，乃教布捏造書信，託名田氏，詐降曹操，願為內應。布即依計辦理，使人投書操營。操因兩次失敗，憤無可洩，一得田氏願降書報，便不察虛實，立即重賞使人，約期夜間，裡應外合，使人喜躍而出，返報呂布，布即四置伏兵，悄悄待著。是夜月色矇矓，星月掩映，操帶著將士，銜枚疾進，直至城下，但見東門大開，不禁暗喜，當命典韋為前導，夏侯惇為後勁，自率曹仁、曹洪諸將，居中驅入，一進城闉，前面並無一人，才覺可疑；意欲叫轉典韋，不令輕進，偏韋已冒冒失失，不管前途厲害，有路便走，與操相距頗遠，急切無從招回，操恐失一愛將，不得已馳馬再進。突聽得一聲炮響，鼓角齊鳴，四面喊聲，同時俱起，彷彿如江翻海沸一般，操料知中計，忙撥回馬頭，急轉東門，不料前面煙焰沖霄，火光驟起，截住去路，敵騎復圍繞攏來，喧聲聒耳，不是殺操，就是擒操。急得操五內如焚，眼見得東門難出，只好覷隙他走，跑往北門，偏途次遇著敵兵，不放操行，操手下的將士，又多失散，不能上前廝殺；沒奈何轉趨南門。南門也有敵兵守住，又是不能出去，乃再向北門狂竄，兜頭碰著一員大將，挺戟過

來,火光中隱約辨認,不是別人,正是呂布。為操急殺。操情急智生,反從容攬轡,低頭趨過,布因東門裡面,不見曹操,便疑操往奔別門,所以回馬尋捉,既與曹操相遇,應該一戟刺死,偏見他攬轡徐行,又在昏夜中間,看不清曹操面目,總道操沒有這般大膽,定是別人;乃橫戟喝問道:「曹操何在?」操用手遙指道:「前面騎黃馬的,想是曹操。」真聰明!真靈變!道言未絕,布便縱馬前去。當面錯過,可見得呂布鹵莽。操亟返奔東門,恰好與典韋相遇,引操殺出,路旁統是殘薪敗草,餘焰未消,韋用雙戟撥開火堆,冒險衝出,操緊緊隨著,亦得馳脫。曹仁、曹洪、夏侯惇等,正在門外待著,擁操回營。第三次死裡逃生,真是萬幸。

　　操欲安定人心,當夜檢點人馬,喪失了一二千名,尚幸將吏無傷,餘外焦頭爛額的兵士,卻也不少,由操親自撫慰,並笑語道:「我急欲滅賊,以致誤中詭計,此後誓必攻下此城,方消我恨。」將士見操談笑自若,才各自安心,陸續歸帳。次日操復早起,飭營中亟辦攻具,連夜製造,三五日已得完備,復督眾攻城。呂布督眾拒守,矢石交下,操軍亦無隙可乘,嗣是一守一攻,相持至三閱月,彼此俱精疲力盡,勉強支持。會值蝗蟲四起,食盡禾稻,軍中無從得食,操乃退回鄄城。濮陽城內,也是十室九空,布亦只好往山陽就食,權且罷兵。

　　是時大司馬幽州牧劉虞,與公孫瓚嫌怨越深,瓚縱兵四掠,由虞上表陳訴,瓚亦劾虞揹糧不給,互相詆毀。朝廷方有內憂,李傕、郭汜等互爭權勢,管什麼牧守相爭。瓚愈欲圖虞,特在薊城東南,築一小城,引兵駐紮,為逼虞計。虞愁恨交併,屢邀瓚面論曲直,瓚竟不肯往;虞乃徵兵十萬,出城討瓚。瓚不意虞兵猝至,擬棄城東奔,及登陴俯視,見虞兵行伍不整,旗幟錯亂,料知虞無能為,因留守不出。虞又愛民廬

第七十一回　攻濮陽曹操敗還　失幽州劉虞斃戮

舍，不令焚毀，且申禁部眾道：「毋傷民兵，但誅一伯珪罷了！」瓚字伯珪。部眾雖是遵令，但絲毫不得掠取，已是興味索然，再經城下逗留，屢攻不下，更覺得疲憊不堪，各有歸志。瓚卻連日登城，窺望敵容，起初雖不甚嚴肅，還有些雄糾糾的氣象，後來逐漸倦怠，暮氣日深；乃決意出擊，簡募壯士數百人，縋城夜出，因風縱火，慌得虞軍東逃西竄，不戰先潰，瓚趁勢出城，直搗虞營，虞營已經自亂，怎經得瓚軍搗入，霎時四散，只剩得一座空壘。虞率親從狼狽逃回，誰料瓚軍追至，突入城闉，沒奈何挈同妻子，出奔居庸關，瓚尚不肯舍，乘勝追攻；虞眾逃散殆盡，只有殘兵數百，如何防守，相拒三日，關城被陷，虞也受擒。所有全家眷屬，一古腦兒做了俘囚。

　　瓚收兵還薊，將虞錮住一室，尚使他管領文書，署名鈐印，適有朝使段訓，奉詔到來，加虞封邑，監督六州。又拜瓚為前將軍，晉封易侯，瓚捵定詔書，誣虞與袁紹通謀，欲稱尊號，且請訓矯詔斬虞；訓尚不肯從，瓚用兵威脅迫，不問訓應允與否，遽令兵士把虞牽出，硬邀訓同往市曹，號令一下，虞首落地，又將虞妻子，盡行駢戮，即遣使人攜虞首級，解往長安。虞素有仁聲，北州吏民，無不感嘆。故常山相孫瑾，幽州掾張逸、張瓚等，忠義奮發，願與虞同死。瓚竟令交斬，孫瑾等罵不絕口，至死方休。尚有虞故吏尾敦，在途潛伏，要截瓚使，奪去虞首，用棺埋葬。瓚留訓為幽州刺史，上書奏報，其實是借訓出面，要他做個傀儡；所有幽州措置，全由瓚一人主持。

　　瓚意氣益豪，復想出圖冀州。袁紹也曾防著，因欲南連曹操，與同攻瓚，乃派吏至鄄城，勸操徙居鄴中，互相援應。操新失兗州，軍食又罄，頗思將計就計，應允下去。東平相程昱聞報，忙馳至見操道：「將軍欲與袁紹連和，遷家居鄴，此事果已決斷否？」操答說道：「原有此事。」

昱接口道:「將軍此舉,大約是臨事而懼,昱以為未免太怯了!試想袁紹據有燕趙,志在併吞天下,力或有餘,智卻不足。將軍今遷家往鄴,自思能北面事紹否?昔田橫為齊壯士,猶不甘為高祖臣,難道將軍聰明英武,反情願為紹下麼?」操徐答道:「我何嘗甘心事紹,但兗州已大半失去,恐難存身,所以暫與連和,再圖良策。」昱又說道:「兗州雖然殘缺,尚有三城,戰士且不下萬人,智勇如將軍,若再招羅智士,募集壯丁,合謀併力,再圖大舉,不但可規復兗州,就是霸王事業,也是計日可成哩!」操不禁鼓掌道:「汝言甚是,我便依汝。」說著,即召入紹使,與言遷居不便,叫他回去復紹,紹使辭歸。操於是購糧募兵,招賢納士,休養數旬,再擬與呂布決一雌雄。小子有詩詠道:

寄人籬下本非謀,暫挫其鋒未足憂。

善戰不亡垂古訓,桑榆尚可望重收。

欲知操、布復戰情形,待至下回再敘。

曹操雖智略過人,而經驗未深,遂至事多失敗。觀其為父復仇,不問其父之為何人所殺,徒逞毒於徐州百姓,任情屠戮,是謂忿兵,忿兵必敗。陶謙兵微將寡,原不能與操敵;然有陳宮之內變,與呂布之外入,幾比敗軍之禍為尤甚。微荀彧、程昱二人,則兗州盡失,操且窮無所歸矣!此而不悛,尤復力攻濮陽,三戰三敗,可見忿兵之不足恃,操得倖免,乃天意不欲亡操,非操之智略果優也。劉虞為漢室名裔,恩信夙孚,乃以策略之未嫻,謬思討瓚,卒至身死家亡,為天下笑!蓋以楚得臣之忿,兼宋襄公之愚,其不至為人禽戮者幾希,區區小惠,不足道焉。

第七十一回　攻濮陽曹操敗還　失幽州劉虞繫戮

第七十二回

糜竺陳登雙勸駕　李傕郭汜兩交兵

第七十二回　糜竺陳登雙勸駕　李傕郭汜兩交兵

卻說曹操欲再攻呂布，移屯東阿，進襲定陶。濟陰太守吳資，已與呂布連合，急引兵保守南城，一面向布乞援；布率軍馳至，被曹操扼險要擊，輸了一陣。操復攻定陶，連日不下。布將薛蘭、李封，留屯鉅野，與定陶相距不遠，操恐他援應定陶，因分兵圍定陶城，自引健將典韋等，往攻鉅野，搗破薛、李屯營；及呂布聞信馳救，又被曹軍擊退，薛蘭、李封，先後戰死，操得占住鉅野，復至乘氏縣追擊呂布。

忽由徐州傳來消息，乃是陶謙病歿，把徐州讓與劉備。禁不住大怒道：「劉備不勞一兵，坐得徐州，天下事有這等容易麼？況陶謙是我仇人，我不得手刃謙頭，亦當往戮謙屍，今且移擣徐州，報復大仇，然後再來滅布，也是不遲。」道言甫畢，即有一人入諫道：「不可不可！」操聞聲瞧視，乃是謀臣荀彧，便問他何故不可？彧即答道：「昔高祖保關中，光武帝據河內，類皆深根固本，方得經營天下，進足勝敵，退足堅守；故雖有困敗，終成大業。今將軍首事兗州，得平山東，河濟為天下要地，彷彿關中河內，怎得因一時小失，便棄置不顧呢？操以子房比荀彧，彧亦以高祖光武擬曹操。況我軍已破薛蘭、李封，先聲已振，再勒兵收麥餉軍，進擊呂布，無慮不克；布既破滅，便可南占揚州，共討袁術，臨兵淮泗，不怕徐州不為我有；若今日舍布東行，布必乘虛進襲，我多留兵，便不足取徐，我少留兵，又不足守兗，兗州盡失，徐州未取，豈不是一舉兩失麼？」操尚憤憤道：「陶謙已死，劉備新任，民心未定，兵力又虛，我若往取徐州，勢如反掌，有何難事。」彧微笑道：「只恐未必，陶謙雖死，劉備繼起，彼懲去年覆轍，自懼危亡，勢且輾轉結援，合力抗我，現在時當仲夏，東方麥已收入，一聞敵至，必堅壁清野，固壘坐待，攻不能克，掠無所得，不出旬日，全軍皆困，況前攻徐州，遍加威罰，子弟念父兄遺恥，拚死相爭，勝負更難預料；就使得破徐州，人心未服，待至我軍一移，亦必反側，這真叫做捨本逐末，易安

就危，圖遠忽近，願將軍熟思後行。」洞中利害。操乃不復移軍，專與呂布對壘，且令兵士四處割麥，作為軍糧。百姓晦氣。

驀有探馬入報，呂布與陳宮等，率兵萬餘，前來攻城。操因兵士四出，一時不及召回，忙驅百姓登城，無論男婦，一齊充役，自率守兵出城拒敵。好多時不見布至，又有探騎入報導：「布軍至西面大堤旁，探望許久，又復退去了！」操大笑道：「這是呂布恐我有伏，故欲進又止，彼見堤南多林，容易伏兵，所以動疑；哪知是太覺多心了！明日布必來燒林，然後再進，我卻偏要設伏，看他能逃我計中麼？」是謂知彼知己。待至夜間，便召曹仁、曹洪道：「汝兩人可至堤旁，約距林南里許，引兵下伏，俟我親去挑戰，誘布趕來，兩下殺出，休得有誤。」曹仁、曹洪領命去訖。

到了翌晨，西面烈焰沖天，果然呂布前來燒林，操喜語道：「不出我所料，今日定當破布了！」遂麾軍出營，前往搦戰，行至堤畔，布已將林木遍焚，並無一人殺出，即放膽再進，才越半里，正與操軍相遇，兩下交戰，操佯敗急走，布以為前面無林，驅軍急進，不意伏兵從堤下突起，竟將布軍衝成兩撅；布顧前失後，當然著忙，再加操引軍殺轉，猛將典韋，雙戟很是厲害，除呂布無人敢當，布已心慌意亂，也不暇與韋賭勝，當即拍馬退回，倉皇中殺開走路，部兵已折去多人；操軍直追至布營，天色已晚，方才引歸。布經此一敗，銳氣盡喪，便黿夜遁去。是不及曹操處。陳留太守張邈，聞得布軍敗走，料知操必來報怨，乃使弟超保著家屬，守住雍邱，自向袁術處求救。操攻拔定陶，就移攻雍邱城，城內守備單微，待援不至，竟至失陷，超惶急自盡，家小等均被操軍殺死。邈至揚州，亦為從吏所殺，一門殄絕，情狀慘然。實是陳宮害他，然亦可為輕率者戒。嗣是兗州復歸曹操，操自稱兗州牧，不過上了一道表文，宣告情跡罷了。

第七十二回　糜竺陳登雙勸駕　李傕郭汜兩交兵

呂布失去兗州，又害得無地自存，只好挈著家眷，奔投徐州。徐州刺史陶謙，歿時已六十三歲，臨終這一夕，囑語別駕糜竺道：「我死以後，非劉備不能安此州，汝曹可迎他為主，毋忘我言。」說畢遂瞑。竺為謙棺殮，即率州人至小沛，迎備入刺徐州；備辭不敢當。下邳人陳登，表字元龍，夙具大志，弱冠後得舉孝廉，除授東陽長，養老恤孤，視民如傷，陶謙表登為典農校尉，勸民耕桑，廣興地利，至是亦隨竺迎備。見備不肯受任，便向前力勸道：「今漢室陵夷，海內傾覆，立功立業，莫如今日，徐州殷富，戶口百萬，欲屈使君撫臨州事，使君正可藉此發跡，奈何固辭？」備尚推讓道：「袁公路術字公路。近據壽春，此君四世三公，眾望所歸，何妨請他兼領徐州。」登答說道：「公路驕豪，不足撥亂，今欲為使君糾合步騎十萬，上足匡主濟民，創成霸業，下足割地守境，書功竹帛，若使君不見聽許，登等卻未敢輕舍使君哩！」

備還有讓意，真耶假耶？可巧北海相孔融到來，由備延入，談及徐州繼續事宜；融便說道：「我此來正為此事，誠心勸駕，君今欲讓諸袁公路，公路豈是憂國忘家的大臣！我看他雖據揚州，不過一塚中枯骨，何足介意，今日徐州吏民，俱已愛戴使君，天與不取，反受其咎，將來恐悔不可追了！」備乃勉從融議，由小沛移居徐州，管領州事。適值呂布來奔，備因他進襲兗州，得解徐圍，與徐州不為無功，所以出城迎入，擺酒接風，席間互道慇懃，頗稱歡洽；罷席後送居客館。過了兩三日，布設宴相酬，備亦赴飲，酒至數巡，布令妻妾出拜，格外親暱，想貂蟬應亦在列。到了醉後忘情，就呼備為弟，有自誇意；備見布語無倫次，未免不諧，但表面上仍然歡笑，不露微隙，及宴畢告辭，方令布出屯小沛。布意雖未愜，究屬不便爭論，越宿即與備敘別，自往小沛去了。為下文襲取徐州張本。

且說李傕、郭汜等,在朝專政,已越二年,獻帝加行冠禮,改元興平,追諡本生妣王氏為靈懷皇后,改葬於文昭陵,時獻帝已十有六歲了。四府三公,換易數人,太尉迭更四次,乃是皇甫嵩、趙忠、朱儁、楊彪,相繼承受。司徒迭更三次,若趙謙,若淳于嘉,若趙溫,有名可稽。司空更換了四次,係是循資超遷,先為淳于嘉,次為楊彪,又次為趙溫,溫進職司徒,後任叫做張喜,由衛尉升任,統共得十餘人,大都無從建樹,只好隨俗浮沉,與時進退,一切軍國重權,俱歸李傕、郭汜等掌握。

　　傕欲招撫隴西,特使人買囑馬騰、韓遂等,餌以重賞,徵令入朝;馬騰、韓遂見前文。騰與遂各貪厚利,乃率眾共詣長安,朝廷命遂為鎮西將軍,遣還涼州,騰為徵西將軍,留屯郿縣。騰雖得官爵,心尚未足,更向李傕索賂,傕不肯照給,遂致觸動騰怒,與傕有嫌。諫議大夫種劭,為故太常種拂子,前次傕等犯闕時,拂曾遇害,亦見前文。劭欲報父仇,恨傕甚深;且見傕等擁兵逼主,為國大患,乃與侍中馬宇,左中郎將劉範,共擬招騰入都,為誅傕計,騰亦與盜賊無異,招騰誅傕即得成功,未必遽安,劭等所見亦誤。密使往返;騰即允諾,進兵至長平觀中。傕料有內應,先行搜查,種劭等情虛出走,同奔槐里;樊稠、郭汜及傕兄子李利,由傕遣攻騰軍,騰交戰失利,奔走涼州。樊稠督兵追趕,馳馬疾行;李利既不力戰,又致落後,被稠促召至軍,怒目叱責道:「人欲梟汝父頭顱,還敢這般玩惰,難道我不能斬汝麼?」利無奈謝罪,隨稠再進。行抵陳倉,湊巧韓遂兵至,來援馬騰,韓見騰等軍敗績,乃勒馬相待;至樊稠先驅追來,便上前攔阻道:「我等所爭,並非私怨,不過為王室起見,遂與足下本屬同鄉,何苦自相殘殺,不若彼此罷兵,釋嫌修好為是。」稠聽他說得有理,樂得息事,與遂握手言別,還入都中。

第七十二回　麋竺陳登雙勸駕　李傕郭汜兩交兵

傕又遣他再攻槐里，種劭、馬宇、劉範等，並皆戰死，於是遷稠為右將軍，郭汜為後將軍。稠復請赦韓遂、馬騰二人，安定涼州，方好一意東略，免得西顧。有詔依議，免韓、馬二人前罪，使騰為安狄將軍，遂為安降將軍，唯出關東略的計議，傕尚在躊躇，未肯遽允；稠卻再三催促，自請效力，反令傕疑竇益深。李利記著前嫌，復向傕密報，述及韓、樊共語事，傕不禁大怒道：「軍前密談，定有私意，若不速除此人，後必噬臍。」遂與利商定計劃，借會議軍事為名，邀稠入室，稠還道他是准議發兵，欣然前往。誰知入座甫定，即由傕撥出健卒，持刀直前，把稠劈死。一面宣告稠罪，說他私通韓、馬，與有逆謀，諸將似信非信，互生疑謗，連郭汜亦內不自安。

傕欲交歡郭汜，屢請汜入室夜宴，或請留宿，汜妻甚妒，只恐汜有他遇，從旁勸阻。一夕傕復邀汜飲，汜被妻牽住，設詞婉謝。偏傕格外巴結，竟遣人攜餚相贈，汜妻即搗豉為藥，置入餚中，待至汜欲下箸，妻便說道：「食從外來，怎得便食。」當即用箸撥餚，取藥示汜道：「一棲不兩雄，妾原疑將軍誤信李公。」說著，向汜冷笑。妒態如繪。汜才知妻含有妒意，力自辨誣，妻卻帶笑帶勸道：「總教將軍不往李府，妾自然無疑了。」汜應聲許諾。轉瞬間已是兼旬，又將前言失記，至傕家飲得大醉，踉蹌歸來，一入室門，嘔噦滿地。汜妻泣語道：「將軍尚不信妾言麼？明明中毒，奈何奈何！」說著，汜亦焦急起來，搥胸言悔，還是汜妻替他設法，忙用糞絞汁，令汜飲下。汜顧命要緊，沒奈何掩鼻取飲，未幾心中作惡，復吐出若干穢物，稍覺寬懷；你不肯聽從閫命，就要罰你吃屎。隨即憤然說道：「我與李傕共同舉兵，每事相助，奈何反欲害我，我不先發，還能自全麼？」越宿就檢點部曲令攻李傕。

傕聞汜無故來攻，更怒不可遏，出兵拒戰，輦轂以下，居然大動干

戈，無法無天。催且遣兄子李暹，率數千人圍住宮門，脅遷車駕，太尉楊彪，出語李暹道：「自古帝王不聞有徙居臣家，君等舉事，當合人心，為何輕率若此！」暹抗聲道：「我家將軍，恐郭汜入宮為逆，故遣我迎駕，暫避凶焰，君敢來相阻，莫非與汜通謀不成？」彪不便再言，入白獻帝。獻帝新立皇后伏氏，甫越三日，便遭此變，急得無法可施。李暹用車三乘，入宮促逼，一乘載獻帝，一乘載伏后，一乘由催吏賈詡、左靈共載，監押帝后至李催營，天子已成傀儡，由他播弄，餘如宮廷侍臣，還有什麼主意？只好隨著乘輿，步行同出。暹復縱兵入宮，掠妃妾，擄財物，所有御庫金帛，悉數搬至李催營中；更可恨的是放起火來，把宮闕一律毀盡。董卓毀洛陽宮闕，李催毀長安宮闕，兩京為墟，嗚呼炎漢。

　　獻帝到了催營，雖由催另設御幄，供奉衣食，但比那宮中安養，迥不相同，累得獻帝寢食不遑，日夕擔憂。乃命太尉楊彪、司空張喜、尚書王隆、光祿勳鄧淵、衛尉士孫瑞、太僕韓融、廷尉宣璠、大鴻臚劉邰、大司農朱儁等，至郭汜營內講和。汜不肯依議，反將群臣留住，逼令同攻李催。楊彪勃然道：「群臣共鬥，一劫天子，一拘公卿，古今曾有是理麼？」還講什麼道理？汜聞言起座，拔劍指彪，凶威可怖，彪卻無懼色，正容答語道：「卿尚不念國家，我亦何敢求生！」中郎將楊密，忙上前勸止，汜才罷手。但尚未肯放還群臣，仍與李催相爭不息，催召羌胡數千人，分給御物繒彩，令他攻汜，且謂誅汜以後，當加賞宮人婦女。汜亦陰賄催黨中郎將張苞，約為內應，自率眾夜攻催營，矢及御幄。催慌忙出拒，倉猝間聞有箭聲，亟向右側閃過，那左耳上已中了一箭，忍痛拔去，血流如注，忽又有煙焰從營後出來，料知有人圖變，更覺驚惶；幸虧都將楊奉，引兵援應，方將汜兵殺退，再查及營後火光

第七十二回　糜竺陳登雙勸駕　李傕郭汜兩交兵

已經消滅，獨不見中郎將張苞，才知苞陰通郭汜，縱火未成，奔投汜營去了。

傕經此一嚇，免不得顧前防後，遂將獻帝遷居北塢，使校尉監守塢門，隔絕內外，飲食不繼，侍臣均有飢色。獻帝向傕求米五斗，牛骨五具，分給左右。傕怒說道：「朝夕上飯，何用米為？」乃只把臭牛骨送入。獻帝見了，不勝懊恨，便欲召傕責問。侍中楊琦急奏道：「傕自知所為悖逆，欲動車駕往池陽，願陛下暫時容忍，靜待後機。」獻帝乃低頭無語，用巾拭淚罷了！末代皇帝，實是難做。司徒趙溫，見獻帝為傕所制，因致書與傕，語多責備。傕又欲殺溫，經傕弟李應勸解，才得罷議。唯傕迷信鬼怪，常使道人及女巫，擊鼓降神，誑惑部兵，又為董卓作祠北塢，屢往禱祭。每當祭後，順道省視獻帝，不釋甲械，奏對時亦言語不倫，或稱帝為明陛下，或呼作明主；且言郭汜種種不道，應該加誅。獻帝只好隨他意旨，而為敷衍。傕欣然出語道：「明陛下真賢聖主！」嗣是無害帝意。

獻帝復遣謁者皇甫酈，往與兩造解和，酈先詣郭汜營，用言婉勸，汜頗有允意。轉至李傕處調停，傕獨不肯從，悻悻與語道：「我有討呂布的大功，輔政四年，三輔清靜，為天下所共聞，郭多汜小名為多。係盜馬虜，怎敢與我抗衡，且擅劫公卿，罪在不赦，我所以定欲加誅，君為涼州人，看我方略士眾，足勝郭多否？」酈聽他語言不遜，也忍無可忍，便應聲道：「古時有窮后羿，自恃善射，不思患難，終歸滅亡，近如董公強盛，亦致身亡族滅；可見得有勇無謀，反足取禍。今將軍身為上將，持鉞仗節，子孫宗族，多居顯要，國恩亦豈可遽負？且郭多劫質公卿，將軍脅迫至尊，孰輕孰重，不問可知，張濟、楊奉諸人，尚知將軍所為非是，將軍若再不悔悟，恐一旦眾叛親離，雖悔無及了！」語雖切

直，究非和事佬聲口。傕怎肯聽服，呵令出去。

酈趨出營中，遇著侍中胡邈，前來探信，酈即呼語道：「李傕不肯奉詔，詞多悖逆。」邈急搖手道：「毋為此言，徒自取辱。」酈瞋目道：「胡敬才，邈字敬才。汝亦國家大臣，奈何也作此語，酈累世受恩，得侍帷幄，君辱臣死，義所當然！今若為李傕所殺，莫非天命，何懼之有！」邈不待說畢，匆匆還白獻帝，獻帝恐酈得罪李傕，急遣人召還。傕果遣虎賁將王昌呼酈，昌鑑酈忠直，縱令還報，只說是追酈不及，入報李傕，且勸傕不宜多戮直臣，傕乃無言。及酈還白獻帝，詔令他免官歸里。酈與故太尉皇甫嵩同族，嵩已病歿；酈以忠直聞名，幸得不死，這未始非天眷忠誠，才得脫離虎口呢！寓勸於褒。獻帝尚恐傕懷怒，特擢傕為大司馬，位重三公。傕歸功諸巫，重賞金帛，獨不及將士。部將楊奉，至是越不願事傕。潛與傕軍吏宋果，謀殺傕奉還天子，不幸謀洩，果為傕所殺，奉得逃脫，傕眾亦陸續叛去。

可巧鎮東將軍張濟，引兵入都，進謁獻帝，請宣詔諭和傕、汜，並願奉駕東幸弘農，獻帝自然樂從，當下遣使持詔，分諭傕、汜兩人，傕、汜尚有異言。經使臣僕僕往來，直至十次，方得言和，汜乃釋放群臣，楊彪等並皆告歸。唯朱儁因憤成病，已先釋出，回家便死。何不早死數年，免喪英名。張濟促駕登程，擇定興平二年七月甲子日，啟蹕就道。偏有羌胡數千人，窺探御帳，喧聲雜呼道：「李將軍嘗許我宮人，今可蒙頒給否？」獻帝聽著，心上加憂，因遣侍中劉艾，商諸賈詡。詡由李傕薦舉，已拜為宣義將軍，既奉上命，乃召語羌胡酋帥，許予封賞，叫他禁止部屬，不得譁哄；羌胡方皆引去。既而啟蹕期屆，由群臣擁護帝后，登車出宣平門，將過吊橋，突有騎士數百人，攔住橋上，不許乘輿過去，惹得獻帝又驚又惱，大費躊躇。正是：

第七十二回　糜竺陳登雙勸駕　李傕郭汜兩交兵

困龍失勢遭蝦戲，毒蟒回頭遣蠍來。

畢竟獻帝能否出險，容至下回再詳。

陶謙識劉備為英雄，願讓徐州，不可謂非知人。備之一再謙讓，或謂其故為謙飾，亦豈真能知備者！徐州為曹操所必爭，只因呂布入兗，不得已回顧根本，彼固未嘗須臾忘徐州也！備知兵力之不足敵操，故不願承受。迨經陳登、孔融等之力為勸駕，方許兼領，而於呂布之奔至，歡然迎入，仍為合力拒操起見，備之用心亦艱且苦矣。李傕、郭汜之亂，始誤於王允，繼誤於種劭，允與劭皆圖報君親，而計劃未良，不但殺身，並且禍國。厥後乃因一汜妻之播弄，遂致兩賊尋仇，兵爭不已，一劫天子，一質公卿，漢室紀綱，掃地盡矣！宣聖有言，女子小人，最為難養，斯固千古不易之定論矣。

第七十三回
御蹕蒙塵沿途遇寇　危城失守抗志捐軀

第七十三回　御蹕蒙塵沿途遇寇　危城失守抗志捐軀

　　卻說獻帝出宣平門，突被亂兵阻住，當由護駕諸臣，探問來因。兵士齊聲道：「我等奉郭將軍令，把守此橋，不准吏民自由往來。」侍中劉艾出詰道：「吏民不得往來，天子也不得往來麼？」兵士尚云須親見天子，方可取信。侍中楊琦便高揭車帷，劉艾又大呼道：「天子在此，快來見駕。」兵士乃向前審視，獻帝亦面諭道：「諸兵何敢迫近至尊，快快退去。」兵士乃卻，讓車駕過橋東行。夜抵霸陵，從臣皆飢，由張濟分給乾糧，才得一飽。李傕不願隨駕，已出屯池陽。郭汜仍引兵追上，獻帝命張濟為驃騎將軍，郭汜為車騎將軍，楊定為後將軍，定亦董卓舊部。楊奉為興義將軍，皆封列侯；又使牛輔舊將董承為安集將軍，同赴弘農。郭汜獨不願東往，請獻帝轉幸高陵，獻帝遣人諭汜道：「弘農與洛都相近，容易奉祀郊廟，幸卿勿疑。」汜不肯受詔。獻帝遂終日不食，懊悵異常。汜乃云可幸近縣，及行至新豐，汜又欲脅帝還鄠。侍中種輯，密告楊定、董承、楊奉，約與抗阻。汜見人眾我寡，乃棄軍徑入南山，餘黨夏育、高碩等，還想承汜遺意，劫帝西歸，遂在營外縱火圖亂。楊定、董承擁帝后入楊奉營，夏育等便來劫駕，還是楊定、楊奉，內應外護，殺退夏育等眾，才得無恙。越宿復奉駕起行，到了華陰，寧輯將軍段煨，出營迎謁，供獻帝后服御，及公卿以下資糧，且請乘輿過幸營中。偏楊定與煨有隙，聯結董承、楊奉等人，誣煨交通郭汜，希圖劫駕。挾天子為奇貨，故以小人之腹，度君子之心。獻帝疑信參半，未加煨罪，定與奉遽引兵攻煨，煨亦出兵相拒，連戰十餘日，未分勝負。唯煨遣使供奉，仍然不絕，並上書自陳心跡，不敢生貳。當由獻帝遣令侍臣，替他和解，方得息爭。這叫做和事皇帝。不意一波才平，一波又起，那李傕、郭汜二人，又復連合，來追乘輿。忽離忽合，是謂小人之交。楊定聞傕、汜又至，恐不能敵，索性棄去帝后，走還藍田。中途被郭汜截擊，落荒逃竄，單騎走亡荊州。本欲扶主逞強，反致棄君逃命，貪心不

足者，可引以為鑑。還有張濟亦生貳心，謀至楊奉營內，奪還乘輿。楊奉窺知情狀，即與董承夜奉車駕，潛走弘農。及張濟聞知，尾追不及，竟會合李、郭兩軍，一同趕來。楊奉、董承不得不督兵力戰，畢竟眾寡不敵，殺得大敗虧輸，從臣衛侍，紛紛擠入東澗，多半溺死，所有御物國籍，拋棄垂盡，單剩得帝后兩車，由董承拚死保護，方得走脫。

射聲校尉沮俊，受傷墜馬，為傕所執，傕問左右道：「此人尚可活否？」俊大罵道：「汝等為逆，劫迫天子，使公卿遭害，宮人流離，自來亂臣賊子，未有這般凶惡，將來不被人誅，必遭天殛，我為主效命，死且留名，不似汝等遺臭萬年哩！」傕聞言憤甚，掣出佩劍，將俊殺死。再縱兵大掠弘農，雞犬一空。獻帝挈了伏后，倉皇東走，竄入曹陽境內，天已垂暮，無處棲身，沒奈何露宿一宵。楊奉收集敗兵，與董承會議道：「我軍已敗，不堪再戰，只好向他處乞援，方可抵敵追兵。」董承也以為然。兩人想了多時，遠處不及呼救，只河東一隅，尚有故白波賊帥李樂、韓暹、胡才，及南匈奴右賢王去卑等，可以招撫，叫他速來救駕；一面用緩兵計，遣人與傕等議和，佯為周旋。既而李樂等陸續趨至，共約得騎士數千，董承、楊奉令他充當先鋒，往攻傕等。傕等遙望旗幟，乃是河東援兵，頓覺心驚，不由的退卻下去。李樂、韓暹、胡才諸人，並轡追擊，再加董承、楊奉，從後繼進，大破傕等，斬獲無算，待傕等逃至數十里外，始收軍還營。詰旦再奉駕東驅。約行數里，後面塵頭大起，傕、汜、濟三路人馬，又分頭趕到，原來傕等探得河東援兵，不過數千，更知白波賊眾，向係烏合，不足深慮，因復驅兵來追。董承、李樂，忙保駕先走，楊奉、韓暹、胡才，及匈奴右賢王去卑，率兵斷後。誰料傕、汜、濟三面夾攻，橫衝直掃，把楊奉等截作數撅；奉等隊伍大亂，傷斃甚多。傕、汜、濟乘勝肆威，見人便殺，光祿勳鄧淵，廷尉宣璠，少府田芬，大司農張義，奔避不及，俱為所害。司徒趙

第七十三回　御蹕蒙塵沿途遇寇　危城失守抗志捐軀

溫，太常王絳，衛尉周忠，司隸校尉管郃，被傕截住，幾遭毒手，還虧賈詡竭力解免，方幸重生。也有幸有不幸。董承、李樂，隨獻帝走不數里，背後追兵大至，李樂狂呼道：「事急了！請天子上馬速行。」獻帝哽咽道：「不可，百官何辜，朕怎忍捨去。」還不失為仁主之言。李樂等且戰且走，彼此兵士，前奔後追，連綴至四十里，才得至陝。日光又暮，追兵少緩，乃結營自守；將士十喪七八，虎賁羽林軍，不滿百人，傕、汜、濟三路叛兵，輒繞營叫呼，侍從等相驚失色，各謀散去。李樂請獻帝乘夜渡河，東走孟津，投依關東諸牧守。太尉楊彪道：「夜渡豈可無船，且從人尚多，何能一一盡渡。」李樂道：「且待我前去尋船，如有船可渡，當舉火為號，請君等保帝同來。」彪應聲許諾。待樂去後，約歷更許，見河濱火光衝起，料知船已備就，乃擁帝出營，徒步夜走。伏皇后雲鬟蓬鬆，花容慘淡，從未經過這般苦楚，至此也只好跟著獻帝，躑躅同行。后兄伏德，一手扶后，一手尚挾絹十匹。也是個死要財帛。被董承瞧入眼中，心下不平，竟使符節令孫徽從卒，上前爭奪，格斃一人，連伏皇后衣上，也為血跡所汙。伏皇后嚇得發抖，亟牽住獻帝衣裾，涕泣求救，獻帝出言呵止，爭端方息。及至河濱，河中只有船一艘，泊住岸邊，天寒水涸，岸高數丈，叫帝后如何下去。虧得伏德手中，殘絹尚存，乃將絹裹住帝身，用兩人拽住絹端，輕輕放下。伏德尚有勇力，背負皇后，一躍下船。楊彪以下，依次下投，船中已有數十人，不能再容，董承、李樂，即跳落船頭，解纜欲駛，吏卒等多不得渡，爭扯船纜。承與奉用戈亂擊，剁落手指，不可勝計。早有偵騎報知李傕，傕等出兵往追，見帝后已經東渡，不能截回，唯將岸上未渡士卒，一併掠去。衛尉士孫瑞，亦不得從渡，徘徊岸上，突被亂兵殺死。尚幸李傕等專務劫掠，不遑東追，帝后始得渡到彼岸，跟蹌登陸，步行數里，才抵大陽，天色已大明瞭。董承、楊奉各至民間搜取車馬，毫無所得，只有

牛車一乘,取載帝后,餘皆聯步相隨。趨至安邑,河內太守張揚,河東太守王邑,方得車駕蒙塵的消息。揚使人奉米,邑使人奉帛,獻帝拜揚為安國將軍,邑為列侯。李樂、韓暹、胡才等,又舉薦黨徒數十人,各授官職,印不及刻,但用錐劃石,粗成字跡,便即頒發;帝后居棘籬間,門無關閉,群臣議事,就借茅舍作為朝堂,簡直是不成體統了。獻帝尚恐傕等渡河,特使太僕韓融,西赴弘農,與他講和。傕等掠得子女玉帛,頗已滿欲,乃許從融議,放還所掠吏士,及乘輿器物等類。楊奉、韓暹,便欲就安邑建都,太尉楊彪等,俱擬東遷洛陽,文吏拗不過武弁,只好暫時駐駕,徐待後圖。獻帝命韓暹為征東將軍,李樂為征北將軍,胡才為徵西將軍,使與董承、楊奉,並秉朝政。適值蝗蟲四起,歲旱無禾,從官無從得食,但取菜果為糧;眼見是不能安居,可巧張楊自野王來朝,也請獻帝還都洛陽,楊奉等仍有違言,楊乃復回野王去了。

　　是時關東重望,首推二袁,袁術復蓄異圖,隱然有帝制自為的思想,怎肯西向救主;袁紹雖未敢稱帝,但因冀州新定,也不願輕離。從事沮授進諫道:「將軍累代輔政,世篤忠貞;今朝廷播越,宗廟殘毀,為將軍計,正應西迎帝駕,安宮鄴中,挾天子足以令諸侯,蓄士子足以討不庭,名正言順,事必有成,願將軍勿失此機。」原是最好機會。紹頗被感動,有出兵意,偏有兩人入阻道:「漢室久衰,勢難再興。且英雄並起,各據州郡,連徒聚眾,動輒萬計。這好似嬴秦失鹿,先得可王的時勢了!今若迎入天子,動須表聞;從命即失權,違命即被謗,不如勿行。」授見是同僚郭圖、淳于瓊出來阻撓,即駁說道:「今奉迎天子,既合大義,又得時宜,若不早圖,必落人後。授聞權不失機,功在速捷,請將軍急自裁斷,毋惑人言。」紹聽了三人議論,各執一是,又累得遲疑不決。即此可見袁、曹之成敗。會聞東郡太守臧洪,背紹自主,紹遂將迎駕問題擱置不顧;竟發兵圍攻東郡,數月不下。東郡本屬冀州管轄,

第七十三回　御蹕蒙塵沿途遇寇　危城失守抗志捐軀

臧洪得為太守，也是由紹簡放出去；當曹操圍雍丘時，見前文。張超曾向洪乞救，洪嘗為超功曹，因聯兵往討董卓，慷慨宣言，見前文。得邀袁紹賞識，留參帷幄，嗣即使領青州，盜賊屏息；乃復調任東郡。他本生有俠氣，好濟人急，一聞張超求援，便徒跣號泣，向紹請師。紹與操尚無怨隙，不願援超，超竟被滅族，洪由是怨紹，絕不與通。紹恨他背惠，驅兵往攻，偏洪誓死固守，歷久相持，紹尚愛洪多才，不忍遽迫，乃令里人陳琳，作書曉諭，力勸洪悔罪投誠；洪竟執意不屈，覆書約千餘言，略云：

僕本因行役，謬竊大州，恩深分厚，寧樂今日；自被兵接刃，登城望主人之旗鼓，感故友之周旋，撫弦搦矢，不覺流涕之滿面也，何者？自以輔佐主人，無以為悔，主人相接，過絕等倫，蓋幸贊襄大事，共尊王室。乃者本州見侵，洪係廣陵人，故稱雍為本州。郡將遘厄，杖策乞師，一再見拒，使洪故君遂至淪滅；區區微節，無所獲伸，斯所以忍悲揮戈，收淚告絕者也。昔張景明超字景明。親登壇歃血，奉辭奔走，卒使韓牧讓印，主人得地，指韓馥讓位時。曾幾何時？不蒙觀過之貸，反受赤滅之禍；足下試思，景明負主人乎？抑主人負景明乎？吾聞之，義不背親，忠不違君，故東宗本州以為親，援中扶郡將以安社稷，一舉二得以徹忠孝，未敢為非。足下乃欲使吾輕本忘家，傾向主人，主人之於我也；年為吾兄，分為篤友，道乖告去以安君親，亦可謂順矣！若吾子之言，則包胥宜致命於伍員，不應號哭於秦庭也？足下或者見城圍不解，救兵未至，感親鄰之義，推平生之好，以為屈節而苟生，勝於守義而傾覆也。昔晏嬰不降志於白刃，南史不曲筆以求生，故身著影像，名垂後世。主人苟鑑諒苦衷，正當返斾退師，治兵鄴垣，西向迎駕，豈可徒盛怒暴威於吾城下哉？行矣孔璋，琳字孔璋。足下徼利於境外，臧洪授命於君親，吾子託身於盟主，臧洪策名於長安，子謂餘身死而名滅，僕亦笑子生死而無聞焉！悲哉本同而末離，努力努力！夫復何言。

陳琳得了覆書，當即呈示袁紹。紹閱書中來意，已知洪倔強到底，不肯再降；乃增兵急攻東郡。臧洪晝夜督守，害得力竭身疲，不得已遣二司馬，縋城夜出，南赴徐州，向呂布處告急。看官！你想呂布方寄食小沛，自顧不遑，怎能往救臧洪？洪待了旬餘，毫無影響，更兼糧盡矢窮，朝不保暮；因召集吏士，涕泣與語道：「袁氏無道，所圖不軌，且不救洪郡將。洪為義所迫，不得不死；諸君與洪有別，毋與此禍，可就城未陷時，挈眷逃生，洪從此與諸君永訣了！」吏士皆垂淚答道：「明府與袁氏本無嫌怨，只為了本州郡將，自致困迫。明府不忍舍故主，我等也何忍遽舍明府呢？」於是同心誓死，守一日，算一日。初尚掘鼠為食，煮筋充飢；及至鼠無可掘，筋亦俱盡，內廚只有糯米三斗，由主簿據實啟聞，謀為饘粥。洪嘆息道：「我何甘獨食？可作薄粥，分餉眾人。」至粥已煮就，召眾共飲，須臾立盡；洪復取出愛妾，親自下手，把她殺死，烹肉啖眾。眾皆涕泗滂沱，莫能仰視。可為唐張巡先聲，但與巡相較，亦有微異。結果是人人枵腹，同為餓莩。等到城池陷沒，男婦七八千名，已皆死盡，無一叛亡；洪亦氣息奄奄，坐被擒去。紹盛設帷帳，大會諸將，令將洪推至面前，拈鬚與語道：「臧洪何相負如此，今日可服我否？」洪據地瞋目道：「諸袁事漢，四世三公，可謂受恩深重！今王室衰亂，不能急往扶翼，反且覬覦非望，屈害忠良。可惜洪兵少勢孤，不能推刃亂臣，為國報仇，有什麼服不服呢？」責紹無君，卻有至理。紹不禁怒起，叱令左右推出斬首。忽有一人出阻道：「將軍首舉大義，本欲為天下除暴；今乃先誅忠義，上違天心，下乖人望，且臧洪抗命，實為故將效節，將軍應該格外鑑原，奈何加戮？」紹聞聲瞧著，乃是前東郡丞陳容，與洪同籍，便怒叱道：「汝已被臧洪遣出，寄居我側，怎得尚私祖臧洪？」容顧紹道：「人生只憑仁義，不徇愛憎，蹈義為君子，背義為小人，容寧與臧洪同死，不願與將軍同生！」也是硬漢。紹怒上加怒，亦

229

第七十三回　御蹕蒙塵沿途遇寇　危城失守抗志捐軀

　　令左右牽容出帳,與臧洪同受死刑。列席諸將,無不嘆惜,或私相告語道:「奈何一日殺二烈士。」還有臧洪遣往求救的兩司馬,自小沛還報,探得城陷洪死,亦皆自殺。可見得漢末士人,尚重氣節,得失利害,在所不計,要死就死罷了!言下有感慨意。

　　紹既殺死臧洪,又欲進圖幽州。幽州為公孫瓚所據,日漸驕矜,記過忘善,黜正崇邪。八字是致亡原因。前幽州從事鮮于輔,潛集州兵,欲為劉虞報仇,州民多懷虞恨瓚,樂為效死。燕人閻柔,素有恩信,為胡人所悅服;輔即推為烏桓司馬,令他招誘胡騎,一同攻瓚。瓚所置漁陽太守鄒丹,聞風防禦,被輔、柔連兵進攻,把丹擊死。又探得劉虞子和,留居袁紹幕下,尚然存在,見前文。乃相率至冀州,欲將劉和迎歸;袁紹當然允許,並遣大將曲義,領兵十萬,護送劉和,長驅入幽州境。公孫瓚連忙出阻,麾下兵卻也不少,但與曲義等交鋒,一邊是勁氣直達,一邊是觀望不前,眼見是有敗無勝。鮑邱一戰,瓚軍大敗,好頭顱被敵斫去,約有二萬餘顆,瓚遁還薊城,不敢出頭。代郡上谷右北平等處,皆響應鮮于輔、劉和等軍,戕吏叛瓚,瓚越覺孤危。先是幽州有童謠云:「燕南垂,趙北際;中央不合大如礪,唯有此中可避世。」瓚得聞歌謠,暗想燕趙交界,莫如易地;因即由薊徙易,繕塹自固。復設圍塹十重,就塹築室;內分數層,每層高五六丈,懸梯相接,中層最高,由瓚自居,熔鐵為門,屏除左右。但令姬妾旁侍,凡男子七歲以上,不准擅入,遇有文書往來,輒懸絚上下,以免需人傳遞;又飭婦女習為大聲,宣揚教令。一切謀臣猛將,罕得接見,嗣是群下懈體,壅隔不通。或問瓚何故為此?瓚喟然道:「我北驅群胡,南掃黃巾,方謂天下可一麾而定;哪知海內愈亂,兵革迭興,看來非我所能蕩平,不如休兵息民,靜待時變。兵法有云:『百樓不攻。』今我設樓櫓數十重,積穀三百萬斛,可以

安食數年，食盡此谷，再作後圖便了。」看官閱此，應無不笑瓚為愚，只是命未該絕，還有兩三年的運數，所以麴義等搗入境內，為了糧運不繼，引軍退去；反被瓚追擊一陣，奪得許多車仗，滿載而回。麴義還報袁紹，只言瓚勢尚盛，未可遽滅。袁紹乃暫緩進兵，但心中總想併吞幽州，方肯罷手；那迎駕勤王的大計劃，反拱手讓諸別人。這真叫做一著弄錯，滿盤盡輸，豈不是大可惜麼？小子有詩嘆道：

欲圖大業在乘時，一念蹉跎便覺遲。

盡有機宜甘自誤，袁曹從此判雄雌。

欲知迎駕大功，屬諸何人，且看下回續敘。

李傕、郭汜，賊也；張濟、楊奉、董承，亦無一非賊；至如李樂、韓暹、胡才，則固以賊自鳴，更不足道矣。堂堂天子顧委身於賊臣之手，尚有何幸？其所以間關跋涉，苟延殘喘者，賊膽尚虛，未敢公然篡逆也。當時之力，與勤王足成大業者，莫如袁紹。向使從沮授之計，西向迎駕，光復東京；則上足媲齊桓、晉文，下亦不失為曹阿瞞，何至身名兩敗，死且無後乎？若臧洪之所為，跡同小諒，未足與語大受。但觀其復琳一書，與責紹數語，輒以未安王室為咎，是固猶以忠義為切齒，安漢不足，愧紹則固有餘也。後人以烈士稱之，不亦宜哉？

第七十三回　御蹕蒙塵沿途遇寇　危城失守抗志捐軀

第七十四回
孟德乘機引兵迎駕　奉先排難射戟解圍

第七十四回　孟德乘機引兵迎駕　奉先排難射戟解圍

　　卻說董承、楊奉等，護著獻帝車駕，駐紮安邑，一住過年，改元建安。太尉楊彪等，名為三公，毫無政權，行止進退，俱由武夫作主，文臣不得過問。楊奉等擬就安邑定都，獨董承欲奉駕還洛，與楊奉等更生齟齬，奉竟遣將軍韓暹，襲擊董承。承奔往野王，投依張楊，楊決意調兵迎駕，使歸舊都；乃令董承先赴洛陽，修築宮室，並致書荊州刺史劉表，請他為助。表卻履書如約，陸續派遣兵役，輸送資糧，總算是有心王室，戮力從公。楊奉、韓暹等聞信知懼，出屯險要，拒絕張楊、董承；還是獻帝下諭譬解，令他扈蹕入洛，奉與暹方才奉詔，還至安邑，護駕東行。唯胡才、李樂，仍留居河東，不願相隨，時已為建安元年秋季了。建安年號最久，且為漢朝末代正朔，故一再提明。七月初旬，獻帝駕至洛陽，宮闕尚未修成，暫藉故常侍趙忠第宅，作為行宮；郊祀上帝，大赦天下。張楊在中途迎駕，一同至洛，先就南宮督修殿宇，半月告竣，號為楊安殿，自志己功；便請帝后遷居楊安殿，且語諸將道：「天子當與天下共戴，朝廷自有公卿大臣，不勞我輩干涉，楊當出御外難便了。」乃辭歸野王。楊奉亦出屯梁地，韓暹、董承，並留宿衛。獻帝封賞功臣，命張楊為大司馬，兼安國將軍，楊奉為車騎將軍，韓暹為大將軍，領司隸校尉，皆假節鉞。唯洛陽宮府，已被董卓毀盡，急切不能修復，除楊安殿外，尚是瓦礫成堆，荊榛滿目。八字寫盡荒涼。百官無處安身，暫就破壁頹垣，作為棲處；並且無糧可因，遣人向州郡徵求，十無一應。自尚書郎以下，往往親出採穭，野穀日穭。煮食充飢，甚至朝夕不繼，往往餓死；或被兵士沿途劫奪，輒遭格斃。這消息傳到兗州，雄心勃勃的曹阿瞞，遂欲託名勤王，挾主稱雄。見識原高人一等。部下將吏，多言山東未定，不宜輕出，且韓暹、楊奉，負功恣睢，未可猝制，不如從緩為是。獨荀彧進說道：「昔晉文公納周襄王，終成霸業；高祖為義帝縞素，天下歸心，近自董卓倡亂，天子播越，將軍首舉義兵，

徒因山東擾亂，未敢遠赴關右，但尚分遣將吏，冒險通使，上達朝廷，是將軍志在效忠，人所共曉。今乘輿旋軫東京，義士思漢，人民懷舊，誠因此時上奉帝駕，下從物望，便是大順，內秉至公，外服雄傑，便是大略，首持仁義，旁招英俊，便是大德；四方雖有逆節，亦何能為？韓暹、楊奉，出身盜賊，更不足慮了。若一失此機，讓人占先，將來恐無此機會呢！」曹操大喜道：「文若所言，正合我意。」遂遣中郎將曹洪，引兵西進。將至洛陽，偏為董承等所阻，用兵扼險，不許交通。時騎都尉董昭，方由河內至安邑，隨駕入洛，遷職議郎；他本與曹操結交，見前文。因復為操設法，冒名作書，寄與楊奉，略云：

操與將軍聞名慕義，便推赤心；今將軍拔萬乘之艱難，反之舊都，翼佐之功，超世無儔，何其休哉！方今群凶猾夏，四海未寧，神器至重，事在維輔；必須眾賢以清王軌，誠非一人所能獨建。心腹四肢，實相恃賴，一物不備，則有闕焉！將軍當為內主，操為外援，操有糧，將軍有兵，有無相通，足以相濟，死生契闊，相與共之。

奉得書甚喜，即表薦操為鎮東將軍，襲父嵩爵，為費亭侯。操正在汝南潁川一帶，征剿黃巾餘黨；斬賊目黃邵，收降賊黨何儀、何曼，回軍駐許，接到洛陽詔使，得襲侯爵，尚不過循例拜命，無甚愜意。過了數日，又接得董承來書，邀令速詣洛陽，方喜如所望；即日引兵起程，與曹洪中途會合，直抵東都。董承本欲拒操，阻洪西進，此次為了韓暹專恣，遇事牽掣，所以變易初心，召操入衛。何進召董卓，董承召曹操，統是引狼入室，自速危亡。操既至洛陽，先將大隊人馬，駐紮都城內外；然後登殿朝謁，三呼如儀，獻帝賜操平身，宣諭慰勞，操拜謝而退。出見董承，承與語韓暹罪狀，操並忌張楊，連章劾奏；暹懼誅即走，奔往大梁。獻帝因暹、楊扈蹕有功，不願加懲，詔令免議；張楊無罪可言，操之劾楊，全是私心。獨假操節鉞，領司隸校尉，錄尚書事。操得

第七十四回　孟德乘機引兵迎駕　奉先排難射戟解圍

攬政權，嚴核功罪，有罪請誅，有功請賞。於是殺三人，封十三人，追贈一人，臚述如下：

尚書馮碩，侍中壺崇，儀郎侯祈並處死刑。衛將軍董承，輔國將軍伏完，侍中丁沖、種輯，尚書僕射鍾繇，尚書郭溥，御史中丞董芬，彭城相劉艾，左馮翊韓斌，東郡太守楊眾，議郎羅邵、伏德、趙蕤並封列侯。故射聲校尉沮俊追贈為弘農太守。

看官聽說！這輔國將軍伏完，便是伏皇后的父親，籍隸琅琊，八世祖就是伏湛，係東漢開國功臣，官終大司徒，完得襲世爵為不其侯；曾尚桓帝女陽安公主，生子女二人，子即議郎伏德，女即伏皇后。伏后履歷，就此補敘明白。衛將軍董承，從駕有功，獻帝又選董女為貴人，選承為車騎將軍；伏、董兩家，統算是皇家貴戚了。綴此一筆。為下文兩家誅夷伏案。議郎董昭，已遷官符節令，操與他情好甚深，遂引與同坐，向他問計。昭答說道：「將軍興義師，誅暴亂，入朝天子，輔翼王室，這真所謂當代桓文，功業無比哩！但昭看諸將異心，未必服從，今若留此匡輔，諸多未便，不若移駕都許，方為上策；但朝廷播越有年，新還舊京，方冀少安，今復徙駕，必滋眾議。昭聞行非常事，乃有非常功，願將軍臨事果斷，勿涉遲疑。」操拈鬚道：「我意也是如此，唯楊奉在梁，擁有重兵，可無他變否？」昭又答道：「奉雖擁眾，素乏黨援，嘗思與將軍交好；鎮東費亭侯的封典，全是奉一手造成，將軍可隨時遣使，厚為饋謝，慰悅奉心；一面明告內外，但言京都無糧，只好奉駕遷許，往彼就食，奉為人有勇寡謀，必不遽疑，待他出師相阻，將軍已好奉駕至許了！」操欣然稱善，遣使詣奉，厚遺金帛，自己入朝面奏，請獻帝東幸許城，免致乏糧。獻帝不得不從，群臣皆畏操兵威，莫敢異議。當即指日登程，道出轘轅，東向進行。操預恐有人劫駕，步步為營，且使

曹洪等分領銳卒，往伏陽城山谷中，專防楊奉前來。奉得操餽贈，倒也無心劫駕；唯韓暹奔梁依奉，從旁慫恿，乃出兵邀擊，才抵陽城，被曹洪等發伏並起，左右夾攻，殺得大敗而回。操得安然抵許，築宮殿，立宗廟社稷，奉帝居住；進操為大將軍，封武平侯。太尉楊彪，司空張喜，見操大權獨攬，並皆辭職。操復請獻帝下詔，嚴責袁紹，說他地廣兵多，不務勤王，專自樹黨，擅相攻伐。自失時機，便被他人藉口。紹乃上書申辯，且請獻帝轉幸鄴城；獻帝出書示操，操當然批駁，但請授紹為太尉。詔使到了冀州，紹怒說道：「曹操已瀕死數次，賴我救活，今反挾持天子，敢來令我麼？」誰叫你不先迎駕。遂拒詔不受。操得使人歸報，恐紹興兵來爭，乃請將大將軍一職，暫讓與紹，並封紹為鄴侯，紹仍辭還侯封，唯與操不復爭論。操自為司空，行車騎將軍事，當即聲討楊奉，責他出兵陽城，敢圖犯駕，罪同大逆，應坐誅夷等語。詔檄先傳，兵馬繼發，張旗鳴鼓，直搗大梁。楊奉、韓暹開營逆戰，俱被曹軍殺敗；唯奉有部將徐晃，驍勇過人，馳突無前，操誘令歸降；奉既失良將，復喪士卒，弄得勢孤力竭，只好棄營東走。韓暹恃奉為生，當然與奉同行，奔往揚州，投歸袁術去了。為後文聯合袁術，合攻呂布伏案。

　　曹操最忌楊奉，既得除去，很是喜慰，乃表荀彧為侍中尚書令；彧子修為軍師，郭嘉為司空祭酒。兩荀皆潁川名士，智略俱優，郭嘉字奉孝，也是潁川人氏；少有遠圖，往投袁紹幕下，及見紹多謀少決，乃去紹還鄉。操令彧訪求才俊；彧即薦嘉才能，召與操語，相見恨晚，操謂嘉必佐成大業，嘉亦謂操真吾主，兩荀一郭，參謀帷幄，真是如虎生翼，勢力益張。句中有刺。餘如曹洪、曹仁、夏侯惇、夏侯淵，惇族弟。及典韋、李典、樂進、于禁、徐晃等，皆為操屬下猛將，各得封官；又徵前北海相孔融，為將作大匠。融在北海，喜交賓客，嘗自嘆道：

第七十四回　孟德乘機引兵迎駕　奉先排難射戟解圍

「座上客常滿，樽中酒不空，我亦可無憂了！」在郡六年，頗得民心，唯與袁、曹不相往來。紹子譚為青州刺史，引兵攻融，自春及夏，戰無虛日，兵士大半傷亡，所存只數百人，流矢雨集，戈矛內接；融尚隱几讀書，談笑自若；及城被陷沒，乃奔往東山。迂疏士，實不中用。操素聞融名，乃徵融為將作大匠。融嘗師事北海人鄭玄，特替他另立一鄉，號為鄭公鄉，會因黃巾入境，玄避居徐州，數年乃還。融既入許，操亦徵玄為大司農；玄託病不至，在家考終。卻是高士。玄嘗箋註經書，凡百餘萬言，齊魯間稱為經師；所以身雖沒世，遺籍流傳。操復令羽林監棗祗為屯田都尉，騎都尉任峻為典農中郎將。祗本姓棘，由先人避難易姓，至祗始出仕；曾為東阿令，助操守城，不為呂布所陷，操因此親信。祗見歲旱涸饑，軍食不足，乃創議屯田許下，為固本計。任峻為河南中牟人，操起兵時，峻為縣中主簿，勸中牟令楊原舉城應操，得操歡心，操將從妹許與為妻，引為戚侶。峻與祗戮力勸耕，才閱數年，得積穀數百萬斛，且令州郡各置田官，所在豐饒。操因此得用兵四方，不勞輸運，卒能戰勝攻取，兼併群雄；曹氏功臣，祗峻當居首列呢！比諸兩荀一郭，殊不相讓，可惜都為虎作倀。話分兩頭。

且說劉備管領徐州已閱年餘，仍用糜竺、陳登為輔，並引北海人孫乾為從事，韜甲斂兵，與民休息。不意袁術自揚州起兵，來與劉備爭奪徐州，術自得揚州後，號稱徐州伯，專務張皇。時當李傕等挾權秉政，欲結術為外援，特請旨授術為左將軍，封陽翟侯。術陽為受命，陰欲代漢為帝，取快一時，且少年時已見讖文，謂當塗高應當代漢；當塗高，係是魏字。《魏志‧文帝紀》載：「故白馬令李雲遺言，當塗高者，魏也。魏闕當道高大。」讖文所云，陰寓以魏代漢之意。暗思自己名字，適應讖文，古者百家為里，里十為術，術為邑中大道，可作塗字解釋；

路亦為塗,名與字俱相暗合。術字公路。又因袁氏系出陳國,為帝舜後;舜以土德王天下,土德屬黃,黃可代赤。漢秉火德五行,火生土,故云,以黃代赤。遂常思代漢,僭號稱尊。前時孫堅得璽,為術所聞;見前文。堅死峴山,喪歸曲阿。璽為堅妻吳氏所藏,術乘她奔喪還里,拘留堅妻,索交玉璽。璽既到手,便擬稱帝,為主簿閻象等所阻,權就遷延;唯思徐、揚二州,壤地毗連,能得併吞徐州,拓地較廣,庶幾僭號天子,較為有名,於是調遣將士,侵入徐州界內。劉備聞術兵犯境,不得不親出抵禦;乃令張飛留守下邳,即徐州治所。自與關羽等往屯盱眙,交戰數次,未分勝負。不料袁術致書呂布,令他襲取下邳,許助軍糧。布素好反覆,竟不顧地主情誼,反顏從術,悄悄的引兵東下,由小沛進襲徐州。守將張飛,性喜嗜酒,醉後又不免使性,怒責徐州舊將曹豹,鞭笞數十。豹為此挾嫌,開城迎布,飛倉猝迎敵,已是不及,只好殺出東門,奔往盱眙,連劉備的家眷,都失陷城中。酒之誤事也如此。備正與術軍相持,突見張飛狼狽奔來,問明情由,才知下邳被呂布奪去;那時顧家情急,只好引兵退回,與布爭論。偏偏距城數里,全軍皆潰,不得已轉走廣陵,收集散卒,再作後圖。可巧糜竺、孫乾等,從下邳逸出,仍來依備。竺本饒家產,嘗至洛陽為賈,歸遇美婦,求竺同載,經竺慨然允許,令婦上車,行及數里,並未斜睨婦人;婦感謝下車,臨別語竺道:「我為天使,當往燒東海糜竺家,感君共載,故特相告。」竺驚問道:「可禳免否?」婦人道:「天命難違,君當亟歸,搬徙人財,一過日中,便無及了!」言訖不見。竺慌忙還家,挈眷出門,所有財物,約略搬出;果然日中火發,屋宇盡焚,唯遺資尚存,不致大損。好義之報。此次本與張飛同守,飛為布所襲,倉猝走脫,竺收拾細軟,帶領眷屬,混出城門,追尋劉備,至廣陵相遇。備詢及眷屬,竺言在城內尚安,但

第七十四回　孟德乘機引兵迎駕　奉先排難射戟解圍

有布兵監護，無法解救，故不能借來；備當然嘆息。糜攜有一妹，年已及笄，遂進奉巾櫛，為備解憂；且將隨身所帶的金銀，一律取出，充作軍資。備賴以不困，孤軍復振，乃寄書與布，略述舊情，請他送還家眷，互釋嫌疑。布與備本無仇隙，為了一時貪念，遂致背好起兵，既入徐州，究竟天良未泯；所以劉備家小，仍令兵士保護，不得入犯。嗣復遣使詣術，索取軍糧。術竟欲悔約，謂必須擒獲劉備，方可踐言。布得了此報，恨術無信，仍擬與劉備講和。適得備書遞到，樂得照允，且許備還屯小沛，備乃馳回小沛城，布亦派吏送出甘夫人。甘、糜相見，卻也情同姊妹，式好無尤。一番挫折的劉玄德，雖失去下邳，反得了兩美並頭，不可謂非轉禍為福了。語意雋永。

獨袁術探得布復和備，復思設計離間，又遣使馳至徐州，願為子求婚布女，結作姻親，且助布米麥各若干斛；布又復大喜，禮遣來使，願如所約。仍是貪心未泯。術得使人返報，即命部將紀靈等，領兵數萬，進攻小沛，備使孫乾，向布求援，布不願援備；經乾揭破術謀，說是小沛不保，徐州亦必不獨存；布又被提醒，親往救備。紀靈正引兵大進，直抵小沛城下，不防呂布亦驟馬趨至，與紀靈相對安營，紀靈不知布助何人，派吏問明。布答說道：「我與袁公路既結姻好，理當相助，明日請紀將軍過敘便了。」紀靈得報甚喜，待至翌日，徑詣布營，甫入營門，驚見劉備在座，不禁大驚，轉身退回；誰知營中趨出呂布，一把扯住，不得動彈。便駭問道：「將軍是否欲殺紀靈？」布答言非是，又問是否邀靈殺備，布亦說非是，害得紀靈莫名其妙，只是發愣。但聽布呵呵大笑道：「布性不喜鬥，轉喜解鬥，玄德乃是我弟，今為將軍所攻，布願代為調停，各息兵爭！」說至此，即將紀靈拉入帳中，令與劉備相見。備也由呂布邀至，故先在座，見了紀靈，不由的驚詫起來。布偏叫他行相見

禮，彼此沒法，勉強作揖，只心中俱忐忑不定，各懷猜疑。布顧語二人道：「我勸兩君罷兵講和，恐兩君尚不見信，待我決諸天命，天意倘使汝兩君息爭，兩君不得有違。」二人含糊答應，尚未知他如何處置，布卻令左右搬出酒餚，與二人共宴，左紀靈，右劉備，自己居中。飲過三巡，布令左右取過畫戟，至轅門外面插定。因笑語紀靈、劉備道：「兩君可看我射戟，如或射中，君等應各自罷兵；否則，安排廝殺，與布無涉，如不從布言，布即視作仇敵，不能以親友相待了！」紀靈、劉備均無異言。布便起座取弓，搭上鵰翎，就從座旁射將出去，颼的一聲，那箭鏃如鷹隼騰空，遠飛至百數十步外，不偏不倚，正中畫戟小枝；帳內帳外，無一不高聲喝采。我亦喝采。小子有詩讚道：

　　一箭能銷兩造兵，溫侯也善解紛爭。

　　轅門射戟傳佳話，如聽當年嚆矢聲。

　　布射中畫戟，便擲弓地上，笑顧紀靈、劉備，要他罷兵。究竟兩人是否樂從，待至下回詳敘。

　　迎駕入許，為漢、魏興衰之一大關鍵；魏因此而興，漢即因此而亡。然觀於當日之時勢，微曹操迎駕之舉，則建安正朔，尚不能延至二十餘年。楊奉、韓暹等，但知劫駕，不知佐治，若令其長此秉政，其亡漢也益速！袁紹資望獨優，不能上法桓文，尊王定霸；袁術且有異圖，妄思代漢。劉備本為漢胄，而兵少勢孤，不足有為，餘子碌碌，均非英傑，所差強人意者，唯一曹操。操之迎駕入許，當時尚第欲為五霸，固未嘗有心篡漢也。立宗廟，定社稷，光復漢室，誠能守此不變，操亦何愧為漢室功臣乎？若呂布為反覆小人，始依備，繼襲備，後復和備，始終誤一貪字，安望有成。但觀其保護備家，不屑淫掠，至射戟一事，更為劉備排難，此亦未始非豪俠所為。後之朝親暮仇者，且不布若，可勝慨哉！

第七十四回　孟德乘機引兵迎駕　奉先排難射戟解圍

第七十五回
略橫江奮跡興師　下宛城痴情獵豔

第七十五回　略橫江奮跡興師　下宛城痴情獵豔

　　卻說呂布擲弓地上，笑顧紀靈、劉備道：「這是天意令汝罷兵呢！」備即起座獻觴，向布道謝；唯紀靈面有難色，既不便悔賴前言，又不好滿口應允，沉吟半晌，方對布道：「將軍天威，令人敬服，靈自當遵命，但如何回報主人？」布應聲道：「這有何難！由布修書一函，即煩將軍帶回便了。」紀靈不能不允，起身告辭；布且與兩造約定，明日續宴，並與紀靈餞行。紀靈因未得布書，只好留屯一宵。到了次日，復與劉備共集布營，兩下宴敘，比昨日稍為歡洽；待至飲罷，布乃出書給與紀靈，彼此揖別，紀靈拔營自歸。備迎布入城，免不得盛筵相待，伸謝德惠，賓主盡興，布乃辭了劉備，回下邳城。那紀靈回報袁術，呈上布書，術閱書大怒，擬親自攻布；還是紀靈力為諫阻，謂呂布只可計取，不可力敵，且與他聯成姻好，務令除去劉備，方可圖布。借婚姻為吞併，古今軍閥如出一轍。術方才忍耐，仍與呂布通使，虛作應酬，一面從孫策計議，使策出定江東。策即孫堅長子，表字伯符，本居壽春，少年英達，喜結交遊。舒人周瑜，字公瑾，與策同年，亦具大志，聞得策慷慨好友，遂自舒城至壽春，一見傾心，約為昆仲，策長瑜兩月，瑜便事策如兄；勸策徙家至舒，並讓道南大宅，俾策全家居住，登堂拜母，有無與共。及策年十七，方思出立功名，不意凶信傳來，策父堅敗歿峴山；堅死峴山見前文。策哀慟異常，即偕母吳氏，迎櫬東歸。策舅吳景，方為丹陽太守，因擬將父櫬安葬曲阿；曲阿為丹陽所轄，道過揚州，偏被袁術截住，脅令策母交出玉璽，策母無奈取交，才得釋去。策有從兄孫賁，將叔父堅遺眾數千，也交與袁術接管，術使賁為丹陽都尉。廣陵人張紘，避難江東，博通經術，策屢次往訪，具述志趣，且殷勤詢問道：「方今漢祚中微，天下擾擾，四方梟傑，各擁眾營私，不務大義，先君與袁氏共破董卓，功業未就，偏為黃祖所害。策雖庸稚，有志復仇，欲往從袁揚州，求得先君餘眾，東據吳會，西略荊襄，報怨雪恨，為朝廷外藩；君若以

244

為可行，幸乞賜教。」紘方丁母憂，婉詞遜謝；再由策嗚咽陳詞，聲淚俱下，紘才為感動，慨然作答道：「卓犖少年，有此大志，何患不成？最好先投丹陽，收兵吳會；然後據長江，奮威德，復仇洗恥，匡君澤民，功業且高出桓文，豈止守藩了事？待紘服闋，當與君同好，共圖南濟，君卻先往建功便了！」策復說道：「策有老母，並弱弟三人，可否相托，使策不致憂家？」紘毫不推辭，當即許諾。也是季布流亞。策乃徑詣壽春，入謁袁術道：「亡父曾從長沙入討董卓，與明使君共會南陽，同盟結好，不幸遇難，勛業不終；策感念先人遺志，欲自憑結，還請明使君垂察微誠，濟師雪恨。」術見他英姿豪爽，語言明達，禁不住暗暗稱奇，但尚未肯將策父舊部，直捷撥還，因語策道：「我已用貴舅為丹陽太守，賢從兄為都尉；丹陽為三吳要地，不乏健兒，汝可往彼招募便了。」

策乃與汝南呂範，族人孫河，同往丹陽。策舅吳景，當然接納，且囑策歸迎母弟，同至丹陽。策遂返至舒城，奉母吳氏，及弟權、翊、匡，與一幼妹，共抵曲阿，依父廬墓旁居住；輾轉召募壯士，得數百人，尋為涇縣賊帥祖郎所襲，喪失過半。沒奈何再往見術，涕泣拜求，願給還亡父部曲，術始將孫堅遺眾撥出千餘人，交策收領。仍然不肯全給。表拜策為懷義校尉，且謂當遷任九江太守。策拜謝而出，收集乃父舊部，自立一營，故將程普、韓當、黃蓋等，亦歸麾下。有一騎士犯令私逃，奔入術營，匿居內廄，策察知情隱，率吏掩捕，牽出斬首；因詣術謝罪。術答說道：「叛兵應當共恨，不殺何待，毋庸言謝！」術此語又似明白。策乃趨退。軍中始知策膽略，不敢輕視，就是術部將喬蕤、張勳，亦皆服策英明，互相敬禮。術嘗自嘆道：「使我有子如孫郎，死亦無恨了！」話雖如此，唯心中總不免懷忌。九江太守出缺，仍不肯使策代任，另用丹陽人陳紀接任。後向廬江太守陸康，徵米三萬斛，不得如願，乃遣策攻康；臨行與語道：「日前錯用陳紀，致負前言，今煩卿攻

第七十五回　略橫江奮跡興師　下宛城痴情獵豔

拔廬江,便當令卿為廬江守了!」策領兵往攻,力戰數次,得將陸康逐去。據有全城,向術報捷。誰知術又召策回郡,另委故吏劉勳為廬江太守;策自是恨術,不過因兵力未充,勉從術命,將廬江城交與劉勳,怏怏引歸。適朝廷遣侍御史劉繇,東下為揚州刺史,州治本在壽春,因壽春為袁術所據,乃改至曲阿,逐去丹陽太守吳景,及都尉孫賁,景與賁退居歷陽,報知袁術。術憤不可遏,即使故吏惠衢為揚州刺史,更命吳景為督軍中郎將,與孫賁共擊劉繇。心目中已無漢帝。繇令部將樊能、于麋、陳橫屯江津,張英屯當利口,分頭防守。吳景等屢攻不克,丹陽人朱治,前為孫堅校尉,此時復歸孫策,勸策往助吳景,收取江東。策因進白袁術道:「亡父前在江東,本有舊惠,今願助舅氏共略橫江,橫江得下,可招募土著人士,能得三萬兵甲,上佐明公,天下可不難平定了!」術知策隱懷怨望,但聞劉繇據住曲阿,兵力不弱,且有會稽太守王朗,為繇後援,總道策未能與敵,樂得聽他出去,敗死無怨。好良心!遂令策為折衝校尉,行殄寇將軍事。策部下兵只千餘人,馬只數十匹,容易部署,即日啟行,途中招徠賓從,陸續趨集;及抵歷陽,差不多有五六千人了!策母吳氏,及弟妹五人,已隨吳景至歷陽,策謁母即行,乘便寄書周瑜,請他出師;瑜有從父周尚方為丹陽太守,由瑜前往省視,途次接得策書,遂向丹陽貸粟借兵,順道迎策。策大喜道:「公瑾遠來,我事必諧了!」遂進攻橫江,搗入當利口,擊走守將張英,與吳景、孫賁等會師;再破樊能等軍,渡江入牛渚營,盡得糧穀戰具,軍勢大振。一鳴驚人。

時有彭城相薛禮,下邳相笮融,俱走依劉繇,推繇為盟主;禮據秣陵城,融屯縣南,策先領兵攻融,融出營交戰,被策擊敗,傷亡五百餘人,奔入營中,不敢再出。策移攻秣陵,日夕猛撲,慌得薛禮手足無措,乘夜潰走。策得入秣陵城,安撫居民,禁兵侵掠,忽有探馬入報,

乃是樊能、于麋等，復襲奪牛渚營，斷策歸路；策奮然起座，當即督兵回攻，大破樊能、于麋。擒獲萬餘人，能、麋等統皆遁去，因復轉擊笮融。融令弓弩手分伏營門，待策趨近，一聲號令，萬矢齊飛，策尚用槊撥箭，不肯遽退，百忙中不免一疏，股上突然中箭，翻身落馬；左右忙將策救起，用車載策，馳還牛渚營。將佐俱入帳問安，策已拔去箭鏃，用藥敷搽，笑語諸將道：「我傷未及重，何至落馬？此中寓有深謀，汝曹可說我已死，舉哀退兵，笮融必來追我，我就好設法擒融了！」諸將俱拍手稱善。策即遣將置伏，一一辦妥，然後令軍士佯哭，拔寨齊起。早有細作報知笮融，融果遣部將于茲，率兵追策；策軍尚是偽退，誘茲入伏，四面攢擊，立將于茲射死，掃盡餘軍。于茲卻是個替死鬼。策乘勝復逼融營，融正想接應于茲，出兵就道，忽有一彪人馬殺到，首領為一起越少年，厲聲大呼道：「孫郎在此，叫笮融速來受死！」自稱孫郎趣甚。融不意孫策復生，驅軍亟遁，策追殺數里，得了許多甲冑，方才還軍；本編皆採自《吳志》，與羅氏《三國演義》情事略殊。於是破海陵，陷湖孰江乘，直指曲阿。劉繇聞策軍將至，急忙整備兵械，為守禦計。可巧太史慈前來省繇，繇因太史慈與己同郡，不得不傳入相見。慈入帳行禮，繇自居前輩，不過欠身作答，且問慈道：「聞汝曾依孔北海，今日何故到此？」慈答說道：「北海早已解圍，現聞明公亦至受敵，故特來效力，願為前驅！」北海事見前文。繇卻淡淡的相答道：「我亦知汝忠勇，可惜少未更事；既來助我，可為偵察敵情，待破敵後，遷擢未遲！」不識英雄，怎能破敵？慈失望而出。或謂慈英武過人，不妨使為大將，繇搖首道：「我若重用子義，子義即太史慈字。許子將能無笑我麼？」子將即許劭，善操月旦評事，見前文。待至策軍已經近城，駐營神亭，慈只率騎卒二人，前往偵探，突與孫策相遇，將慈阻住。策有從騎十三人，就是韓當、黃蓋諸宿將；慈本未識策，但看他青年威武，料知不是常人，

第七十五回　略橫江奮跡興師　下宛城痴情獵豔

便喝問道：「誰為孫策？」策見慈獨饒膽量，也覺稱奇，即應聲道：「只我便是！」好漢識好漢。慈又說道：「人人皆怕汝孫郎，我太史慈獨不怕汝！可能與我交戰百合否？」策笑答道：「要戰就戰，我豈怕汝？且願與汝獨身自鬥，免得說我恃多欺寡哩！」說著，即令韓當等退後，自己縱馬向前，與太史慈大戰數十合，不分勝負。慈喝采道：「好孫郎，名不虛傳。」一面說，一面拍馬便走。策怎肯舍慈，且追且呼道：「休得用詐敗計誘我，我總要擒汝方回！」慈儘管前走，策儘管後追，彼此跑了數里，慈忽兜回馬頭，與策再戰；大約又是數十合，策覷隙刺慈，慈眼明手快，縱轡一躍，槊中馬首，馬忍痛一俯，慈亦把頭一低，背上短戟，被策掣去。策正在得意，不防慈又復躍起，竟將策兜鍪取去，兩人正在相持，韓當等已經趕到，劉繇亦遣將覓慈，又復混戰；俄而兩下俱有大軍馳至，天色垂暮，始各鳴金收軍。太史慈還見劉繇，繇反責他輕戰啟釁，禁令再出。不但慈灰心懶體，連他將也覺不平，於是人人生貳，不願替繇盡力，終致城池失守，繇奔丹徒，太史慈亦西走涇縣。

　　曲阿遂由孫策占住，入城安民，秋毫無犯。又檄告諸縣，凡劉繇、笮融等部曲來降，不究既往，人民願來從軍，一門得免徭役，否亦聽令自便。才閱旬日，趨附甚眾，約得現兵二萬餘人，馬千餘匹，威震江東。策遣吏迎接家眷，還居曲阿，自引兵出徇會稽。吳景欲先平吳中群盜，然後南下。策慨然道：「吳中盜賊，只有嚴白虎最強，但素無大志，容易成擒；一俟會稽平定，還掃鼠輩，好似拉朽摧枯，值得什麼費力呢？」遂引眾渡浙江，進取會稽。會稽太守王朗，意欲出拒；功曹虞翻，謂策起兵東來，無人敢當，不如暫避為是。朗未肯聽從，發兵拒敵，一再敗衄，索性棄城夜遁，浮海至東冶。策又從後大破朗軍，朗乃請降。策遂自領會稽太守，仍用虞翻為功曹，待以客禮，唯王朗不得復職，留居幕下。再引兵還討嚴白虎，白虎料不能敵策，堅守勿出，且使弟輿至

策營請和。策聞興有勇名,意欲面試短長,乃延興入帳,與談和約,且待以酒餚;酒至半酣,策故作醉狀,拔劍砍席,興嚇得一跳,聳身欲走,策笑語道:「聞君矯健異常,聊以戲君,非有他意!」興答說道:「白刃當前,不得不爾。」實自獻醜。策不待說畢,便取過手戟,向興擲去,應手刺倒,當即鳴鼓進兵。白虎所恃唯弟,弟興一死,如失左右臂,勉強開營捍戰,哪裡敵得過策軍,遂北走餘杭,終至竄死。虎遇獅兒,不死何為?策乃使吳景為丹陽太守,孫賁為豫章太守,朱治為吳郡太守;禮聘廣陵人張紘,彭城人張昭等為參謀,居然與袁術抗衡,不復再承術命。術聞報大憤,便欲興兵攻策。部將紀靈、橋蕤等入帳勸阻,謂宜先取徐州,後伐江東。術問取徐方法。紀靈答道:「呂布、劉備,同在徐州,必為大患;今仍須履行前計,使呂布攻殺劉備,自翦羽翼,那時一鼓掩擊,便可穩取徐州。」術乃依議,再派使人往說呂布,提及婚議,且謂劉備在小沛城,招軍買馬,如何不防?布著人探聽,果聞備集兵萬餘人,遂率兵往圍小沛。備自知難敵,索性帶領家小,與關羽、張飛兩人,殺出重圍,竟奔許都,投依曹操。操方禮賢下士,籠絡人心;一聞劉備來奔,便即迎入,待若上賓。備具述呂布逼迫情形,操慰語道:「布本無信義,徒恃勇力;將來當助君擒布,盡請紓憂。」備起座稱謝。操復置酒宴備,至晚方罷,送備出居客館。程昱進言道:「備亦一當世英雄,志不在小,今不早圖,必為後患。」操默然不答。待昱退出,適值郭嘉入見,操即與述昱言。嘉接口道:「昱所見未嘗不是,但明公提劍起義,為百姓除暴,推誠仗信,招羅豪健,猶恐未逮;今備有英名,窮蹙來歸,若遽行加害,是使智士各啟危疑,別圖擇主,試問公將與何人共定天下呢?」也是備不該死,故有郭嘉相救。操喜答道:「卿言正合我心。」翌日即舉備為豫州牧,撥兵數千人助備,令至沛城就任,東擊呂布;備即日辭行,挈眷引兵,出赴沛城。

第七十五回　略橫江奮跡興師　下宛城痴情獵豔

　　操還想親出接應,與備共滅呂布,忽由南陽傳來軍報,乃是張濟南攻穰城,中箭身死;從子繡代領遺眾,屯兵宛城,用賈詡為謀士,連結劉表,意圖犯闕。操大怒道:「么麼小丑,也想跳梁,我當先除此豎,然後討布便了!」遂大興兵馬,親督諸將,出討張繡。繡聞操督軍自至,頗有懼色,即與賈詡商議;詡亦謂操兵方強,挾主令眾,未易抵敵,不如遣使求和。繡乃令詡至操營通款,詡夙長應對,見了曹操,不過三言兩語,便使曹操傾心。操欲留詡為輔,便與語道:「卿嘗為尚書,遷拜宣義將軍,今何不隨我入朝?我當表卿復任。」詡答說道:「自從御駕東遷,詡即繳還印綬,西走華陰,轉投南陽;今得張繡厚待,不忍遽棄,蒙公厚惠,願以他日為期。」隱伏下文。操允從和議,送詡出帳,殷勤囑別。詡還報張繡,繡即親至操營,當面投誠,操自無異言,溫語遣歸。唯一時未曾退兵,尚在宛城駐紮;一日挈著長子昂,與從子安民,跨馬出營,遊覽形勢。遙見一輕車徐徐過來,中坐淡妝婦人,縞衣素袂,飄飄若仙,再瞧那一副芳容,紅白相間,真個是桃腮杏靨,秀色可餐。操生平本來好色,弱冠前已娶妻丁氏,納妾劉氏;嗣見娼家女卞氏有姿,復購作媵姬,大加寵愛,攜入洛都。董卓為亂,操避難東行,不及挈回卞氏,洛中訛傳操死,或勸卞氏圖歡,卞氏不從,誓以死殉;莫謂娼女無節。亂事少定,卞氏得出都歸操,操敬愛有加。及見了宛城少婦,比卞氏更增嫵媚,禁不住色眩神迷,最厲害的是少婦秋波,也把操瞬了又瞬,更覺脈脈含情,勾魂動魄。少頃間車行已過,操猶用目注送,看她入城自去,才回營中,心下未肯舍割,密使從子安民,探聽該婦下落。安民去了半日,當即返報。原來是張繡叔母,張濟繼妻,操喟然嘆惜,擬作罷論。偏安民逢迎操意,謂濟死已久,寡婦何妨取來,諒繡亦無可如何。說得操怦怦心動,待至日光垂暮,令安民帶著數十騎士,往取該婦。全是為色所迷,遂致不顧利害。好容易將該婦取到,引入後帳,拜

倒操前,操起座相扶,挽住該婦玉腕,該婦全然不避,一任操牽引柔荑,低首無語;及操問明名姓,果係濟妻鄒氏。當下在帳後開筵,與鄒氏相坐歡飲,燈光旁映,四目相窺;男有情,女有意,不由的痴心惓惓,軟語喁喁。到了酒闌燈炧,餚撒席空,一對宿世冤家,居然就軍營中,作了洞房,相偎相抱,並枕同衾,徹夜的鳳倒鸞顛,幾不知東方既白了!小子有詩詠道:

女色原為肇禍媒,傾城傾國不勝哀。
誰知一代奸雄魄,也被孀妹勾引來。

露水情緣,歡娛無限,當有人報知張繡,繡不禁大怒,欲與操拚命,究竟如何爭鬧,待至下回說明。

孫伯符以童稚之年,即能結交名士,奮志功名;其銳氣之特達,原不在乃父下。及乞師進取,攻略江東,袁術非不加忌,卒之縱虎出柙,俾得橫行。或謂術不先害策,釀成尾大不掉之弊,吾意以為策非負術,實術之不能用策,有以致之也。曹操為亂世奸雄,乘機逐鹿,智略過人。袁紹、袁術諸徒,皆不足與操比,遑論一張繡乎?乃宛城既下,遽為一孀婦所迷,流連忘返,幾至身死繡手,坐隳前功。董卓之死也,釁由婦人;操之不死於婦人之手,蓋亦僅耳!諺云:「色上有刀。」誠哉是言!

後漢演義 —— 從直臣伏闕至痴情獵豔

作　　者：蔡東藩	
發 行 人：黃振庭	
出 版 者：複刻文化事業有限公司	
發 行 者：複刻文化事業有限公司	
E-mail：sonbookservice@gmail.com	
粉 絲 頁：https://www.facebook.com/sonbookss/	
網　　址：https://sonbook.net/	

地　　址：台北市中正區重慶南路一段 61 號 8 樓
8F., No.61, Sec. 1, Chongqing S. Rd., Zhongzheng Dist., Taipei City 100, Taiwan

電　　話：(02)2370-3310
傳　　真：(02)2388-1990

印　　刷：京峯數位服務有限公司
律師顧問：廣華律師事務所 張珮琦律師

定　　價：350 元
發行日期：2024 年 10 月第一版
◎本書以 POD 印製
Design Assets from Freepik.com

國家圖書館出版品預行編目資料

後漢演義—從直臣伏闕至痴情獵豔 / 蔡東藩 著 . -- 第一版 . -- 臺北市：複刻文化事業有限公司 , 2024.10
面；　公分
POD 版
ISBN 978-626-7595-04-6(平裝)
857.4522　　　113014607

電子書購買

爽讀 APP　　　臉書